二嫁的燦爛人生 2

風 文創 994

李橙橙 著

目錄

風
文創
994

第四十四章

莊如悔離開後，沈玉蓉下床走動走動，感覺傷口不疼了，走到廊簷下，讓梅香準備背簍和鐮子。

梅香問她做什麼？沈玉蓉說去山裡轉轉。梅香自是不肯，說她傷勢未好，不適合去。

謝淺之從外面進來，聽見沈玉蓉要進山，笑吟吟道：「今兒天氣不好，明日再去吧。若是晚上下場雨，林中可能有竹筍，挖些竹筍來煮湯，味道鮮美，我陪妳去挖。」

沈玉蓉抿唇，道：「好吧。」有人陪著，她總不好拒絕，謝衍之應該可以理解。

謝淺之見她有些猶豫，想起謝衍之，微微一笑，湊過來問：「跟人約好了？」

那人是誰，不言而喻。

謝家人未說，卻知謝衍之日日過來，宿在沈玉蓉院中，這是他們樂意見到的。

這幾日，謝夫人滿面春風，說自己很快就要抱孫子了。

可她不知，沈玉蓉和謝衍之是純睡覺，親親摟摟或許有，別的一概沒有，哪來的孩子？

沈玉蓉當即紅了臉，嗔怪一聲。「原來你們都知道。」她還以為瞞得嚴實呢！

謝淺之打趣她幾句，準備離開，沈玉蓉卻道：「大姊，妳喜歡什麼樣的人，我幫妳找。看是狀元、榜眼，還是探花，只要說得出來，我就替妳找來。」

「不理妳了。」謝淺之瞬間羞紅臉，留下這句話，轉身跑了。

沈玉蓉一手掐腰、一手甩著帕子，望著謝淺之的背影笑喊。「大姊，我是說真的，妳莫要害羞呀。」

梅香坐在廊下繡帕子，見沈玉蓉要替謝淺之說親，小聲嘀咕。「姑娘，您還是個姑娘家呢，怎麼能替大姑娘作媒？」

沈玉蓉瞥眼看她，壞笑道：「不幫她說，那幫妳說。好梅香，告訴妳家姑娘，妳喜歡什麼模樣的，姑娘替妳瞅瞅。」

「姑娘真是越發沒個正形了，都是跟著莊世子學的。」梅香臉頰緋紅，端著繡筐回屋。

沈玉蓉樂得眉眼含笑，跟著梅香進去。

夜裡果然下起了雨，沈玉蓉以為謝衍之不會來。但晚些時候他進了屋，身上都濕了。櫥櫃裡有謝衍之的衣衫，他直接換上。沈玉蓉拿出毛巾，給他擦頭髮。

兩人就像一對普通夫妻，謝衍之喜歡這樣的生活，話不必多，從對方眼神與動作，便能感覺到濃濃的情誼。

和往常一樣，謝衍之陪沈玉蓉說了一會兒話，摟著她睡覺。

清晨，謝衍之早起離開謝家，說去山裡等沈玉蓉。

沈玉蓉起來收拾一番，揹著背簍，拿著鐮子出門，朝山上走去。大約過了兩刻鐘，在山腳下遇到謝衍之。

謝衍之遠遠看見沈玉蓉，過來要取她身後的背簍。「我來揹吧。」

沈玉蓉卸下來給他。「你對山裡熟悉嗎？」

「還算熟悉。」謝衍之揹上背簍，又幫沈玉蓉掛上一只香囊。「這裡面是驅蛇用的藥粉，雖然現在是初春，仍免不了有蛇，跟緊我，小心些。」話落，拉起她的手，朝山上走去。

山路蜿蜒曲折，前段路上有踩過的痕跡，到半山腰便沒了，腳下荊棘叢生，很難走。

謝衍之一直拉著沈玉蓉，唯恐她摔了。

「我可以自己走。」沈玉蓉掙扎，試著甩開他的手，可謝衍之握得更緊。「萬一摔著，不能走路，我還得揹妳，還是牽著吧。」

沈玉蓉。「……」這是什麼邏輯？

他非要牽著，沈玉蓉甩不開，遂任由他牽著。

兩人又走了一段路，樹木越來越密，山路越來越難行。茂盛的草木中，夾雜不少野菜、菌菇，沈玉蓉要採些回去做菜。

謝衍之放下背簍，也來幫忙。「妳怎麼認識那麼多野菜，還會做飯，難道沈家需要妳下廚？」摘一朵好看的蘑菇扔進背簍裡。

沈玉蓉瞅見，拿出來扔了。「這蘑菇有毒，不能吃，吃了會死人。我會認野菜、會做飯，是因為在夢裡學過。是不是覺得不可思議，是不是很神奇？」

謝衍之點頭，卻一點也不信。「我不信鬼神之說。若有鬼神，那些壞人早下地獄了。」

沈玉蓉繼續摘木耳。「我是活生生的例子，你不信也得信。」這是實話，可惜沒人信。

「除了催眠術、做菜、寫書，妳還會什麼？」謝衍之問道。

沈玉蓉仰起臉，燦爛一笑。「我還會種地，種高產的糧食，研究高產良種，讓水果變甜，讓杏樹上結桃子、梨子或棗。」

謝衍之覺得她胡謅。「胡編亂造也要有個限度，別吹牛皮，破了尷尬。」

「你不信？」沈玉蓉起身扔下背簍。

謝衍之不敢說實話，提起背簍揹上。「妳說什麼我都信。」嘴巴上這樣說，表情卻十分懷疑。

沈玉蓉指指旁邊的小杏樹。「你把這杏樹挖出來，種到我院子裡去。過了夏天，你不僅能吃到杏子，還能吃到桃子。你敢不敢與我打賭？」

謝衍之見她不似說假話，心下懷疑。「妳真能種出來？」

「敢不敢打賭？」沈玉蓉不答反問。

謝衍之自然敢，還許諾她，若讓杏樹結出桃子，就給她一座山頭，想種什麼便種什麼。

沈玉蓉正想要這個，卻不好出風頭，怕有心人算計。如今謝衍之要給，當然不會拒絕。

「能提前給嗎？」

一路走來，她發現不少果樹苗，稍微加工，就能結出甜果子，到時候拿到天下第一樓去賣，不僅可以賺錢，還能讓生意紅火。

到時候，她就能賺更多錢買地，讓人出海尋找更多新鮮農作物，再進行雜交育種，種出高產水稻、高產玉米、蘋果、葡萄等等。

想到這裡，沈玉蓉彷彿看到白花花的銀子、金燦燦的金元寶在向她招手了。

謝衍之見她一臉傻笑，眉頭緊皺，伸手在她面前揮了揮。「妳怎麼了，靈魂出竅了？」

沈玉蓉回神，拍開他的手。「你才靈魂出竅呢。」

「不是靈魂出竅，就是財迷心竅，眼睛裡寫了一個字：錢。」謝衍之道，突然想起什麼，叮囑她。「君子愛財，取之有道。以後妳離莊如悔遠些，那小子一肚子花花腸子，說不定哪天被他騙了。」

沈玉蓉笑得開心。「又吃醋了？」

謝衍之嗤笑一聲。「笑話，美人嬌妻在側，我吃什麼醋？該吃醋的人是他。」

「還說不是吃醋，都成醋缸了。」沈玉蓉小聲嘀咕一句，低頭尋找野菜跟菌菇。

兩人走走停停，來到一處清潭，周圍佳木繁茂，滿布奇花異草，沈玉蓉也認得一些，準備挖幾棵回去養。

謝衍之脫了鞋襪，撩高袍子，挽起褲腿跳進潭中。

沈玉蓉問他做什麼，他頭也不抬，說要捉幾條魚。太陽爬到頭頂，應該已是午時，他的肚子早唱空城計了。

沈玉蓉聽了，想起《孫子兵法》和《三十六計》，或許可以默寫出來給謝衍之，行軍打仗定能用得上。

謝衍之功夫好，撿幾顆石子，打暈了三條魚，開膛破肚清理乾淨，抹上提前準備好的香料，生火烤魚。

沈玉蓉見他動作麻溜，驚奇地問：「你一個侯府公子還會做這些，真是看不出來。」

謝衍之翻著烤魚，側臉看向她。「以前不會，出門在外自然就會了。再說，軍營裡伙食不好，去山裡轉轉，撈幾條魚、獵幾隻山雞或野兔，也能打打牙祭。」

「你要是覺得苦，回來跟我種地，我發工錢給你，絕對比軍餉多。」沈玉蓉洗了幾棵蘑菇，串成串，抹了鹽巴放在火上烤。

謝衍之手上動作不停，笑道：「小爺有的是錢，給妳幾十畝地種著玩？」

沈玉蓉覺得他吹牛。「你有錢？為何不給家裡，揣著幹什麼？家裡都快吃不上肉了。」

謝衍之知道她想歪了，解釋道：「有錢不一定是指銀子，可以是其他東西。妳翻看了我的書櫃，應該見過烏雲子的畫吧？烏雲子的畫可是千金難求。」

「你是烏雲子？」沈玉蓉想起大齊出名的畫聖。

「嫁給我，妳不吃虧吧。」謝衍之沒有反駁，算是默認。

沈玉蓉撇嘴。「就你那畫兒，叫做畫聖，還沒我畫得好呢。」

嘴上雖然這樣說，但她不得不承認，謝衍之的畫很傳神，非常有意境。見了他的畫，讓人有身臨其境的感覺。

魚烤好了，謝衍之拿起一條，遞給沈玉蓉。

沈玉蓉接過來吹了吹，咬下一口，忍不住誇讚。「手藝不錯，像是得了我的真傳。」

謝衍之拱手。「那就多謝沈姑娘了，以後還望不吝賜教。」

「好說，好說。」沈玉蓉毫不客氣。

兩人吃了魚，又在山上轉了轉。謝衍之幫沈玉蓉挖了幾棵果樹，直到太陽下山才回去。

第四十五章

兩人回到莊子，正值掌燈時分，該用晚膳了。

沈玉蓉先去見謝夫人，謝夫人滿臉悅色，拉著她說了一會兒話，一起吃完晚飯，才放她回棲霞苑。

謝衍之怕節外生枝，不敢在謝家露面，看著沈玉蓉進門，跳牆回棲霞苑，準備將帶回來的桃樹苗、棗樹苗和杏樹種在屋後。

沈玉蓉用托盤端著飯菜進來，見背簍放在廊簷下，卻不見謝衍之，喊了兩聲。「謝衍之，謝衍之？」

謝衍之從屋後出來，一臉不滿。「指名道姓地喊，不好聽，叫夫君。」見托盤上全是飯菜，就知是給他的，欣喜接過，端進屋裡。

沈玉蓉跟上去，歪頭瞧著他笑。「成婚當夜就跑了，你是我夫君嗎？我可沒承認。」

「不就是少了個洞房花燭，要不今晚補上，我倒是很樂意。」謝衍之拍掉身上的泥，準備洗手吃飯。

沈玉蓉又氣又羞，踢他一腳。「瞎說什麼，誰稀罕你。」關上門，把謝衍之推出去。

「我的飯菜。」謝衍之拍拍門。

沈玉蓉遞出飯菜，謝衍之進不了屋，只能坐在廊簷下吃，吃完了又去屋後種樹，嘴裡還嘀咕著。

這女人不講理，他說的都是實話，還不讓他說。

沈玉蓉回屋默寫《三十六計》和《孫子兵法》，等謝衍之走時給他。默寫幾章後，梅香進來，問她何時要休息？

沈玉蓉沒抬頭，擺擺手。「妳先去睡吧，我睏了就睡了。」

梅香又問她需不需要抹藥，沈玉蓉覺得傷好了，道了句不用，繼續寫《三十六計》，梅香便退下了。

謝衍之見梅香離開，偷溜進屋，走至沈玉蓉跟前，發現她在寫字，好奇看了幾眼，驚嘆道：「妳居然會兵法？」

「不是我寫的。」沈玉蓉手上動作沒停，答應一句。

「夢裡學的？」謝衍之拿起她寫的幾章，仔細翻看。「這兵法若用到戰場上，大齊的勝算會多幾分，我真想見見著書的人。」

沈玉蓉沒答話，全神貫注地寫著。

謝衍之放下紙張，深深凝視她。都說認真做事的女人很美，此刻的沈玉蓉就是如此，宛若才女般，渾身散發著智慧的光輝。

謝衍之不知不覺看癡了，幻想著他們在一起的日子，臉上綻放燦爛的笑容。

沈玉蓉寫累了，站起來，回頭見謝衍之呆呆傻笑著，推推他的肩膀。「怎麼了，靈魂出竅了？」

謝衍之回神，直勾勾地看她。「妳寫兵書給誰？」

沈玉蓉臉頰一熱，轉身不看謝衍之。「給自己看呀。我怕忘了，寫下以備不時之需。」

謝衍之從後面環住她。「口是心非，該罰。」將她轉過來，俯身在櫻唇上輕點一下。

「再過幾日，我就要走了。說實話，我捨不得妳，不想離開，該怎麼辦？」

沈玉蓉咬著唇，低頭道：「那就留下來。」

謝衍之抱住她。「我有太多事要做。若有一日，妳聽到了我的死訊，不要輕易相信。縱然身在地獄，我也會爬出來找妳。」

沈玉蓉忙打斷他。「你會長命百歲。」

「誰能保證自己長命百歲？」謝衍之笑了笑。「活好當下，有妳陪著，便足夠了。」

翌日一早，沈玉蓉又跟著謝衍之上山，和昨日一樣採野菜、找菌菇，還挖了些果樹苗。到了潭邊，謝衍之發現她腰間的荷包不見了，問道：「昨日我給妳的荷包呢？」荷包裡裝的藥粉，可以驅趕蟲蛇。

沈玉蓉摸向腰間。「早上忘記帶了。」

起床時，梅香問荷包是打哪來的，她說撿的，隨意敷衍過去。結果，梅香說荷包不能亂戴，便收起來，幫她換了個平常的荷包。

沈玉蓉只能眼睜睜看著荷包被收走，本想等梅香走了再戴，出門急，就忘了。

謝衍之解下自己的荷包，替她戴上。「山中有蟲蛇，戴上荷包，可以防這些東西。」

沈玉蓉見他把荷包給她，問：「給了我，你戴什麼？」

「我有武功，不用戴，那些毒蟲也不敢靠近。」謝衍之說著，拉起沈玉蓉的手，繼續往林中走。

沈玉蓉道：「今兒咱們去別處走走吧，院中少些花草，我想挖些回去。」

謝衍之答應，拉著她朝另一邊走去。他走在前面，手裡拿著棍子，好驅趕蟲蛇，沈玉蓉乖巧地跟在後面。

沈玉蓉望著謝衍之的背，感到寬闊而安全，解下荷包，偷偷幫謝衍之戴上。

謝衍之察覺沈玉蓉在他腰帶裡塞東西，回頭卻未看見，便問她在做什麼？

沈玉蓉說插了朵花，覺得好看，很配他。

謝衍之的心甜如蜜，心想就算他一臉鬍子，在沈玉蓉心中也是好看的，這就叫情人眼裡出西施。想了想，覺得戴花有些女氣，想拿下來。

沈玉蓉不肯，謝衍之想著，她難得誇他，娘就娘吧，也沒別人看見。

沈玉蓉卻想著，謝衍之就快回軍營了，若這時被蛇咬，會生出許多麻煩。

小時候住在莊子時，她也經常往山裡跑，哪有那麼多蛇。就算有蛇，也不會被她遇上。她運氣一向好，當然，除了嫁給謝衍之這件事以外。

沈玉蓉跟著謝衍之走了一段路，瞥見不遠處有一株蘭草，名叫玉梅，是春蘭的一種。春蘭開的花大多是三瓣，玉梅則是五瓣，外層帶著微粉紅色，擺在屋內正合適。

沈玉蓉鬆開謝衍之的手，朝那株玉梅走去。

謝衍之不解，問她做什麼？沈玉蓉指著玉梅說，想挖一株蘭花種到院中，就在那兒。

謝衍之要幫忙，沈玉蓉不肯，說他不懂，一面說、一面朝玉梅走去。

謝衍之搖頭笑了笑，讓她慢些。

沈玉蓉答應著，孰料剛靠近玉梅，腳踝處便忽然一疼，啊的一聲，彎腰摸向腳踝。

謝衍之驚慌跑來，一面檢查她的身上、一面問她怎麼了？

沈玉蓉推高褲腿，見腳踝處有兩個小孔，不大，有些黑紅。

謝衍之暗道不好。「怎麼被蛇咬了？不是戴著荷包嗎？」往沈玉蓉腰間瞥去，空空如也，哪有荷包。

沈玉蓉不敢答話，如做錯事的孩子，低頭不語。

謝衍之來不及追究，只當掉了，抬起她的腿，低頭替她吸毒。

沈玉蓉見謝衍之緊張，唇角微揚，直直盯著他。「你是不是對每個姑娘都這麼好？」

謝衍之吐出一口血。「她們與我何干？妳是我娘子，我只想對妳好，這輩子也只對妳好。」說完又繼續吸毒。

沈玉蓉笑了。「記住你的話，以後若看別的女子，或喜歡別人，我絕不輕易原諒你。」

謝衍之嗯了聲，吸完毒，找些草藥揉碎敷在沈玉蓉腿上，撕下布條幫她包紮好。

「行了，回去請個大夫看看，開幾副藥吃，應該就沒事了。」話落，他蹲下，看向身後的沈玉蓉。「上來，回家。」

沈玉蓉愣了一下。「你要揹我？」

「廢話，妳這樣能走路？」謝衍之抓起沈玉蓉的胳膊，把她拉到背上揹起來，一面走、一面問：「咱們從原路返回，妳看看荷包落在哪兒了。」

沈玉蓉應聲，趴在謝衍之背上，不打算告訴他，她把荷包給了他。

謝衍之揹著沈玉蓉，一步一步走著。天地間，樹林中好似只有他們兩人。

謝衍之希望這路沒有盡頭，就這樣一直揹她走下去，直到天荒地老。

沈玉蓉也希望這段路長些，這樣就可以證明他心裡有她。

山水有盡時，路終有終點。

到了謝家莊子外，謝衍之準備進去，沈玉蓉攔住他。「你還是別進去了，這張臉不宜見人。」這陣子謝衍之的行動偷偷摸摸，肯定不想讓別人發現，她不想打亂他的計劃。

可落在謝衍之眼中，就不是這麼回事了。沈玉蓉不想讓別人看見他，是因為他滿臉絡腮鬍，不好看，見不得人。

揹了她一路，如今被嫌棄，謝衍之心裡說不出是什麼滋味，酸酸澀澀不好受，撫摸著臉上的鬍子。

「我就這麼見不得人？」雖然一臉鬍子，他還是很俊的。

沈玉蓉一頭霧水。「怎麼就見不得人了？你不是整日偷偷摸摸，怕別人看見你嗎？」

謝衍之這才知是誤會了，讓沈玉蓉喊人，自己躲起來，看著她被人扶進去才放心。

沈玉蓉瘸著腿回來，說是被蛇咬了，在謝家掀起驚濤駭浪，謝夫人更是埋怨謝衍之不會照顧人。

棲霞苑擠了不少人，謝衍之不方便出去，坐在屋頂上，聽著屋內的話，一陣無語。

他百無聊賴地往後躺去，腰上被東西硌到，伸手向後摸，扯出一只荷包，立時傻了眼。

這不是他給沈玉蓉的荷包嗎，怎麼在他身上？

謝衍之回想，在山上時，沈玉蓉的確在他腰後放東西，說是花，沒想到竟是荷包。

這個傻丫頭，怎麼這麼傻，不怕被蛇咬了沒命？還是……他在她心中的位置，比她的命重要？

第四十六章

屋內，沈玉蓉坐在椅子上，掀起褲管看腿上的傷口。有些腫了，也有些麻，那蛇應該有毒，幸虧謝衍之及時幫她治傷，不然腿要廢了。

梅香見她的腿腫了，眼眶瞬間紅起，一面哭、一面抱怨。「我說跟您上山，您不許，被蛇咬了吧？下次帶上我。」

沈玉蓉失笑。「帶上妳幹什麼？」

「讓蛇咬我，您跑呀。」梅香打了水，幫沈玉蓉擦拭傷口。

謝夫人坐在一旁，聽見這話也笑了。「妳倒是個忠心的，但蛇哪會聽人的話，讓牠咬誰就咬誰？」見大夫還沒來，又派人去催，瞧著沈玉蓉腫起的腿，又心疼、又著急，嘆息道：「要不，咱們搬回侯府住吧。」

謝淺之倒了杯茶，遞給沈玉蓉，對謝夫人道：「我不回去。我是和離之人，回去又被祖母和二嬸說一頓。」

謝家分了家，但老宅還有大房的院子，是因謝二爺夫婦說話難聽，謝老夫人對謝夫人多有折磨，幾個孩子也跟著受氣，才搬到莊子住。

這幾年，大房的東西典當得差不多，只剩祖宅和這座莊子了。

謝沁之和謝敏之也不願回去，謝瀾之和謝清之倒是無所謂。

沈玉蓉亦不肯，她手裡有錢，想買些山頭和地，開創自己的事業，搬回去多有不便。

「娘，我覺得這裡挺好，環境清幽，空氣清新，山上到處都是寶。回侯府跟別人擠一個宅子，人多口雜，不方便。要不等咱們攢了錢，買下自己的院子再回去。住在自己家，大姊也不用看別人的臉色。」

她說得合情合理，謝夫人自然應了。

謝淺之朝沈玉蓉投去感激的目光。和離後她不願出門，總覺得別人用怪異的目光看她。

屋頂上，謝衍之聽了沈玉蓉的話，攥緊手中的荷包。是該看看宅子了，到時候幫沈玉蓉換間大的。她喜歡種地，就闢一塊地，讓她隨意種。

他想到這裡，腦海中顯現一幅景象——他提水，她澆水，婦唱夫隨。沒有處心積慮的爭鬥，沒有爾虞我詐的心機，那才叫過日子。

謝夫人點點沈玉蓉的頭。「山上還都是寶呢？我看蛇不少，會咬人。」

「娘……」沈玉蓉撒嬌。

這時大夫來了，幫沈玉蓉把脈，看過傷口，說大部分的毒都清了，再吃幾副藥便好。

謝夫人付了診金，讓人送大夫出去，囑咐梅香好好照顧沈玉蓉，要沈玉蓉好生休息，帶著人離去。

等人都走了，沈玉蓉說自己睏了要休息，把梅香支出去。

梅香走後，謝衍之跳下屋頂，推門進屋，見沈玉蓉坐在床邊，冷著臉走過來，將荷包遞給她。

「為什麼在我這裡？」

沈玉蓉望著荷包，佯裝不解。「我還以為丟了，原來是你撿到了。」接下荷包，滿臉歡喜地收起來。

謝衍之伸出手，捧著她的臉。「我該拿妳怎麼辦？」緊緊摟著她。

他忽然不想離開了，不想去掙前程，不想要榮華富貴，只想守著她，平平淡淡過日子。

沈玉蓉任由他摟著，過了許久，推開他。「等腿上的傷好了，我做一桌好吃的，感激你的救命之恩。」

謝衍之能說什麼，只能說好。

短暫的日子在指縫間悄然溜走，轉眼到了四月初。

沈玉蓉的腿受傷了，謝夫人要她好好歇著，哪裡都不讓她去。謝衍之也拘著她，不許她瞎溜達。

沈玉蓉還算聽話，哪裡也不去，待在棲霞苑默寫兵書。

期間，莊如悔來過一回，來催《紅樓夢》，得知沈玉蓉被蛇咬了，不能繼續寫，心痛如刀割，抱怨道：「是妳的腿受傷，不是手。」

「中毒了渾身都疼，手疼心疼腦殼疼，寫不出來。要不，您另請高明？」沈玉蓉回道。

若莊如悔能另請高明，早就請了，還用得著催沈玉蓉？沒拿到《紅樓夢》新章節，莊如悔決定留宿莊子，美其名監督沈玉蓉，其實是為了躲人。

那日，莊氏去了長公主府，想讓裴巧巧嫁給莊如悔，卻被謝夫人打斷，莊氏心中一直裝著這件事。

這些天，莊氏隔三差五就上門，還帶上裴巧巧。京城便開始出現流言，說莊如悔要與裴家巧巧訂婚了。

這流言從哪裡來，長公主不用查也知道，肯定是莊氏和裴家人放出來的。為了攀上長公主府，竟連自己女兒的名聲也不顧了。

流言一出，莊老夫人也聽到風聲，親自上門詢問此事。

與其說聽到風聲，不如說與莊氏商量好的。

莊老夫人早想攀上長公主了。往日裴家、莊家與王家交好，但王家女兒做出敗壞家風的事，令人恥笑。王太后和王皇后失了勢，王太師被明宣帝斥責，王家光景不如以前，莊家就想替自己留條後路。

長公主不喜莊家人，更不喜裴家人，與莊遲去了自家莊子散心。

莊如悔不想跟著他們，她爹娘夫唱婦隨，如膠似漆，她被噁心了還不許抱怨，索性來找沈玉蓉。但沈玉蓉好似心不在焉，每次說話都敷衍她。

莊如悔躺在紫檀羅漢榻上，枕著胳膊，意味深長地看向沈玉蓉。「不正常，妳最近很不正常。」逼近沈玉蓉質問。「說，妳是不是背著我，與小白臉風花雪月了？」

「妳瞎說什麼！我都名花有主了，要風花雪月也是和我家夫君一起。」沈玉蓉道。

「謝衍之那紈袴懂什麼，不如跟我呢。」說到這裡，莊如悔起身張望。「他不在吧？」

她依稀記得謝衍之發怒的情景，一把抓住她的鞭子，力氣之大，她難以撼動。

謝衍之絕對會功夫，且功夫在她之上。她打不過他，阿炎也不一定是謝衍之的對手。

沈玉蓉抬眸看她，笑著說：「妳好像很怕他？」

莊如悔自然不承認，挑眉道：「我怕打擾你們。」話落，大搖大擺出去，走到門口，回頭問：「他什麼時候離開？」

沈玉蓉搖頭。謝衍之不說，她也不會問，徒增傷感。

莊如悔道：「我還是去宮中找曦兒玩吧，等那紈袴走了再來。對了，妳有工夫，就去第一樓看看，如今我不方便去。」

天下第一樓和橋緣茶樓有人要逮她，她不敢去。不能跟著父母，也不能纏著沈玉蓉，又不能在京城溜達，只能躲進宮裡了。

沈玉蓉也不好出門，不過想起一個人，可以讓謝淺之去。

謝淺之和離後，無事可做，整日悶在家中胡思亂想，時日長了，心情會抑鬱的。

莊如悔讓她看著安排，喊來侍衛阿炎離開了。

休息幾日後，沈玉蓉的腿傷好了，心情舒暢，準備去廚房做桌好菜慶祝一下，也為感激謝衍之。

謝瀾之幾個小的知道沈玉蓉要做菜，高興地拍手叫好。自從沈玉蓉進宮挨打後，他們已經許久沒吃她做的菜了。

謝衍之回來，聽見沈玉蓉要下廚，先看她的腿傷，見消了腫才放心，跟著期待起來。他還未吃過沈玉蓉做的飯菜，只嚐過包子和肉醬。之前偷偷進過廚房，剩飯剩菜都是廚娘做的，沈玉蓉做的從來不剩。

沈玉蓉進廚房做了十菜兩湯，有糖醋排骨、蟹粉獅子頭、麻辣雞塊、梅菜扣肉、清蒸鯉魚、肉末豆腐、拔絲山藥、清炒水芹、臘肉炒蒜苗、涼拌藕。湯是菌菇湯和鴨血粉絲湯。

平時她做兩份，今天做了三份，有一份是謝衍之的。謝衍之那份的量雖少，但每樣菜都有，加起來也有兩大碗，配上一碗米飯，應該夠了。

等謝家人吃過飯，沈玉蓉端著托盤進屋，發現謝衍之在桌邊看書。

謝衍之聽到腳步聲，循聲看見沈玉蓉，勾唇一笑，起身迎了幾步，接過她手上的托盤。

「妳告訴我一聲，我去廚房端就是了。」

他端著飯菜坐下，拿起筷子，剛嚐了一口，眉眼立時舒展，嚥下飯菜，讚不絕口。「這是我一生中吃到最好吃的飯菜。」

他吃得很快，動作卻很優雅。沈玉蓉坐到他對面，看著他大快朵頤。「夠吃嗎？不夠的話，我再幫你做一點。」

謝衍之點點頭。「應該夠了！」結果，所有飯菜被他一掃而光，米飯一粒未剩。

謝衍之撫摸肚子，一臉滿足。「雖然飽了，但還能吃些。可惜沒有酒，來點酒更好。」

「得了吧，還想喝酒，有得吃就不錯了。明日想吃什麼？」沈玉蓉單手托腮，隨意問道。

謝衍之認真看著她。「只要是妳做的，我都喜歡。」

沈玉蓉起身向外走去。「吃得有些撐了，我想去外面走走。」

謝衍之跟上來。「我陪妳。」自然而然牽起她的手。「要不要去屋頂看看，野外的星空格外美。」

沈玉蓉答應，謝衍之摟著她的腰飛上屋頂。

兩人緊挨在一起坐著，望著遠處的暮色，一時無話。

過了好一會兒，謝衍之從懷裡掏出兩張紙，遞給沈玉蓉。「這是莊子的地契，遠處的兩座山頭，一個池塘，還有周圍的地，大約兩百畝，我都買下了。妳先種著，若是不夠，將來再買給妳。」

「為什麼給我這些？」沈玉蓉握著輕飄飄的兩張紙，緊緊盯著謝衍之，心裡是說不出的感動，他太會寵人了。

短短幾日相處，沈玉蓉已對謝衍之生出好感，現在她有些喜歡他了。

「妳喜歡啊！」霸氣簡單的回答，讓人心暖暖的。就是因為她喜歡，才送到她面前。

「別對我太好，我怕我會愛上你。」沈玉蓉道。

她在地府生活多年，接受不了男人三妻四妾。之所以留在謝家，只是因為她年紀到了，必須嫁人。謝家人對她很好，這裡是個不錯的選擇。

她願意和謝衍之搭夥過日子，卻不會把心交出去。

「愛上我不好嗎？」謝衍之問。

早在她回京，他再見到她，就認定了她。

第四十七章

愛上我不好嗎？沈玉蓉腦中迴盪著這句話。

她可以愛謝衍之嗎？這個時代，男人三妻四妾是常事。若有一日，謝衍之納妾，她能不能接受？

若是不愛謝衍之，她自然可以接受。納妾、養外室，甚至去青樓妓館，她都不會管；若是愛了，她便不能接受。愛人不能與人分享，這是她的底線。

謝衍之不為難她，摸摸她的頭，指著一顆星星道：「妳看，那顆星星多亮，像不像妳的眼睛？」滿天繁星，就數那顆星星最亮。

沈玉蓉看過去。「你在誇我的眼睛好看嗎？」

「不是誇，本來就好看。」謝衍之歪頭看她，眸中盡是深情。

沈玉蓉不接話，胳膊放在膝蓋上，雙手托著下巴，眼睛一眨不眨望著天邊。無邊無際的夜幕中，群星閃爍，彷彿在看著他們。

「過兩日我便要走了，妳要好好的，等我回來。」謝衍之說著，從懷裡掏出一根玉簪，簡單大方，通身透亮，頂端桃花栩栩如生，好似等待綻放，插在沈玉蓉髮髻上，忍不住讚道：「好看，很適合妳。」今兒出門瞧見時，就覺得襯她，想也沒想便買下了，果真合適。

聽說他要離開，沈玉蓉有些不捨，還是勉強笑道：「萬事小心，凡事莫要強出頭。你不是一個人，我……我們等你回來。」

謝衍之只聽見一個我字，唇角微微上揚，把她攬入懷中。「我會的。」

離別沖淡了旖旎，兩人在屋頂上坐一會兒，謝衍之便把沈玉蓉抱下來，回屋洗漱，各自睡下。

翌日，沈玉蓉一早洗漱完，進廚房做了餡餅、蒸餃、餛飩，幾道涼拌小菜和小米粥。

謝衍之又吃了個肚飽，去後屋種花草、種果樹。

沈玉蓉讓他歇會兒，他擦擦汗說不用。馬上就要走了，多做些，他捨不得她幹這些活。

晚間，沈玉蓉幫謝衍之準備包袱，包袱裡有牛肉醬、醬肉、幾身換洗衣服，還有兩本書，一本是《孫子兵法》，一本是《三十六計》。這幾天趕工，終於默寫完了。

謝衍之沒看包袱，喚來一名女子，身材與沈玉蓉差不多，穿著黑衣勁裝，手裡拿著劍，看著比一般姑娘更結實些。

沈玉蓉不解。「這位是？」

謝衍之解釋道：「她是謝家暗衛中的一員，功夫好，輕功更是一流。日後妳有什麼事，吩咐她去辦。」又對黑衣女子道：「日後，妳只有一個主子，便是夫人。」

黑衣女子答應，走到沈玉蓉跟前，單膝跪下。「屬下的命是夫人的，但憑夫人吩咐。」

沈玉蓉明白了，這是謝衍之給她的人，不是監視，而是保護。她痛快收下，又問黑衣女子叫什麼名字？

黑衣女子是暗衛，只有代號，沒有名姓。

「我幫妳取一個吧。」沈玉蓉摸著下巴，想了半晌，抬頭笑道：「有了，叫梅枝吧。本想取梅花，因古人有詩云：『牆角數枝梅，凌寒獨自開。遙知不是雪，為有暗香來』。這是讚美梅花的傲骨，但以此為人名，未免落了俗套。就叫妳梅枝，更顯傲骨錚錚。」

梅枝拱手謝恩，沈玉蓉讓她先去休息。

梅枝退下後，謝衍之摟著沈玉蓉的腰，一個用力又上了屋頂。

「明天一早，我就要離開了。書房裡有我送妳的東西，記得去看。」謝衍之道。

沈玉蓉答應一聲，便不再說話。

離別時刻，她不知該說什麼，想了想，忍不住道：「我唱首歌吧，保證你沒有聽過。」

「什麼歌？只要妳唱的，我都喜歡。」謝衍之笑笑，大手握著小手，力道又緊了緊，讓她感受他的真誠。

沈玉蓉在地府聽過許多歌，有些太露骨不合適，半晌後，終想起一首〈明月幾時有〉。

明月幾時有，把酒問青天。不知天上宮闕，今夕是何年？

我欲乘風歸去，唯恐瓊樓玉宇，高處不勝寒。起舞弄清影，何似在人間。

轉朱閣、低綺戶，照無眠。不應有恨，何事長向別時圓？人有悲歡離合，月有陰晴圓缺。此事古難全，但願人長久，千里共嬋娟。

人美，詞美，歌聲更是婉轉動聽。餘音裊裊，不絕如縷；繞梁三日，意猶未盡。

謝衍之看著沈玉蓉，彷彿有些癡了。她大概是上天賜給他的，來彌補人生的缺憾。

沈玉蓉見謝衍之發呆，在他面前揮揮手。「謝衍之，你怎麼了？」

謝衍之回神，抓住她的手。「沒事。以後別在人前唱歌，明白嗎？」

沈玉蓉想說不明白，但見他直勾勾看著她，很沒骨氣地點點頭。「明白。」

謝衍之便拉起她，抱她下去。

屋頂的歌聲，謝家人都聽到了，自然知道是沈玉蓉唱的。

梅香在謝淺之院中打絡子，聽見這歌聲要回來，被謝淺之攔住。謝衍之和沈玉蓉獨處，她自不會讓人打擾。

謝瀾之興起，拿紙筆記下歌詞，打算明日一早問問沈玉蓉，這詞是不是她作的。

謝沁之和謝敏之只覺得歌好聽，想讓沈玉蓉教她們唱。

謝夫人的心思卻不同，滿臉含笑，對許嬤嬤道：「這兩個孩子也算郎情妾意，我很快就能抱孫子了吧。」謝衍之有個一男半女，她便對得起墨家列祖列宗了。

許嬤嬤伺候她歇下。「我看小夫妻倆的感情好得很，別說一男半女，兒女雙全、子孫滿堂，也會有的。」

謝夫人聽了這話，心裡更熨貼，笑著躺下，催許嬤嬤去歇著了。

四月初五一早，沈玉蓉睜開眼，見身邊空蕩蕩的，伸手摸摸一旁的被子，未感覺到一絲餘溫，可見人已經走了許久。

她心中一陣失落，起床後坐在妝臺前，拿著梳子梳頭，表情心不在焉。

梅香端著水盆進來，見沈玉蓉呆呆愣愣，失了往日的神采。「姑娘，您這是怎麼了？」

沈玉蓉無精打采。「無事，就是心情不爽。」

梅香皺眉，想了想。「您的小日子來了？」也不對，應該是月中才來。

「沒有。妳別瞎猜了，我得了兩座山頭，一個池塘，還有兩百多畝地，等會兒妳陪我去看看。」

沈玉蓉說完，精神一振。她的夢想、她的事業比男人更重要，但心裡還是空落落的。

接著，她想起莊如悔的囑咐，可她要種地，沒工夫盯著天下第一樓，打算拜託謝淺之。

她一面洗漱、一面對梅香道：「等會兒妳去大姑娘院中，請她替我去天下第一樓，對對帳冊。對了，替妳介紹一個人，以後妳們就是我的左膀右臂，要相親相愛喲。」喊梅枝進來，讓兩人認識。

梅香見梅枝拿著劍，目露欽羨。「妳會功夫？」

梅枝話不多，點頭算是承認。

梅香又問她功夫好不好，梅枝說還行。梅香又要梅枝教她功夫，梅枝卻說梅香年紀大了，學不會。

「學了總比不學好，學不會也比現在強。」梅香笑著堅持。

見她倆處得來，沈玉蓉便不再擔憂了。

沈玉蓉吃完早飯，謝淺之來了，說起去天下第一樓的事，覺得不能勝任，讓沈玉蓉去。

沈玉蓉道：「我剛得罪太后，王家人一定恨死我了，若是看見我，來個刺殺、投毒什麼的，小命不保。我想來想去，唯有大姊能勝任這差事。」

謝沁之和謝敏之想去城裡玩，也要跟著去。最後，謝淺之帶著兩個小尾巴去了京城。

送走她們後，沈玉蓉帶著梅香、梅枝去看地。

兩座山頭、一個池塘，外加兩百畝地，三處連在一起，離謝家莊子不遠，沒一刻鐘便能走到。

沈玉蓉換了身短打，揹著背簍，用帕子包好頭髮，沿小路來到池塘邊。池塘有兩個球場大小，裡面種了蓮藕。如今是四月初，蓮花未開，池塘裡有幾處蕩起漣漪，應該是有魚。

山頭也不小，一個是池塘的兩倍，另一個大些，目測占地幾百畝，連綿起伏，看不到頭。沈玉蓉暗想，謝衍之真大方，這麼多東西，說送就送了。

謝衍之知道沈玉蓉想種地，他在戰場上得了把價值連城的鋒利匕首，本想留給沈玉蓉防身用。知沈玉蓉更喜歡種地，便把匕首賣了，換成銀子，買下這片地方。幸虧山頭不值錢，沒人願意買，才便宜了謝衍之。

兩百畝地是託關係買的，周圍住的都是達官貴人，有錢也買不到。這亦是托了齊鴻曦的福，要不是他裝傻，死纏爛打，謝衍之拿不到地。

沈玉蓉轉了轉，看了看地勢、土質，結合京城的氣候，對將來的規劃有了主意。

母親說，女人應該有自己的夢想。她在地府時，不知夢想是什麼，如今看到這山、這地，人生突然有了目標。

梅香累得走不動，打開竹筒遞給沈玉蓉，讓她喝些水解解渴，又問：「姑娘，您看這些做什麼？把地租出去，收租子就成了。」

「自然要種地。」沈玉蓉接過竹筒，喝了幾口，抬起袖子擦擦嘴。「池塘養魚、種蓮藕；山頭種各種各樣的果樹；地要細細規劃，種糧食、蔬菜，還要培育新品種。」

梅枝站在一旁，細細打量著沈玉蓉，總覺得她與其他閨秀不一樣。

沈玉蓉身上有股不服輸、不達目的誓不罷休的韌勁，堅韌不拔，好似無堅不摧，難怪主子那樣的人喜歡她。

梅香聽沈玉蓉說得頭頭是道，便知她是認真的，不依了。「姑娘，您是大家閨秀，高官之女，怎能親自種地？把地租出去收租子就成，別家都是這樣。」

「別家是別家，我跟別人不同。」沈玉蓉望著遠處的山，眸中盡是光芒，好似那不是普通的山，是兩座金山銀山，能發光。

梅香還欲開口勸，梅枝道：「少夫人自有打算，妳我聽命行事便可。」

「那怎麼行？老爺若是知道您親自種地，肯定心疼。」梅香巴拉巴拉，又說了一堆道理，就是不讓沈玉蓉種地。

沈玉蓉道：「我心意已決，不會改變主意。梅香啊，妳就看著吧，妳家姑娘注定不平凡。我要種出好吃的水果、高產的糧食、美味的菜餚，讓這個世界因我而改變。」奔向發家致富的生活，讓許多人吃飽穿暖，足夠了。

聽著她的豪言壯語，梅香一個字都不信。世界因沈玉蓉而改變，怎麼改變？她不信，梅枝卻信，從沒有一個女子敢誇口說這樣的話。世界因為一個人而改變，可以變成什麼樣子，她有些期待。

「姑娘……」梅香還想再勸，卻聽梅枝說，她的稱呼錯了。

梅香不解，梅枝糾正道：「妳應該叫少夫人。」沈玉蓉已經嫁給謝衍之，自然是少夫人，姑娘是閨閣時稱呼的。如今還喊她姑娘，顯然不合適。

沈玉蓉點頭，讓梅香稱她夫人。梅香哦了聲，喊了句少夫人。

梅枝滿意點頭。

第四十八章

沈玉蓉喝過水，歇夠了，繼續看地，午時回去用飯，得知謝淺之她們還未回來。飯後歇了一會兒，又去田裡。

這次，沈玉蓉帶了紙筆，準備將心中的想法寫下來。梅枝和梅香跟在她身旁，熱了替她擦汗，渴了幫她遞水，不知不覺忙到太陽落山。

梅香提醒道：「少夫人，咱們該回去了，不然夫人會擔心。」

沈玉蓉停下筆，抬頭看看天色，見金烏西墜，霞雲滿天，笑了笑。「不早了，咱們回家吧。」說著便收拾東西，放進背簍裡。

梅枝彎腰，將背簍扛起來。沈玉蓉知她力氣大，也不爭搶，道了句謝謝，這是在地府養成的習慣。

梅枝詫異，心裡一熱，小聲道：「少夫人不該向屬下道謝。」

她自小無父無母，被武安侯看中，收進謝家暗衛中接受訓練，是血是淚，都一個人吞嚥。從來沒有人主動關心她，跟她說謝謝。

她覺得自己是一把刀，不知疼痛、不懼苦累，命是謝家給的，做的一切都是理所當然。

「道謝是我的素養，是我的事。接不接受是妳的事，與我無關。」沈玉蓉笑著道。

梅香卻習以為常，向梅枝解釋，說沈玉蓉就是這樣，作完一場夢變奇怪了，比以往更親近人，習慣就好。

一行三人說說笑笑回謝家，在門口遇見謝淺之姊妹。

沈玉蓉詫異。「大姊，妳們這麼晚才回來？」以為謝淺之早該到家了。

謝敏之人小嘴快，不等謝淺之回答，跑來挽著沈玉蓉的胳膊，一面說、一面往屋裡走。

謝家姊妹去天下第一樓時，因是查帳，沒走正門，改走後門。

她們剛下馬車，還未進門，就遇見一個五、六歲的小孩，穿得破破爛爛，活像個小乞丐，站在門口，似乎在等人。

過了一盞茶工夫，牛掌櫃從樓裡出來，手中端著一只小陶罐，放進小孩手中，笑咪咪道：「小心端著。快走吧，別讓你奶奶和爹爹等急了。」

小孩抱過陶罐，彎腰道謝，轉身欲走，發現謝家姊妹在看他。

牛掌櫃也發現了，臉上一紅，對謝淺之道：「大姑娘，這孩子可憐，奶奶眼睛瞎了，父親是趕考舉子，進京後病了，盤纏全花光，家裡實在困難。咱們酒樓有剩菜剩飯，倒了可惜，便尋思著幫襯一二。大東家和二東家都不在，我沒稟報，確實有些不妥，還望您見諒。」

他對沈玉蓉和莊如悔還算了解，不會怪罪這事，但被謝家人看見，少不了要解釋。

小孩聽見這話，忙向謝家姊妹跪下，求她們饒了牛掌櫃。

謝家姊妹都是心軟的，忙把他拉起來，問他的名字。

小孩一一答了，說他叫秋兒，今年六歲了。

謝淺之又問他家住哪裡，父親得了什麼病，拿些銀兩給他，讓他替父親請大夫看病。

牛掌櫃見謝家姊妹並未責怪，還給秋兒銀錢，可見心善，要秋兒跪下給她們磕頭。

謝淺之可不敢受，拉起秋兒，聽見他肚子傳來咕嚕聲，忙對牛掌櫃說：「看看後廚可有吃的，給他盛些來。」

牛掌櫃哪有不應的，讚謝淺之心善，很快便端來冒著熱氣的碗，彎腰遞給秋兒。

「秋兒，快吃吧，吃飽了再回去。」

這是一碗排骨麵，分量很足，上面有好幾塊肉，是天下第一樓的夥計們吃的。剛做出來，還熱呼呼呢。

秋兒見了，吸了吸口水，揚起小臉，亮閃閃的眸子含著笑意，老氣橫秋道：「牛伯伯，秋兒能帶回去嗎？爹爹和祖母沒吃過，我想讓他們先吃。」

說者無意，聞者落淚。謝淺之當即紅了眼眶，吩咐牛掌櫃。「再做兩碗讓他帶走，我給錢。」拿出帕子，彎腰替秋兒擦臉。「你先吃，你祖母和父親也能吃到。」

秋兒嗯了聲，拿著筷子，大口大口吃起來，還不忘誇謝淺之好看心善。

謝淺之對秋兒越發憐愛，等他吃完，又麻煩牛掌櫃送他回去，還從馬車上拿了一盒糕點送他。糕點是她跟沈玉蓉學著做的，雖不如沈玉蓉做的好吃，味道也極好。

秋兒婉拒，說有飯菜吃已經很好，糕點留給姊姊們吃。

謝淺之說她會做，讓他不要客氣。秋兒見推辭不了，便收下了，又是一番感謝。

謝淺之目送他離去。「這孩子還這麼小，就知道心疼人，品性很好，不知什麼樣的人家能教出這樣的孩子。」她今年二十，若婚姻和美，也該有自己的孩子了。

她進了天下第一樓，看完帳本，聽聞牛掌櫃回來了，便囑咐他多照顧秋兒。牛掌櫃高興應了。就算謝淺之不說，他也會照顧秋兒一家。

秋兒的父親才高八斗，只是時運不濟，若有機會，定能龍出淺灘，一飛沖天。

聽完謝敏之的話，沈玉蓉瞧向謝淺之。

「大姊人美心善，看帳也是一把好手，天下第一樓就麻煩大姊多多看顧了。」

謝淺之不好意思。「妳不怪我自作主張就好。」

「大姊袖手旁觀，我才生氣。人生在世，誰沒個難處？聽妳們說，我倒是想見見那孩子，小小年紀聰慧機靈，懂得感恩，至純至孝，是個好孩子，不知出身什麼樣的人家。」

未聽秋兒提起母親，或許他母親已經過世了，才這樣聰慧早熟。

沈玉蓉說著，和謝家姊妹進了正院，向謝夫人請安。吃了晚飯，各自回院中休息。

沈玉蓉繼續寫計劃書，規劃山上要種的蔬果、要買的東西，直到三更才睡下。

謝淺之也歇下了，但腦海中總會浮現秋兒衣衫襤褸的模樣，腳上的鞋子破了，露出腳趾。她躺在床上，輾轉難眠，越想心裡越不舒服。

她見過很多乞丐，都不如秋兒給她的印象深。秋兒的眼神太清澈、太靈秀，彷彿一眼能望穿人心。

這世界上有太多孤兒和乞丐，她能救一個、能救兩個，卻不能拯救全部的人。

謝淺之覺得，自己應該做點事，卻不知該做什麼。

她不知道，許多人因為她的一個決定，命運發生了改變……

謝家的事暫且不提，且說秋兒，牛掌櫃送他到鄭家門口，就離開了。

鄭家在城外租了小院，兩間屋子、一個棚子，棚子當成廚房，還是後來才搭建的。院落雖小，卻被收拾得極為乾淨。

秋兒提著大大的食盒，推門進去，道：「奶奶、爹爹，我回來了。」

鄭母一手拄著枴杖、一手摸索著，慢慢走出來。「秋兒回來了。你又去找牛掌櫃啊？不是告訴你了，莫要再麻煩牛掌櫃。」她聽見方才的動靜了。

牛掌櫃幫了大忙，還借了他們不少銀子。可惜，吃了許多藥，兒子的病依然不見好轉。

鄭母天天夜裡偷偷哭，怕兒子撒手人寰，跟老頭和大兒子一樣，再也醒不過來。

秋兒放下食盒，忙跑過來扶她。「奶奶，牛伯伯是好人，今兒我還遇到三個漂亮的好心姊姊，給我吃非常好吃的糕點，我從未吃過，還給銀子。咱們有錢，能替爹爹抓藥了。」

鄭母不信，以為是秋兒偷的，疾言厲色喝斥道：「秋兒，咱們雖窮，卻不能偷、不能搶。人一旦做錯事，就再也無法挽回了。」

秋兒解釋。「奶奶，我沒說謊，牛伯伯可以幫我作證，三位姊姊認識牛伯伯。」

鄭母聽聞這話，信了七分，問了經過，這才信了，對謝家姊妹千恩萬謝。

「奶奶，這麵可好吃了，您多吃些，裡面還有肉呢。」秋兒打開食盒，捧出麵碗，要餵鄭母吃。

鄭母讓秋兒吃，秋兒不吃，說他已經吃過了。

鄭母一面吃、一面流淚，心道這世上還是好人多。若兒子能考中進士，謀個一官半職，她一定替恩人們立長生牌坊。

兒子病倒，他們花光他趕考的盤纏，被房主趕出去。她一個瞎眼老婆子，拖著病重的兒子，領著幼小的孫子，無處可宿，是牛掌櫃借他們銀子，讓他們租房子、看病，還讓秋兒去天下第一樓的後門，給些剩飯剩菜接濟，一家三口才勉強活下來。

這時，屋內傳來咳嗽聲，接著是虛弱的聲音。「秋兒，是你回來了？」

鄭母聽見兒子醒了，面上一喜，催促秋兒去看看，自己捧著碗吃麵，特意留下了排骨。

秋兒難得吃頓肉，讓他多吃些。小孩子還能長身體，她一個老婆子，吃了也浪費。

秋兒捧著麵進屋。「爹爹，我帶了排骨麵，您多吃些，吃了病就好了。」回應他的是劇烈的咳嗽聲。

秋兒放下麵，跑到床邊，拍著鄭勉的背，幫他順氣，柔聲道：「爹爹，有個姊姊給了我十兩銀子，又可以替您抓藥了。」

「秋兒辛苦了，爹吃完飯，病就會好了，不用吃藥。」鄭勉面容消瘦，唇瓣沒有一絲血色，乾枯皸裂。昔日的俊美容顏，如今慘不忍睹，要說哪裡出色，唯有一雙眸子還算有些神采，看著與秋兒有幾分相似。

秋兒不肯，執意要去抓藥。

鄭勉咳嗽幾聲，說是不用吃藥，興許多吃飯，病就好了。

門外，鄭母聽得淚流滿面，兒子連藥也不吃，難道……碗落在地上，麵和排骨連著湯水灑了一地。

秋兒忙出來，見鄭母打翻碗，也不責備，慌張地問她可傷著？

鄭母一言不發，掩面而泣。

她可憐的小兒子，命怎麼那麼苦，難道她真的剋夫剋子？老頭子去了，大兒子去了，小兒子也要跟著去嗎？她不怕死，可小孫子該怎麼活？

秋兒安慰她一陣，見她止住淚，又進屋餵鄭勉吃飯。

第四十九章

翌日，東方的天空剛剛發白，謝淺之便起來了，翻出以前的舊衣服，剪成鞋樣子，準備做幾雙鞋。

等天大亮了，她又去謝瀾之和謝清之的院子，讓他們把小時候的衣服找出來。

兄弟倆不解。「大姊，妳要我們小時候的衣服做什麼，學大嫂穿男裝出門嗎？」

謝淺之說了秋兒的事，謝瀾之和謝清之便去翻箱倒櫃找衣服，半晌後尋出十幾身衣衫、幾雙鞋子，用包袱包給謝淺之。

謝家孩子節儉，許多衣衫是用細棉布做的，並非綢緞，謝淺之才覺得適合秋兒。

謝淺之收下包袱，囑咐他們好好讀書，莫要辜負好時光。有些孩子想讀書，都沒機會。

出了弟弟們的院子，謝淺之去棲霞苑找沈玉蓉。

她思索一晚，感慨良多，想為秋兒做些事，便把自己的想法告訴沈玉蓉。

沈玉蓉眸中一亮，笑著道：「大姊願不願意開善堂，幫助那些孤兒和窮苦的孩子？」這樣可以累積功德，功德高了，福報也就來了。

「開善堂？」謝淺之從未這樣想過。

「對呀，收留孤兒，教他們讀書、寫字及做人的道理，還有謀生的本事。有了一技之長，便不會餓死、凍死，等他們長大了，也可幫忙照顧孤老。」沈玉蓉侃侃而談。

這個世界的女人被封建思想束縛，未出嫁前，聽從父母安排，長大後嫁人，在家相夫教子，伺候公婆，大門不出，二門不邁，活在一方小天地裡。這便是她們的人生，何其悲哀。

謝淺之聽了，有些不敢置信，隨後陷入了沈思。

女人，或許可以換一種方式活著。

沈玉蓉知道，這想法太驚駭世俗，需要時間接受。送走謝淺之後，帶著梅香跟梅枝去山上轉轉，找些野生果樹，好種到她的山頭。

謝淺之帶著深思去了天下第一樓，謝敏之和謝沁之要跟，被她拒絕了。

她不是去玩，而是有正經事要做，要好好想想以後的路該如何走。一輩子太長了，只待在謝家，似乎不是她想要的。

馬車停在天下第一樓門口，謝淺之下車，便聽見齊鴻曦的聲音，他身邊跟了一個太監，看著有些面熟。

齊鴻曦快步跑來，笑著道：「表姊，妳也來吃飯？有些日子沒見到表嫂，她還好嗎？」

謝淺之一一回答，問齊鴻曦近日可好，在宮裡可開心？有沒有按時吃飯，有沒有聽皇上的話，又問他怎麼來了？

齊鴻曦都答了，說到最後，有些抱怨。「如悔表哥住在墨軒殿，想吃第一樓的飯菜，讓我幫他帶些回去。」又湊到謝淺之耳邊道：「其實，我也想吃了。」

謝淺之拉著他進去，牛掌櫃遠遠瞧見，忙迎上來，熱情招呼道：「六公子來了，想吃些什麼，我讓人送上。」

齊鴻曦報了幾個菜名，還說要打包一份，帶給莊如悔。

牛掌櫃問起莊如悔，這些日子忙些什麼，也不來天下第一樓了。

「樓中有討厭的人，每次都要纏著如悔表哥。如悔表哥不喜歡，就去了我那裡。」齊鴻曦笑嘻嘻道。

這話正好被裴巧巧聽見了，忙問莊如悔到底在哪裡？她日日來天下第一樓，就為遇見莊如悔，結果莊如悔躲出去了。她不認得齊鴻曦，是以說話一點都不客氣。

齊鴻曦也不認識裴巧巧，卻猜測這女人不懷好意，八成是裴家的人。下巴微揚，冷哼一聲。「妳是誰，長得真醜！」說完躲到謝淺之身後。

裴巧巧不說國色天香，也是小家碧玉。莊氏就這一個女兒，捧在手心寶貝著長大，千寵萬愛，何時被人指著鼻子說話，還是女人最忌諱的醜，氣得差點吐血，立刻衝上去，想拉出齊鴻曦，打幾下解解氣。

跟在齊鴻曦身旁的太監站出來，擋在裴巧巧跟前，肅穆道：「放肆，這是六皇子殿下，也是妳能隨意打罵的？」聲音尖銳，不似一般男子的聲音，聽著像宮裡太監。

裴巧巧還算有眼力，立刻不敢放肆，道了歉，帶著侍女離開。

這太監是劉公公的乾兒子，名喚小三子，有些拳腳功夫，得明宣帝信任，又聽劉公公的話，被分到墨軒殿，照顧齊鴻曦的起居。

見人走遠，謝淺之感激地道謝。小三子不敢當，只說是分內之事。

這時，小二端菜上來，招呼齊鴻曦坐下吃。

謝淺之看著齊鴻曦吃飯，見他狼吞虎嚥，有些好笑，拿出帕子幫他擦嘴。「吃慢點，小心噎著。不知道的人還以為宮裡虧待你，不讓你吃飽呢。」

說者無意，聽者有心，小三子立刻站出來，笑著解釋。「六公子是想念第一樓的飯菜了，更想念大少夫人做的吃食，經常念叨呢。」

早起，謝淺之做了些點心，命翠雲拿過來。本來是替秋兒準備的，如今遇見齊鴻曦，自然要給他一些。

齊鴻曦知道點心是給秋兒了，問秋兒是誰。

謝淺之說了遇見秋兒的事，還說準備去鄭家一趟，看看秋兒如何，給他帶了舊衣服，順便捎過去。

齊鴻曦是裝傻，不是真傻，得知秋兒是個六歲小孩，便猜測秋兒的父親有二十餘歲了。

謝淺之雙十年華，又是剛和離之人，若是傳出閒言碎語就不好了，於是扯著謝淺之的衣袖道：「不行，表姊不能去，秋兒的爹爹是男子，表姊是女子，不合適。」

小三子了解齊鴻曦，決定的事不會改變，想出折衷的法子。「表姑娘，要不您先回去，奴才和殿下跑一趟，保准將東西都送到。」

謝淺之想了想，不放心，齊鴻曦心智不全，出宮怕是不妥。

齊鴻曦非要去，小三子也說自己功夫好，可以保護齊鴻曦。

謝淺之拗不過齊鴻曦，答應了，讓他們把東西送去給秋兒。

牛掌櫃知道齊鴻曦要去鄭家，立刻站出來，說可以帶路。有牛掌櫃跟著，謝淺之放心不少，囑咐齊鴻曦一番，看著他們離去。

齊鴻曦到了鄭家，小三子上前敲門，裡面傳來秋兒的聲音。

「誰啊？」

牛掌櫃笑著答話，秋兒開門迎三人進去。

齊鴻曦住在皇宮，亭臺樓閣林立，處處繁花似錦。就算是謝家的莊子，也處處透著精緻。

他哪曾見過這樣的地方，整座院落還沒他的偏殿大，破落逼仄，像乞丐窩。

不過，他沒露出嫌棄的樣子，盯著瘦瘦矮矮、身高只到他腰部的秋兒，輕聲問：「你就是秋兒？我叫曦兒。」

秋兒看齊鴻曦一眼，便聽見牛掌櫃介紹道：「這位是謝姑娘的表弟，在家行六，你可以叫他六公子。」

齊鴻曦樂呵呵，微微揚起下巴。「叫我曦兒哥哥就好。」看向一旁的小三子。

小三子會意，拿出一只荷包遞給秋兒。「這是我家公子給你的見面禮。大齊能讓我家公子掏荷包的人，可沒幾個。」平輩中只有謝家孩子，連幾位皇子都沒有這樣的榮幸。

牛掌櫃對秋兒點點頭，示意他收下。

秋兒接過道謝，小三兒把衣服跟鞋子拿出來，說出此行的目的。

秋兒得知謝淺之還惦記著自己，又高興、又激動，連說謝淺之心善，堪比活菩薩。

齊鴻曦驕傲道：「這是自然，大表姊最好了。」

難得有個孩子入他的眼，齊鴻曦心情好，要小三兒把糕點拿出來，分給秋兒。

秋兒推辭，他已收了太多東西，不能再要了。

齊鴻曦佯裝生氣，仰起下巴，冷哼一聲。「表姊給的能收，為何我的不能收？你瞧不上我，不想與我做朋友。」扭頭不去看秋兒，表示他很生氣。

小三兒與牛掌櫃勸秋兒收下，秋兒這才收了，迎著三人進屋坐。

這時，屋內傳來劇烈的咳嗽聲。秋兒解釋道：「這是我爹爹的聲音，他生病了。」眼眶有些紅。

「什麼病，可請了大夫？」齊鴻曦問。

牛掌櫃了解鄭家的情況，開口解釋道：「鄭舉人病了近兩個月，換了好幾個大夫，藥也吃了不少，就是不見好。聽咳嗽聲，病得不輕，比前幾日更重了些。」

小三子見齊鴻曦皺眉，忙問道：「聽孩子口音，不像京城人士，鄭舉人可是上京趕考？」

秋兒道：「是，可來沒幾天，我爹便生病了，錯過今年的春闈。我爹爹考舉人時，得了第一名，是我們那兒的解元。夫子說，我爹能高中進士，運氣好還能位列一甲之內。」提起自己的父親，滿臉驕傲。

話音未落，屋內傳來鄭母的聲音。「秋兒，是誰來了？」

秋兒介紹了齊鴻曦，又說明他的來意。

鄭母拄著枴杖，摸索著出來，對齊鴻曦謝了又謝。

齊鴻曦見她雙眼直直瞪著，說話時不看他們，覺得不對勁，看向牛掌櫃，指了指自己的眼睛。

牛掌櫃搖頭嘆息。「鄭婆婆的眼睛看不見，據說是哭瞎的。」

齊鴻曦內心悲戚，是怎樣的悲痛，能哭瞎雙目？沈默半晌後，吩咐小三兒。「你去太醫院，請院正來。」若那舉人死了，大齊豈不是損失一名人才。

小三子聽見這話，又驚又喜，主子果真心善，乾爹說得沒錯。待陌生人尚且如此，更何況他們。

只要他忠心護主，主子絕不會虧待他。吃的、用的且不用說，主子大方得很，若是辦錯了事，主子不僅不罰他，還會寬慰他。比在其他宮裡好多了。其他主子，一個不高興，都會要了奴才的命。他們的命不值錢。

牛掌櫃聽了這話，喜不自禁，這下鄭勉有救了。

第五十章

太醫院院正姓李，五十多歲，保養得當，看著約四十出頭的樣子。

今天他不當值，在家看醫書，猛地被小三兒拉出門，還以為是齊鴻曦生病了。

他上了馬車，見馬車往城外走，並非去皇宮，便問小三兒齊鴻曦在哪裡，小三兒這才說了事情經過。

李院正得知去城外，還是替平民百姓看病，頓時不樂意了，非要回去。

小三子冷笑，威脅他。「您信不信，今兒您要是不去，明兒六皇子就會生病。皇上問起原因，奴才如實稟報，皇上會如何處置，奴才說了不算。李大人，您自個兒掂量吧。」

明宣帝對齊鴻曦的寵愛，文武百官眾所周知，李院正想像著結果，身子不覺打了個寒戰，不發一言，老老實實坐在馬車上。

小三子心裡樂開了花，面上依舊不顯，冷冷道：「這就對了，有人等著救命呢，誰的命不是命？您這是行善積德，必有好報。」

這是給李院正臺階下，李院正只能順坡往下走。「小三子公公所言極是。」

兩人到了鄭家，李院正要向齊鴻曦行禮，齊鴻曦卻擺擺手道：「免禮吧，大叔，你快進去瞧瞧病人。」

這聲大叔讓李院正腳下一個踉蹌，差點摔倒。他實在不敢當，這祖宗不給他找麻煩，他就燒高香了。李院正應著，往屋裡走，伸手替鄭勉號脈，神色凝重。

秋兒見狀，險些哭出聲。「大夫，我爹爹到底怎樣了？」難道爹爹快死了嗎？

李院正收了手，表情嚴肅。「他不是生病，是中毒。這毒名叫曇幽，非一般的毒，會令人頭暈、目眩、咳嗽，乍看像似風寒。若按風寒醫治，也治不好，半年後神仙難救。」

中毒？除了李院正，所有人都驚詫。秋兒問可有辦法治，鄭母則在一旁垂淚，要給李院正跪下，懇求李院正救救鄭勉。

牛掌櫃滿腹疑惑，鄭勉是個讀書人，會得罪誰？讓人費盡心思給他下毒，還是這種毒，可以讓人死得悄無聲息。

小三子站在一旁，低頭默不作聲，不知在想些什麼。

齊鴻曦的眸光閃了閃，他在宮裡長大，自然聽過這種毒，後宮嬪妃曾經用過，已經被父皇禁了，為何在這裡出現？鄭勉中毒這事，怕不簡單。

李院正不敢多言，開了藥方，囑咐一些話，說過幾日來複診，便收拾東西，準備告辭。

齊鴻曦指了指鄭母，小三子會意，笑著道：「您老來都來了，好人做到底，也幫這位婆婆看看眼睛吧。」

李院正掀起眼皮瞄齊鴻曦，見齊鴻曦看他，清澈明眸中不見半分波瀾，卻讓他心驚膽戰。別人或許不知這位六皇子的底細，他卻一清二楚。若非墨家對他們家有恩，他就算有天大的膽子，也不敢欺君。

李院正幫鄭母看眼睛，開了藥方，揹著藥箱走出鄭家，感覺背後有些發涼，才知汗水打濕了衣裳。不知為何，他就是怕齊鴻曦。

牛掌櫃拿著藥方去抓藥，暗自慶幸，幸虧遇見齊鴻曦，請來太醫院的人，不然鄭勉必死無疑。說起來，鄭勉也算幸運，如今認識了貴人，將來對仕途有益無害。

齊鴻曦看著鄭勉喝了藥，才帶著小三子離去。

主僕倆回到宮裡，已是掌燈時分。明宣帝得知齊鴻曦出宮，久久未歸，早已派人等在宮門口。

莊如悔也擔心齊鴻曦遇險，守在宮門，遠遠瞧見齊鴻曦回來，鬆了口氣，走上前。

「你怎麼現在才回來，可遇見危險了？」她上下打量齊鴻曦，見他衣著乾淨整潔，才徹底放下心，又埋怨他回來晚了。

齊鴻曦板著臉，一言不發。莊如悔疑惑，看向小三子，小三子便說了白日的事。

莊如悔道：「曦兒就是心善。此事有隱情，表哥會管。你放心，定會還鄭勉公道。」

齊鴻曦還是不說話，跟著明宣帝的人去了御書房，依舊不言不語，面無表情。

明宣帝同樣納悶，看向小三子，問齊鴻曦發生了何事，小三子又重複說了一遍。

明宣帝大怒，將奏摺拂在地上，罵道：「讓大理寺徹查！無論此案牽扯到誰，一律嚴辦，不准求情，求情者同罪論處。」敢暗害科考舉子，與謀害朝廷命官、國之棟梁有何區別？

劉公公得到旨意，去大理寺宣旨。

齊鴻曦達到目的，展顏一笑，向明宣帝道謝。

明宣帝摸摸他的頭，誇他心善，讓他回去歇著。齊鴻曦高高興興地告退，明宣帝又囑咐小三子，好生照料齊鴻曦，不可怠慢。

小三子應下，恭敬後退出去，快步追上齊鴻曦。「我的主子哎，皇上問話，您答就是了，卻一聲不吭，嚇得奴才提心吊膽。」

莊如悔等在御書房外，看見齊鴻曦出來，向他索要飯菜。今兒出去，她特意叮囑齊鴻曦帶天下第一樓的飯菜進宮。

齊鴻曦攤開手，道：「沒帶回來，全給秋兒了，你想吃就自己去，我再也不幫你帶了。今兒遇見一個醜女人，問你在哪裡，我沒告訴她，我是不是很聰明？如悔表哥該給我獎勵。」一伸出手討賞，大有不給不走的意思。

莊如悔摸出荷包，掏出一張銀票塞進他手裡。「小財迷，見錢眼開。」

鄭家和宮裡發生的事，沈玉蓉和謝淺之一概不知。

沈玉蓉忙著計算果苗數量，找果樹苗。她的山頭大，若都種上果樹，像是蘋果、桃子、葡萄、梨、棗等等，需要兩、三萬株，甚至更多。

她找人打聽了，這附近有培育果苗的農家，但數量不多，最多只能種十幾畝地，連一座小山頭都不夠。

若想種滿整座山，她得自己培育果樹苗。這不是不可以，但浪費工夫。如果用買的，品質不好，還可以嫁接改良。

沈玉蓉派人去買果苗，又發現一個問題，她無人可用，尤其是懂農桑之事的人。

翌日一早，她去了天下第一樓，找牛掌櫃打聽牙行的事。

牛掌櫃得知沈玉蓉要買人，忙介紹了幾家牙行，末了又推薦鄭勉。

他相信沈玉蓉的人品。鄭勉雖是舉人，但錯過了春闈，家中房屋田產已悉數變賣，暫時不能回鄉，昨兒還託他幫忙找活計呢。

鄭勉原想當私塾先生，可想起中毒之事，下毒之人定是讀書人，嫉妒他的才學，便歇了教書的心思，免得遇見熟人。

牛掌櫃有心幫襯鄭勉，便把他推出來，做個帳房先生也行，一家三口勉強度日。

沈玉蓉聽他說起鄭勉，猶豫片刻就答應了。「等他病好，讓他到謝家莊子找我。」

牛掌櫃替鄭勉道謝，送走沈玉蓉後，喜不自禁，親自去了鄭家，把這消息告訴鄭勉。

鄭勉將謝家人的恩情記在心中，想著以後報答。鄭母也叨念著，直說遇見了好人。

秋兒穿著新得的衣服、鞋子在院子裡撒歡，說喜歡謝家的幾個姊姊。等他長大了，也要像謝家的姊姊們一樣，幫助更多的人。

沈玉蓉去了牙行，選了一家四口。這家人曾在莊子上種莊稼，因主家犯了事，被發賣出來，一家之主叫張福全，有一兒一女。

牙行老闆得知沈玉蓉是牛掌櫃介紹來的，特意薦了這一家。張家人嘴笨，卻很勤快，還幫著牙行幹活呢，要不是不會討好人，早賣出去了。

沈玉蓉信得過牛掌櫃，一手交錢、一手交人，簽了紅契，到衙門備案後，帶著張家人回莊子。

謝夫人得知她買人，也不問原因，二話不說，吩咐人將後罩房和倒座房整理出來，讓張家人住。沈玉蓉更感動，摟著謝夫人道謝。在正院吃了晚飯，回棲霞苑後，讓梅香收拾幾件衣物給張家人送去，明日一早到田裡幹活。

梅香抱著衣物送去時，張家人正感念謝家人的好，見梅香拿著衣物過來，忙把她迎進屋，客客氣氣地招呼。

張家人被賣多日，因為嘴笨，一直沒人要。在牙行裡雖餓不著，卻也吃不飽，更別提有油水的肉菜、白米飯跟白麵饅頭了。

今日跟著沈玉蓉出城，見她的穿著氣質，以為主家環境不好。孰料頭一頓飯就吃了紅燒肉，白米飯管夠，饅頭隨意吃，還配有湯水。就算在以前的主家，也不敢這樣吃。好好幹活。

謝家人和善，待人隨和，不像以前的主家，輕則打罵，重則發賣。張家人放了心，決定

一會兒後，梅香回到棲霞苑，見沈玉蓉聚精會神地寫東西，沒發現她回來了，有些不滿。

「少夫人，今天買來的姑娘，您要如何安排？」少夫人身邊已經有她和梅枝，怕來人分她的寵。

沈玉蓉一時不明白，抬頭問：「妳說什麼？」

梅香又說了一遍，沈玉蓉立刻會意，笑著起身走到她身邊，伸手抬起她的下巴。「怕失寵呀？妳放心，妳家少夫人會一直喜歡妳，不會移情別戀。」一副登徒子的模樣。

梅香拿開她的手，笑著道：「少夫人，您別逗我了。我可不敢讓您移情別戀，大少爺會殺了我。」

提起謝衍之，沈玉蓉神色有些不自然。「好端端的，怎麼說起他了？」

謝衍之離開已有幾日，他可曾到了邊關，路上可安全？

此刻，謝衍之剛到山海關，一路上有柳震陪著，還算安靜。進了軍營，就被封為千戶。

他躺在床上，枕著雙手，雙目望向帳篷，唇角微微上揚。

他也在想念沈玉蓉，想著沈玉蓉在做什麼，他走了幾日，可曾想他？京城那些人，可有再找她麻煩？他不在她身邊，誰護著她？

這時，牛耳掀開簾子進來，瞧見謝衍之，勉強笑了笑。「沈兄弟，你回來了？」

他只知謝衍之出去辦事，並不知他去哪裡。直到柳震和謝衍之回來，才知謝衍之去了京城，聽聞沈家人都不在了，只剩謝衍之。

牛耳同情謝衍之，不免有些心疼。相處一段時日，他自然知道謝衍之對家人的看重，尤其是他的新婚妻子。雖未圓房，但再回去竟是天人永隔，怎不令人悲痛。

謝衍之坐起來，嗯了聲，裝出悲痛的樣子。

牛耳不敢提起他的傷心事，說了營裡的近況，恭喜謝衍之升官，再用木盆裝了髒衣服拿出去，裡面有他的衣服，也有謝衍之的。

謝衍之見他出去，拿油紙包好牛肉醬藏起來，又躺回床上，一副悲痛欲絕的樣子。

瘦猴也進來了，用鼻子嗅了嗅，小聲嘀咕。「我怎麼聞到牛肉醬的味道？」

謝衍之瞥他一眼，冷冷道：「一品閣有牛肉醬，想吃去那裡買。」

瘦猴訕訕地笑了笑。「我、我就是聞見味道了，沒有很想吃。」

第五十一章

柳灃體諒謝衍之，想讓他再歇幾日。可事與願違，當夜遼軍來襲，大齊軍隊措手不及，險些落敗。

幸虧謝衍之箭術好，射死遼國的將領及旗手，打亂遼軍隊伍的陣型，才扭轉局勢。

謝衍之立下戰功，柳灃想封他為萬戶，又怕他升得太快遭人嫉妒，便給了賞銀。

謝衍之明白柳灃的用意，領了錢，帶牛耳、瘦猴與幾個百戶出了軍營，打算慶祝。

嫉妒之人哪裡都有，謝衍之才來多久，就成了千戶，今兒又得了賞銀。這不重要，重要的是他令柳灃另眼相看，高官厚祿是遲早的事。有人便商量著，想除掉他這個禍害。

謝衍之自是不知這事，領人去了一品閣吃酒。

當晚回來的路上，他們遇到刺殺，幸虧謝衍之功夫好，毫髮無損，但牛耳和瘦猴就沒這麼幸運，兩人身上都掛了彩。

回去後，謝衍之向柳灃稟報此事，柳灃命人徹查，得知是百里外某個山寨的土匪所為，便將這事記在心裡，等擊退遼軍，再收拾這幫土匪，又安撫謝衍之一番，便不了了之。

邊關的事暫且不提，再說明宣帝讓大理寺調查鄭勉被下毒一案，已然有了眉目。

鄭勉進京後，人品才學都被稱讚，很快結識了不少舉子。這些舉子中，有一人與他關係最好，就是禮部尚書孫大人的嫡長孫孫贊。

孫贊自幼聰穎，博學多才，能說會道，為人和善，是這次京城的解元，有望問鼎狀元。一場詩會中，他鬥詩輸給鄭勉，兩人算是不打不相識。自此以後，兩人相談甚歡，經常一起研讀詩書，討論文章，每每鄭勉都略勝孫贊一籌。孫贊對鄭勉誇讚不已，甚至想結為異性兄弟。

從表面上看，孫贊沒有任何嫌疑。但孫家家丁說溜了嘴，孫贊明裡對鄭勉嘆服，背後卻敗壞他的名聲，說他出身鄉野，見識淺薄，上不得檯面。要不是運氣好，哪能考中解元。

鄭勉不知此事，依然與孫贊交好。某日，孫贊請鄭勉吃飯，當晚鄭勉就病了，請醫吃藥無數，卻不見好轉，還有大夫斷言鄭勉命不久矣，讓鄭家準備後事。

明宣帝對孫贊有些印象，是今年的新科狀元，儀表堂堂，學問出眾，面對他不卑不亢，行事頗有大家之風。

當時，他還稱讚了孫贊幾句，對孫大人也讚不絕口。而孫家出了位狀元，一時聲名大噪，上門慶賀者多不勝數。

明宣帝捧著摺子，冷笑一聲。「繼續查，朕要證據。無論牽扯到誰，一律嚴懲不貸。」

大理寺領命去辦，又過一日，將證據呈到御案前。這事還牽扯到後宮妃子，是孫大人的姪女，藥也是她給的。

明宣帝大怒，撤了妃子的頭銜，將她趕出宮，又派人去孫家拿人。人證物證俱全，孫贊想抵賴也無法，只得乖乖認罪。

「嫉妒別人才學，狠心要人性命，這樣的人不配為官！」明宣帝扔下這句話，便讓劉公公宣讀了聖旨。

孫家教子無方，迫害舉子性命，雖未遂，但惡行難以饒恕，剝奪孫贊狀元，打入大牢，不日發配充軍。

禮部尚書孫大人跪在御書房門外，懇求明宣帝開恩，念在孫贊年幼體弱，不要充軍。發配充軍的人都會成為軍戶，打仗得衝在最前面，有了戰功也會被別人占去。

這是明宣帝對孫贊的懲罰，不是嫉妒別人的才學，害怕別人搶了他的狀元？他偏偏讓孫贊成為軍戶，深刻體會東西被別人搶走的痛苦。

劉公公站在明宣帝身後，時不時偷瞄明宣帝，見他專心批閱奏摺，小心翼翼地開口提醒。「皇上，孫大人還跪在外面呢。」

明宣帝冷冷一笑，未抬頭。「他願意跪，就讓他跪著吧。跪死了，喊他家人來收屍。」孫家不反省自己的錯誤，反倒威脅起他了。

若孫家帶上東西去鄭家賠罪，明宣帝也不至於生氣。但大難臨頭，孫家想到的只有自己，可曾想過受害的人？

劉公公站在一旁，一動也不敢動。他知道，明宣帝生氣了。

又過了一個時辰，孫大人昏過去，明宣帝不僅沒有憐憫他，還真喚來孫家人把他帶回去，說要死死在孫家，別髒了皇宮。

為了不惹明宣帝生氣，劉公公提醒了孫家人幾句。孫家人回去後，立刻備妥重禮，上鄭家賠罪。

鄭勉見孫家人如此，立刻猜出他的毒從何而來。孫家的禮物，他不想收，可孫家執意要給，鄭勉想到家中景況，這些是孫家應給的，遂放棄傲骨，將東西收下。

孫家送了不少布疋、藥材、點心、米麵、糧油和肉，還有二千兩銀票，都是眼下鄭家最需要的，可見也是用了心。

明宣帝聽聞後，怒氣稍微緩和，孫大人又進宮求情時，便准他去御書房。

孫大人一喜，對劉公公千恩萬謝，塞了個荷包。

劉公公不推辭，塞進懷中，笑咪咪請孫大人進去。他若不要，那才令人不放心。

明宣帝批閱奏摺，不看孫大人，孫大人顫顫巍巍跪在地上，求明宣帝開恩。

「你覺得大理寺判重了？」明宣帝起身，來至孫大人身邊，居高臨下看著他。「按大齊律法，殺人未遂，該如何判？」

孫大人一言不發，腦門直冒汗。他是朝廷命官，自然清楚大齊律法，殺人未遂，判斬立決，明宣帝對孫贊已是法外開恩。

但孫贊是他最看重的孫子，也是孫家這一輩中的佼佼者，若被充軍，這一生都完了。

想到此處，孫大人涕淚橫流，匍匐趴在地上，哭著向明宣帝求情。

明宣帝惱怒了，問他。「你想讓朕如何？天子犯法，與庶民同罪。身為朝廷命官，你知法犯法，朕已經法外開恩，你還想讓朕徇私枉法，判他無罪？行了，你也老了，該頤養天年了。」話落，帶人離開。

這幾句話讓孫大人心驚膽戰，明宣帝這是要他辭官嗎？兒子不成才，孫子又被發配邊疆，若此刻告老還鄉，孫家真完了。

可若不辭官，明宣帝會主動出手，罷去他的官職，到時孫家臉面全無，只能灰溜溜地離開。還不如告老還鄉，走得體面些。

翌日早朝，孫大人遞上摺子，要告老還鄉。

明宣帝絲毫沒有挽留，也未看摺子，大手一揮，直接准了。

齊鴻曦得到消息，來到御書房，先向明宣帝請安，又說了出宮的事。五皇子齊鴻曜也在，聽到齊鴻曦要出宮，也要跟著去。

明宣帝答應了，命齊鴻曜去鄭家一趟，安撫鄭勉，不可氣餒。

齊鴻曜領命，帶著齊鴻曦來鄭家。

秋兒認識齊鴻曦，見他來了，忙迎進屋，拿出糕點水果招呼。這些東西都是孫家給的，平日他吃不到。

上次齊鴻曦過來，鄭家死氣沈沈；這次不一樣，每個人臉上都洋溢著喜氣。

齊鴻曦在院外陪秋兒玩，齊鴻曜進屋，向鄭勉說了自己的身分，又道出明宣帝的旨意。

鄭勉這才知道齊鴻曦是誰，感念龍恩浩蕩，下床跪地謝恩。明宣帝愛民如子，是當世明君，果真如此。

齊鴻曦見鄭家祖孫無礙，又同秋兒玩了一會兒，便要去找沈玉蓉。

秋兒拉住她，向他打聽謝淺之的消息。

齊鴻曦道：「要不，你和我們一起去吧，我們回城時，再順路把你送回來。」

秋兒看向祖母，懇求道：「祖母，我可以去嗎？我想去謝謝姊姊。」

昨晚他聽爹爹和祖母說了，若是沒碰見謝家的姑娘們，他們一家三口可能會死。曦兒哥哥還找來大夫，不僅治好爹爹的病，還醫治祖母的眼睛。

鄭母讓秋兒帶些東西去，齊鴻曜知鄭家家境，思忖道：「禮物就不必了，謝家姊妹知道你家情況，若是帶禮物，顯得刻意。讓秋兒跟我們去玩玩便好，保證平安送他回來。」

齊鴻曦等不及，拉著秋兒往外走，急急忙忙坐上馬車，還喊齊鴻曜。「五哥快些！」

齊鴻曜笑著過去了。

另一邊，沈玉蓉又穿著一身短打出門，直接去了山頭。

昨日，張福全買來不少蘋果樹的果苗，今兒一早送到了。

沈玉蓉準備種到山上去，昨兒帶著張家人量好植株間距，挖了坑，今天直接將果苗放進去，再填土澆水即可。其餘的活兒，她再慢慢處理。

謝淺之領著謝家孩子們來幫忙。幾個孩子還小，從未做過農活，覺得新鮮，什麼都要搶著幹。

謝瀾之和張家兒子扛果樹苗，謝沁之和謝敏之負責將樹苗放進小坑，謝淺之扶著，謝清之和張福全填上土。

張家母女、梅枝和梅香負責澆水。水是通過竹子的空心，從另一座山上引過來的，沈玉蓉費了不少心思，還請附近村民幫忙。做起來雖麻煩，可用水方便也值得。

場面非常熱鬧，但除了張家人，誰都沒幹過活。

沈玉蓉也沒有實際經驗，但幹起活來像模像樣，手法也靈活，令張福全欽佩不已，連聲誇她厲害。

有人誇沈玉蓉，謝家幾個孩子也跟著附和，說沈玉蓉無所不能，寫的話本子好看，京城人排隊都要看；做飯的手藝一流，連皇上都稱讚。

明宣帝誇沈玉蓉？張家人聽了，更覺得沈玉蓉了不起，幹起活來越發賣力。

齊鴻曦來到謝家，不見沈玉蓉等人，問了謝夫人才知，沈玉蓉帶人到山上種果樹。

齊鴻曜驚訝，沈玉蓉能寫《紅樓夢》撐起天下第一樓的生意，已經很了不起，居然還會種地，難道也是在夢中學的？

齊鴻曦沒想這麼多，拉著秋兒去找沈玉蓉了。

第五十二章

三人來到小山頭，映入眼簾的是帶著笑意的臉龐，笑容純粹乾淨，不帶一絲雜質，令人賞心悅目。

沈玉蓉沒有發現齊鴻曦等人，她在選樹苗。

好的樹苗，根鬚分布均勻，側根和鬚根較多，樹芽充實飽滿，不能有花葉病、爛根病等。不合適的、次一等的、不易成活的挑出來放在一邊。其次是清理根部，消除部分蚜蟲，提高果苗的存活機會。

齊鴻曜見沈玉蓉挑揀樹苗，神情專注，目光認真，說得頭頭是道，一看便知經驗老道，目光越發深邃起來。

她還是如此特別，每次都會給人驚喜。

秋兒瞧見謝淺之，鬆開齊鴻曦的手，興匆匆跑過去。「謝姊姊，真的是妳！我爹爹的病好了，大夫說，祖母的眼睛也能治好，秋兒謝謝姊姊。」說著要給謝淺之磕頭。

謝淺之扶起他，拿出帕子幫他擦汗。「你怎麼來了？慢些，看你跑得臉上都是汗。」

秋兒道：「我來謝謝姊姊。要不是姊姊，爹爹的病好不了，秋兒還在餓肚子呢。」

沈玉蓉循聲看過來，見一個五、六歲的孩子站在謝淺之身邊，笑問：「你就是秋兒？」

不等秋兒開口說話，齊鴻曜解釋道：「是鄭家的孩子。鄭勉的事也查清了，是有人下毒害他，因此錯過今年的春闈。大理寺已經查清此案，還了鄭勉清白，孫家那邊也給了賠償，這件事就算了了。」

沈玉蓉點頭，讚了句皇上聖明，便繼續挑選果苗。

謝淺之見到秋兒很高興，問他家現在如何。秋兒一一答了，還說她送來的衣服好看。

謝淺之笑起來，牽著秋兒的手，教他如何種樹。

齊鴻曜站在沈玉蓉身後。「妳真打算種果樹？這是什麼果樹？」

沈玉蓉回頭看他，嗯了聲。「這是蘋果樹跟桃樹。還有一些葡萄樹、梨樹和棗樹。」

「妳都會種？」齊鴻曦蹲過來，盯著那些幼苗。

「應該會吧，試試就知道了。」沈玉蓉謙虛道。

齊鴻曦見齊鴻曜礙著沈玉蓉，眉心一緊，出聲喊道：「五哥，你在做什麼？快來呀，種樹好玩。」

齊鴻曜看看沈玉蓉，起身走到齊鴻曦身邊。「這如何弄？」

謝瀾之和謝清之幫他講解，還說有意思。

午時剛過，太陽便大起來了，曬得臉紅撲撲的。

沈玉蓉見狀，起身道：「走吧，回家。今兒都辛苦了，我給你們做好吃的。」

齊鴻曦率先跑來，一臉興奮，問沈玉蓉吃什麼？

「都說好吃不過餃子，今兒咱們吃餃子。昨天我買了不少羊肉做餡，清早便讓廚娘開始包餃子。其他還有三鮮餡兒、香椿雞蛋、豬肉大蔥的，想吃什麼隨便選。」沈玉蓉道。

齊鴻曦拍手叫好，拉著謝瀾之和謝清之往山下跑，開心喊著。「回家吃餃子了！」

秋兒也高興，牽著謝淺之的手問：「謝姊姊，餃子好吃。過年時我吃了一頓，是父親包的，裡面還有肉呢。」

聽了這話，謝淺之心裡酸酸的，摸摸他的頭，讓他等會兒多吃些。

一行人回到謝家，餃子剛好出鍋。

謝夫人知人多，怕廚房人手不夠，便和許嬤嬤來幫忙。幾人忙活一上午，包了幾百顆餃子，分批下鍋，剛出鍋就見沈玉蓉回來了。

幾個小子跑在前頭，幹了一上午的活，肚子早餓了，瞧見餃子，忙去院中換衣服，淨手來吃。

沈玉蓉幾人也回屋換衣服，等她們回來，第一鍋餃子已被幾個男孩子搶光，什麼禮儀規矩全被拋在腦後，還因為搶不到餃子拌起了嘴。

齊鴻曦見沈玉蓉來了，忙起身相迎，把碗遞給沈玉蓉。「表嫂辛苦了，快吃，這是曦兒特意留給妳的。」

沈玉蓉讓他先吃，她等下一鍋。齊鴻曦便不客氣，端起碗大快朵頤。

秋兒也學齊鴻曦，把碗遞給謝淺之，讓她吃。

謝淺之心裡暖暖的，接過碗，夾了餃子送到秋兒口中。

秋兒張嘴吃下，笑咪咪道：「謝姊姊，妳可真漂亮。」要是當他的娘就好了。

皮薄餡多的幾百顆餃子，除了秋兒吃了十幾顆，其餘幾個男孩子各吃了近四十顆，一個個捂著肚子，說自己吃撐了。

沈玉蓉等人哭笑不得，不知他們如何吃下去的，肚子能裝得下？

齊鴻曦坐在臺階上道：「姨母，剩下的餃子讓我帶走吧，我想給父皇嚐嚐。」

謝夫人自然答應，讓人裝好，給齊鴻曦帶回去。

午飯後，沈玉蓉歇了小半個時辰，又帶著一行人去了山上。

這批果樹不多，一天便種完了。下回樹苗多了，沈玉蓉打算請人，再教會張福全，讓他看著人種，她在一旁監工，這樣能輕省些。

太陽落山，齊鴻曦帶著秋兒離開，進城後把秋兒送回去。他和齊鴻曜回宮，把餃子交給明宣帝，順便說了今天發生的事。

明宣帝見齊鴻曦高興，多問了幾句，得知沈玉蓉要種果樹，也覺得新奇。

齊鴻曦說沈玉蓉種的水果好。雖然還沒嚐到，但沈玉蓉做菜好吃，水果也不會難吃。

明宣帝笑了，道改日去謝家莊子看看，要是沈玉蓉種出的水果好，以後宮中採辦這一塊，就交給她了。

莊如悔得知齊鴻曦回來，上御書房找人。

今兒一早，她回長公主府看看父母，被裴巧巧撞見，纏著她東拉西扯，好不容易才脫身。想來想去，還是待在宮裡安全。

莊如悔進宮後，才得知齊鴻曦出宮去了謝家莊子，怕出宮後又遇見裴巧巧，便一直等在墨軒殿，連個說話的人都沒有，寂寞無聊想發瘋，得知齊鴻曦回來，忙過來找人。

她剛走到御書房門前，見劉公公端著兩盤餃子過來，聞著挺香，猜到這是齊鴻曦從謝家帶來的，接過餃子，說她端進去給明宣帝。

劉公公不捨，他特意煮了兩碗，就想著明宣帝吃不完，能賞他一口，沒想到半路被人劫走了。

但莊如悔受寵，又是長公主的獨子，他只能認命，把餃子交給莊如悔，跟在後面進去。

明宣帝瞥見莊如悔來了，笑著道：「你還沒回去啊。要朕說，你的年紀不小了，也該成親。要是看上哪家女子，朕給你賜婚，斷了莊家的念頭。」

莊如悔不回答，放下托盤，拿出餃子和蘸料，笑嘻嘻道：「皇帝舅舅，如悔餓了。」

齊鴻曦立刻說：「父皇，曦兒也餓了。」

莊如悔淨了手，先端起一盤餃子，坐到齊鴻曦身邊。「咱們一起吃。」夾了一顆給他。

「快吃，你已經吃過了，剩下的就歸我了。」

明宣帝知齊鴻曦吃了不少，讓他少吃些。

齊鴻曦扭臉，佯裝生氣。「不理你們了。」

莊如悔將盤子送過去。「別生氣，吃吧，明兒咱們一起去謝家。」坐六皇子的馬車，肯定沒人敢攔著。

另一邊，秋兒也說著謝家的事。

鄭勉知道沈玉蓉要種果樹，心中一喜，他可以幫上忙。以前鄭家有果園，為了供他科考，後來賣掉了。

他的毒已清除，再歇息一日，恢復體力，就可以幹活了。

沈玉蓉忙著在山上轉悠，知道鄭勉要來，卻不知他來得這麼快。

鄭勉怕耽誤沈玉蓉的事，隔天便向牛掌櫃打聽謝家莊子怎麼去。牛掌櫃怕他繞遠路，特意派人送他過來。

鄭勉見了沈玉蓉，態度誠懇，絲毫不見文人的傲氣，直接說他家世代務農，曾種過果樹，農害方面的經驗，也懂得一些。

沈玉蓉很高興，她正需要這樣的幫手，沒想到鄭勉居然懂這些。

接著，鄭勉在謝家附近買了一座宅院，是二進的院子，院子雖小卻很精緻，後面有座小山坡，帶一塊兩畝的地，可以養家畜、種種菜。前面有小水塘，可以種藕養魚。他又買了十畝上好的田地，旱地五畝，水田五畝，打算請人種。

宅院是牛掌櫃介紹的牙行找的，價錢公道，又添置一些家什，裡裡外外花了幾百兩銀子。

鄭勉高興，把鄭母和秋兒接過來，做了頓好飯菜，打算請牛掌櫃喝酒，以示感謝。若沒有牛掌櫃，他們一家早死了。

鄭勉也想感謝謝家人，可想到謝家都是婦孺，便歇了這心思。他是成年男子，還帶著小孩，若是上門，恐替謝家人招惹麻煩。

沈玉蓉得知鄭勉搬家，帶著禮物親自上門道喜。

秋兒看見沈玉蓉，拉住她的手，將她迎進屋。「沈姊姊，妳怎麼知道我們住在這裡？」

「是你牛伯伯告訴我的。這裡離我家很近，得知你搬新家，特地來瞧瞧你。」沈玉蓉牽著秋兒的手道。

她帶了布疋、碗碟、被褥，還有糕點，都是鄭家需要的東西。

秋兒又問起謝淺之，沈玉蓉見他對謝淺之上心，解釋謝淺之去了天下第一樓，不知他搬家的消息，得了空會來看他。

不久，牛掌櫃也到了，他不是自己來的，還帶上妻子，看著也是和善的人，見了沈玉蓉，不免有些拘謹。

沈玉蓉親熱地叫了嫂子，又問她家中的情況，說起如何做菜，牛家娘子才放輕鬆些，說話也大膽了。

飯後，沈玉蓉回謝家，路上遇見一個婦人。

婦人打扮得金光閃閃，身後帶了兩個丫鬟，看見沈玉蓉只帶著梅香，膽子大了些，沈玉蓉往哪裡走，她就站在哪邊，顯然是找碴，表情洋洋自得。

「喲，這不是謝家的新婦嗎？成婚當晚，夫君就跑了，謝家看不上妳，妳怎麼還待在謝家不走？」

沈玉蓉停下腳步，推開婦人。「好狗不擋道，讓開。」她不是好欺負的，上來就罵婦人是狗。

「妳說誰是狗？」被這麼一推，婦人險些摔倒，幸虧被身後的丫鬟扶住，怒視沈玉蓉。

沈玉蓉雙手環胸，冷然道：「誰接話就說誰。怎麼，妳不承認自己是狗啊？不想承認，就別出來擋路。」

這女人看著有些眼熟，她好似在哪裡見過啊？

第五十三章

這婦人是王家旁支，仗著王家的權勢，在京城耀武揚威。

沈玉蓉剛成親時，她諷刺謝家落魄了。前幾日去王家，向王夫人問好，王夫人哭哭啼啼，說沈玉蓉害死了她的幼子王昶。

婦人為了討好王夫人，拍著胸脯保證，不會讓沈玉蓉好過。這不，她來莊子住幾天，故意遇見沈玉蓉，攔住她的去路。

「牙尖嘴利，怪不得不得夫君喜愛，成親當晚就跑了。」婦人道。

沈玉蓉明白，這婦人是來找碴的，眸光一冷。「我看妳就是屬狗的，多管閒事，吃飽了沒事幹。」

婦人被人奉承慣了，一而再、再而三被人罵成狗，如何能忍，命兩個丫鬟捉住沈玉蓉，又朝隱蔽處喊了聲，當即冒出七、八個大漢，手裡拿著棍棒，不懷好意看著沈玉蓉。

今兒她要教訓教訓沈玉蓉，去了王家也好邀功。這裡是荒郊野外，就算沈玉蓉被人糟蹋，也無處說理。

沈玉蓉見她有所準備，眸光更冷。「妳是誰啊，跟我有仇？」

在京城，她只得罪過王家人，難道是王家派來的？王家人也太蠢，派這麼個白癡來。

「妳管我是誰，我就是看不慣妳。仗著皇上寵愛，目無王法，我這是為民除害。」婦人扶著丫鬟，往後退了幾步，揮手讓人圍住沈玉蓉。

沈玉蓉勾唇一笑。「是王家派妳來的？奉勸妳一句，現在回頭，我可以放過妳，等會兒可就不好收場了。」

婦人才不信。「妳先擔心自己吧。」對大漢們喊：「給我好好教訓這個賤蹄子！」

梅香害怕了，拉著沈玉蓉讓她快跑，卻見沈玉蓉給她使眼色，這才想起梅枝會功夫。

沈玉蓉向遠處道：「梅枝，該妳出場了。小心，別把人打死。」

隨著一聲是，一抹黑色身影飛過來，也不知她如何做的，手中的劍未出鞘，幾個大漢已經倒在地上，四仰八叉，痛哭哀嚎。

婦人見狀，轉身就跑。

沈玉蓉對梅枝使眼色，梅枝垂眸看看腳下，抬腳稍稍用力，一顆石子飛出去，正好打在婦人腿上。

婦人跌倒在地，爬起身看著沈玉蓉，見她漸漸走來，又驚又懼，結結巴巴道：「妳……妳想做什麼？殺人是犯法的，我可是王家的人。」

「打的就是王家的人。」沈玉蓉一聲令下，梅枝飛身上前，痛快地給婦人幾巴掌，打得婦人眼冒金星，倒在地上，口齒不清道：「妳等著，王家不會放過妳。」早知沈玉蓉難纏，她就多帶些人來，好好教訓她一頓。

沈玉蓉的腳踩在婦人手上。「我等著，不見不散。」話落，從婦人身上跳過去，大搖大擺地離開了。

這些日子，一直有人在謝家門口轉悠，沈玉蓉早看在眼裡，去哪裡都讓梅枝暗中跟著，為的就是讓大魚上鉤。

還以為對方會派多厲害的人來呢，不過是幾個地痞流氓。

沈玉蓉回到謝家，並未提起此事，每天忙忙碌碌，上山看看果苗。還讓人買了不同的水稻種子，準備培育雜交水稻，一旦有了高產糧食，才能讓老百姓吃飽飯。

謝家人聽聞她要培育新品種水稻，都十分詫異，連鄭勉也驚訝。

據沈玉蓉說，新的種子可以提高產量，畝產六、七百斤。但就算在江南水鄉，水稻畝產也不超過三石。一些環境不好的地方，只產兩石左右，去除三層稅賦，所剩糧食僅能勉強讓農家吃飽。

若沈玉蓉能培育出高產水稻，定能震驚朝野，可這世上真有高產良種嗎？

鄭勉這樣想，也這樣問了。

沈玉蓉淡然一笑。「有沒有，等培育出來再說。」話落抬腳走出去，正巧遇見齊鴻曜，見他盯著她瞧，摸了摸臉。「我的臉髒了？」為什麼那樣看著她，怪嚇人的。

齊鴻曜回神，溫和道：「妳說的可是真的？」

若真有畝產六、七百斤的水稻，在全大齊種植，一年便有以往三年的糧食，百姓們還會餓肚子嗎？大齊何愁不強大。

「多說無益，我會用事實說話。」沈玉蓉自信滿滿，喊上張家人去整地，先培育苗，再插秧，到授粉時才知可不可行。她懂理論，卻沒實作過。成與不成，做了才知道。

莊如悔也來了，她不關心水稻的事，只問《紅樓夢》寫得如何了。

鄭勉這才知道《紅樓夢》是沈玉蓉所著，沈玉蓉謙虛解釋一番，但鄭勉不信。沈玉蓉懶得解釋，換了衣服，帶張家人去田裡。

齊鴻曦跟在沈玉蓉身後，寸步不離。他發現齊鴻曜對沈玉蓉有別樣心思，但表嫂是表哥的，誰都不許搶。

路上，齊鴻曦故意與齊鴻曜並肩，小聲問道：「五哥，聽聞德妃娘娘要給你選皇子妃了，你喜歡哪家的姑娘？」

齊鴻曜聽了這話，抬眸看向沈玉蓉，見沈玉蓉未回頭，與鄭勉討論種植水稻的事，微微鬆了口氣。

「你還是個孩子，知道什麼是娶皇子妃？好好玩，別添亂。」

「我知道啊。」齊鴻曦天真道：「德妃娘娘收集了許多閨秀的畫像，讓五哥選呢，五哥選得如何？」

這次聲音大了不少，莊如悔聽見了，回頭道：「五皇子不娶妻就對了，娶妻多麻煩，得讓人管著。跟本世子學學，十八了依然沒訂親，一個人多自在。」
齊鴻曜上前幾步。「世子就是我的榜樣，寧缺毋濫。我若娶，就娶自己心儀之人；若非心儀之人，寧願一生不娶。」
沈玉蓉聽見齊鴻曜的話，笑著說：「那祝你早日找到心儀之人。」
「表嫂說得對。五哥，你該多赴宴，宴會上的姑娘多，很可能會遇見喜歡的。」齊鴻曦哈哈一笑，跟上沈玉蓉，問沈玉蓉中午吃什麼，他還想吃餃子。
沈玉蓉道：「今兒不吃餃子，咱們吃韭菜盒子跟餡餅，再配上幾道涼菜，如何？」
齊鴻曦拍手叫好。齊鴻曜若有所思看著齊鴻曦，總覺得今日的齊鴻曦和往日不同，但哪裡不同，他說不上來。
齊鴻曦好似故意不讓他接近沈玉蓉，又看似無意，似乎剛才的話只是玩笑。
幾天後，沈玉蓉的秧苗長出來，綠油油的，粗壯高大，長勢喜人。
沈玉蓉面露喜色，道：「過幾日就可以移栽到田裡了。」
張福全和鄭勉都覺得不可思議。往日種稻是直接播種，但沈玉蓉的種植技術是秧苗移栽，這種種植方法產量高、品質好，抗風能力強。當然，也更麻煩些，不如直接播種省事。
沈玉蓉不僅說了移栽育苗法，還說了稻田養魚法，更令張福全和鄭勉驚訝。水田裡養魚，可是見所未見，聞所未聞，若真能成，好處自不必說。

附近的村民也來圍觀，他們的稻種剛種到田裡，謝家的秧苗就長出來，真是稀罕事。有懷疑的、有說風涼話的，當然，也有經驗充足的村民來打聽種植方法的。

只要有人問，沈玉蓉就耐心教導，毫不私藏，還講了直接播種和秧苗移栽的利弊，如何選擇，讓村民們自己做決定。

有些心思活絡、膽子大的農家，打算拿出兩畝地試種，就算不成也不打緊。

人群中有王家的人，見沈玉蓉過得風生水起，惱怒的同時，更加憎恨她了。

山上風大，這天晚上，沈玉蓉的山頭著了火。謝家人發現時，火已經燒起來，火勢越來越猛，向周圍蔓延。

沈玉蓉又心疼、又難過，山上的樹苗都是她的心血，怎麼就著火了呢？

她來不及多想，看看地勢，若讓火勢繼續蔓延，別說她的山頭保不住，連周圍的山也要遭殃。

沈玉蓉當機立斷，讓張福全去附近村裡喊人救火，她會付酬勞。

張福全立刻應聲去了，不久便喊來幾十人，都是年輕力壯的男子，手裡端盆拿瓢。

沈玉蓉指揮大家，先不急著救火，挖出數尺寬的溝，潑上水，不讓火勢蔓延到大山。

村民見她護著大山，心裡動容，立刻擼起袖子，挖溝的、擔水的、潑水的，沒有一個閒著，打起十二分精神，拚盡全力阻止火勢。

鄭家離這邊較遠，鄭勉聽見動靜，從床上爬起來，出門瞧了瞧，見遠處火光沖天，頓覺不對勁，趿著鞋往外跑。

他先去田裡，田地早被燒了，檢查一番發現有火油，暗道壞了，又往山頭這邊趕。見謝家人及村裡的人都在救火，趕緊跑到沈玉蓉身邊。

「少夫人，著火一定有古怪，我發現了……」

沈玉蓉打斷他。「什麼也別說，滅火要緊。」

滿天的火光中，沈玉蓉面容沈靜，目光清明，好似這不是大火，而是一場訓練。

鄭勉會意，一起幫忙滅火。

經過一晚的挖鑿，小山頭的火勢未滅，卻開闢出一條寬數尺的小溝渠，裡面注了水，火勢未蔓延到大山上。

沈玉蓉站在遠處，看著映照滿天的火光，表情看不出喜怒，心在滴血。這半個多月來的忙碌，終將成為泡影。

謝瀾之等人站在她身旁，一面哭、一面小心勸慰她。

沈玉蓉道：「放心吧，這不會打倒我。沒了，我再種就是。」吩咐他們。「瀾之去找莊世子借一隊人，將這裡圍起來，不准任何人靠近。清之，你帶人去附近看看村民有無損失，若有損失，多給些銀子。」

謝瀾之和謝清之立刻去辦。

鄭勉有些擔憂。「夫人，您要做什麼？」

「找證據，告御狀。」沈玉蓉目光堅定。

王家想一手遮天嗎？若說這不是王家所為，她一個字都不信！

第五十四章

沈玉蓉回到謝家，許嬤嬤已在二門等著，瞧見沈玉蓉，忙問她山頭如何了？

「燒得乾乾淨淨，一點東西都沒留下。」沈玉蓉越過許嬤嬤，朝正院走去。

她們幾個忙了大半夜，臉上全是灰，衣衫被刮破了好幾個洞。

謝敏之看到許嬤嬤，顧不上形象，淚如雨下，本就黑漆漆的小臉，頓時更花了。

「嬤嬤，嫂子的山被大火燒了，秧苗也沒了。嗚嗚嗚……都怪我們無能，沒能保護嫂子的山。」

謝淺之聽了這話，紅了眼眶，謝沁之也小聲啜泣。這些日子，沈玉蓉的忙碌，他們都看在眼中；沈玉蓉多寶貝那些東西，他們也很清楚。

充滿希望的果苗跟秧苗，一夜之間化為灰燼，只留下一片焦土。他們心痛東西，更心疼沈玉蓉。她不哭不喊，看似平靜，這才更讓人心疼。

一行人來到謝夫人院中，謝夫人在廊簷下來回踱步，聽見腳步聲，上前摟住沈玉蓉。

「委屈妳了，孩子。」

沈玉蓉聽了這話，淚如雨下，勉強笑了笑。「謝謝娘。」

謝夫人拍拍她的背。「都是我的錯，當初我該強勢些，別人也不敢欺辱到你們頭上。妳放心，這次不會這麼算了，妳替我大妝，我要進宮。」要為沈玉蓉討回公道。

沈玉蓉知道謝夫人要做什麼。「娘，我自己去就行。」

謝夫人握住她的手。「妳沒有品階，很容易遭人詬病，我不一樣。」

謝淺之怕謝夫人出事。「我們跟娘一起去，好有個照應。」

謝夫人想了想，答應了。「妳們莫要換衣服，就穿這身。」讓京城人看看，王家是如何仗勢欺人。

沈玉蓉明白謝夫人的用心，幫著謝夫人大妝，坐馬車進宮。

到了宮門口，謝夫人並不進去，走到登聞鼓前，雙手拿起鼓槌敲去，咚咚咚三聲，急切又響亮。

這三下震驚朝野，附近的百姓也圍過來看熱鬧。

早朝上，明宣帝聽見這鼓聲，疑惑道：「這是登聞鼓的聲音，許久未聽到了，感覺有些陌生。」壓下心中疑惑，命人去宮門口看看，是何人敲登聞鼓。

謝夫人等人被帶到金殿上，恭敬跪下磕頭行禮。

明宣帝見沈玉蓉和謝淺之形容狼狽，蓬頭垢面，又驚又奇。「妳們這是怎麼了？」

謝夫人未語，淚先流，拿出早已寫好的狀紙，高高舉過頭頂，聲音沙啞地懇求。

「請皇上為臣婦做主。臣婦的兒媳發現育苗移栽的水稻種法。若是成了，每畝能產六百斤以上。」

這話一出，不僅是明宣帝，連其他官員也驚訝。每畝能產六百斤，古往今來從沒有過，紛紛交頭接耳議論起來。

謝夫人不管周遭的議論聲，挺直背脊，繼續道：「她還找到嫁接技術，可以增加水果的產量，味道也更好。前些日子，她買了兩座山頭，又大量購置果苗，已種到山上，而秧苗過幾日便能移入田中，但這一切被一場大火毀了。」

明宣帝聽到前半段，又驚又喜，若有這樣的作物，百姓何愁不能吃飽？卻被大火毀了。明宣帝高聲問：「可是有人縱火？」若是天災，謝夫人不會來告御狀。

謝夫人如實回答。「是，我們在附近發現了火油，兩座山被燒成灰燼。要不是臣婦的兒媳當機立斷，在小山頭附近挖了壕溝注水，阻止火勢蔓延，大火會蔓延到大山上，後果不堪設想。彼時村民還在睡夢中，很可能葬身火海。

「因此，臣婦斷定，這是謀殺。幸虧謝家人機警，沒讓凶手得逞，僥倖保住性命。」

明宣帝聽了，猛地從龍椅上站起來，怒道：「豈有此理！賊人膽大包天，竟敢縱火傷人。此案由大理寺和京兆府嚴辦，查出幕後真凶。高產的糧食就這麼毀於一旦，根本是毀我大齊百年基業！」

大理寺卿和京兆府尹出列，躬身應了此事。

王太師站在右邊首位，昂首挺胸，表情隱隱有些幸災樂禍，暗道是哪路神仙顯靈，竟讓謝家遭此大禍，倒是省了他的事。

明宣帝定睛瞧著王太師，高聲問：「太師，你認為是何人所為？」

王太師出列，舉著笏板，彎腰道：「回皇上，臣不知。皇上已命大理寺和京兆府尹嚴查，相信不日便有消息，耐心等待便可。」

明宣帝勾唇。「如此最好。你與謝家的恩怨眾所周知，朕頭一個懷疑的便是王家。王太師以身作則，堪稱百官典範，莫要讓朕失望。」

「絕非王家所為。」王太師篤定道。

「不是最好，朕也相信太師的人品。」明宣帝下來，走到謝夫人身旁，彎腰扶起她。「墨家妹妹請起，朕定幫你們討回公道。」

「謝皇上。」一聲墨家妹妹，讓謝夫人再次紅了眼眶。明宣帝這話是告訴眾人，於公於私，他都會站在謝家這邊，因為謝夫人是墨家人。也讓文武百官們瞧瞧，墨家雖然沒落，但明宣帝依然記得墨家。

明宣帝又走到沈玉蓉身旁。「一夜未睡，辛苦妳了。妳若真能種出高產糧食，解百姓之困，為朕分憂，朕封妳為縣主，給妳封地。」

沈玉蓉紅著眼眶，恭敬道謝。

沈父站在一旁，遠遠看著沈玉蓉，又擔心、又心疼。他的女兒受苦了，早知謝家是個火坑，說什麼也不讓她嫁過去。

「一路舟車勞頓，妳們都累了，去墨軒殿歇著吧，過了晌午再回去。」明宣帝回頭吩咐劉公公。「告訴曦兒，要他替朕照顧好謝家女眷。」

劉公公應下，領著沈玉蓉等人去了墨軒殿。

齊鴻曦得知沈玉蓉和謝夫人進宮，樂得手舞足蹈，待看見沈玉蓉和謝淺之的狼狽，頓時瞠目結舌。

「表嫂，表姊，妳們這是……」兩人灰頭土臉、衣衫不整，眼眶微紅、面色愁苦，到底發生了何事？

謝夫人摸摸他的頭。「先進去，讓人打水給你表嫂跟表姊洗漱，我慢慢說給你聽。」

齊鴻曦應好，又讓人去尚衣局取兩身女子穿的衣物。

沈玉蓉和謝淺之去洗漱，謝夫人將說了大火燒山的事。

齊鴻曦聽完，握緊拳頭。「定是王家幹的。這京城，就數他們家行事張狂，手段卑劣，會用這不入流的下作手段。姨母放心，父皇會替表嫂做主。」

沈玉蓉換了衣衫出來，走到正殿門口，看見一抹熟悉身影過來，是五皇子齊鴻曜。

齊鴻曜見沈玉蓉無事，放下懸著的心，問道：「妳無事吧？」

沈玉蓉轉個圈。「你不是看到了嗎？我很好，多謝五皇子關心。你來找曦兒？進來吧。」迎五皇子進入殿內。

「妳無事就好。」齊鴻曜跟著沈玉蓉進去，見謝夫人也在，忙向謝夫人問好，謝夫人還了禮。

齊鴻曦問：「五哥怎麼來了？德妃娘娘讓你選妃呢，你去忙，我招呼姨母她們就好。」

那日回宮，他故意跟著齊鴻曜去了德妃宮中，乘機暗示德妃，齊鴻曜可能喜歡沈玉蓉。此後，德妃便拘著齊鴻曜，不准他出宮，更不准去謝家莊子，非讓他選出皇子妃不可。

齊鴻曦低頭，抿唇偷笑，看他還怎麼勾引沈玉蓉。

齊鴻曜聽了這話，看向沈玉蓉，唯恐她誤會似的，著急解釋。「什麼選妃，那些庸俗的女人，我才看不上。你表嫂有麻煩，我又經常去謝家蹭吃蹭喝，理當幫忙才是。」

沈玉蓉婉拒。「五皇子，您幫不上忙，且娶妻生子乃是人生大事，耽擱不得。」

齊鴻曜還要說話，莊如悔進來，捏緊手中的鞭子，罵罵咧咧道：「蓉蓉，是哪個王八蛋燒了妳的山頭，告訴我，我揭了他的皮。」

昨天，長公主府來人，說長公主身子不適，她便打算回去瞧瞧。

今兒一早，她剛出門，就遇見謝瀾之，形容狼狽，臉上烏漆抹黑，要是不開口，她都認不出來。一問才知，沈玉蓉的山頭和秧苗被人燒了，想借些人手將山頭圍起來，免得有人趁亂消滅證據。

莊如悔二話不說，借兩百侍衛給謝瀾之，讓阿炎親自帶隊。若有人靠近山頭，就以謀財害命論處，立刻抓起來，等候發落。

沈玉蓉搖頭。「不知是何人。皇上已經命人去查，相信很快就能有結果。」

莊如悔猜測。「定是王家那幫人幹的。除了他們，我想不出別人。」

沈玉蓉腦海中閃現一個人，是那日攔截她的婦人，是不是被她教訓一頓，心有不甘，燒了她的山？

她這樣懷疑，也說了出來。

莊如悔道：「很有可能，但那婦人跟妳遠日無仇，近日無怨，為何會找妳麻煩？若是有心人挑撥，也跟王家有關係。」

沈玉蓉在地府學過畫，命人取來紙筆。她記得婦人的面容，可以畫下來。

齊鴻曦命小太監備好，沈玉蓉簡單幾筆勾勒出她的五官，卻栩栩如生，跟真人似的。

齊鴻曜望著專注的沈玉蓉，眸光微閃，她為何如此特別，總能無形中牽引他的思緒。

沈玉蓉把畫像交給莊如悔。「能查到這人是誰嗎？」

謝夫人看了一眼，疑惑道：「這人很熟悉，我好似在哪兒見過？」

謝淺之說：「娘，早些年王夫人生辰請過咱們，我在王家見過這婦人，她似乎與王夫人很熟。」

莊如悔冷笑。「若說這事沒有王家的手筆，我不信。我立刻命人去查。」

第五十五章

縱火一事有了眉目，為免家人擔憂，過了午時，謝夫人帶著沈玉蓉和謝淺之出宮。剛至宮門口，遠遠瞧見沈父走來。

沈玉蓉知父親擔憂她，故在此等候，眼睛紅了，喊道：「讓爹爹擔心，是女兒不孝。」

沈父抬手拍拍沈玉蓉的頭。「東西沒了可以再掙，人沒事就好。」在朝堂上，他聽見沈玉蓉率人救火，一身狼狽，就想說這句話，一直沒找到機會。下朝後，便等在宮門口，直到現在。

沈玉蓉眸中含淚，笑著說：「謝謝爹爹關心，我無礙。爹爹可是一直等在這裡，吃午飯沒有？」

不等沈父回答，肚子傳來咕嚕聲，父女兩人相視而笑。

沈玉蓉挽著沈父的胳膊，對謝夫人道：「娘，父親擔憂我，還未曾用午飯。妳們先回去，我陪爹爹吃飯。」

謝夫人答應，目送沈家父女離去，準備上車，卻見王太師朝這邊走來。

與謝家的難過不同，王太師臉上洋溢著喜悅，來到謝夫人身邊，眉眼含笑，出口便是譏諷的話。

「喲，這不是謝夫人嗎，要回去了？謝家山頭著火的事，真是令我渾身舒暢，也不知是哪路神仙開了眼，竟幫老夫出了口惡氣。」

「不是你指使，也是王家人所為，你們乾淨不了。皇上聖明，已命人去查，天下沒有不透風的牆，真相如何，一查便知。我倒是希望王家真乾淨。」謝夫人說完，甩袖上車。

謝淺之也跟上去，坐穩後，催促馬夫趕車離開。

王太師望著謝家的馬車，陷入沈思。謝家人如此篤定，難道真是王家人所為？莫非……他不敢確定了，轉身進宮去見王皇后。

謝家著火，王皇后也聽聞消息，正在歡喜呢，可巧聽見宮人來報，說王太師來了。

王皇后將人請進去，滿臉喜色，開口便說：「哥，你聽說了嗎，謝家的莊子著火了，真是大快人心。火勢怎麼不再大些，把謝家人通通燒死，也算替姑母和三兒報仇了。」

王太師聽聞這話，便知這事不是王皇后做的，但還不確定，又問了一遍。「這事真不是妳做的？」

王皇后一愣。「怎麼會是我？皇上剛敲打過咱們，我若在這時出手，豈不是自掘墳墓，我還沒那麼傻。」

王太師放下心。「不是妳就好。」王家在風口浪尖上，容不得再出半點錯。

如果不是王皇后，那會是誰呢？難道是……

他心中一凜，頓時想起一個人，向王皇后告辭，急忙回到家中，命人喚來王夫人。

王夫人聽聞謝家莊子的事，心情舒暢，正在廊簷下餵鳥，聽見王太師要見她，沈默半晌，放下鳥食過去。

王太師見到人，直接問她可知謝家莊子上著火一事。

王夫人沒有隱瞞，眸中迸射出恨意。「知道啊。不僅知道，我還知道是誰做的。」

這事是她一手促成的。沈玉蓉害死她的兒子，她絕不能看著仇人快活卻無動於衷，否則將來有何顏面見三兒。

「是妳？」王太師又驚又惱。「妳可知這樣做會陷王家於何地？皇上剛敲打過咱們，姑母跟鳳兒的事剛過去幾天，妳就忘了？若皇上查出什麼來，咱們一家都要去邊疆充軍。」

王夫人坐定，慢慢地品茶。「老爺急什麼，我做事，你還不放心？就算查出來，也不能把你我如何，沒有證據的事，誰敢胡亂定罪。我只是挑撥幾句，便有人願意幫咱們出頭，到時候把他們推出去頂罪便是。沈家女害得我的三兒含冤而死，我遲早讓她為我兒陪葬。」

她買通了人，讓那人幫著煽風點火，又威脅那人，若是出了事，直接頂罪，可保家人平安，不然……

王太師還能如何，兒子去世，他也難過，坐在圈椅上嘆息道：「但願無事吧。」

沈玉蓉本想帶沈父去天下第一樓吃飯，可沈父節儉慣了，不願讓女兒破費，堅持回家吃。而且他有許多話要說，在家方便些。

「好吧。」沈玉蓉拗不過沈父，只得同他回去。

父女倆剛進門，沈謙便跑出來，見沈玉蓉好好的，頓時紅了眼眶，上前一把抱住她。

「姊，妳沒事就好，我還以為……」

一早聽見謝家莊子附近失火，可把他急壞了，害怕沈玉蓉受傷，親自去謝家。得知沈玉蓉進宮，他不放心，又騎馬到宮門口等人，遇見沈父，沈父說沈玉蓉無事，讓他先回來。

沈玉蓉推開他，幫他擦眼淚。「都多大的人了，還流眼淚，我這不是好好的嗎？我會照顧好自己，有危險第一就是保命，免得你們擔心。」

「就這樣說定了。」沈謙吸吸鼻子，笑著道。

張氏也帶著沈誠和沈玉芷過來，見沈玉蓉無礙，放下心，問到底發生了何事。

見家人關心她，沈玉蓉笑了。東西沒了就沒了，只要人好好的，想要的東西遲早會有。

沈玉蓉一一回答，一行人一面說一面往家走。她陪著沈家人用了午飯說了會話。

張氏還說，若沈玉蓉缺銀錢，可以回家拿。多了不說，幾千兩銀子還是有的。

沈玉蓉說不用，她有銀子，果苗沒了，並不是錢能解決的。附近的果苗都被她買走了，再想種並不容易。

張氏又勸了一回，說明年再種。

沈玉蓉點頭，道了謝，陪沈父吃完飯，告辭出去。

沈玉蓉走到院門口，遇見沈玉蓮。

沈玉蓮好似特地在等她，驕傲道：「二妹妹，妳可想好了，要不要幫我？若我能達成所願，看在我的面子上，那些人也不敢欺辱妳。」經歷了挫折，她相信沈玉蓉會明白一些事。

沈玉蓉上前一步，上下打量著沈玉蓮，嗤笑一聲。「大姊姊，妳想要，就自己爭取啊，求我幫忙，還如此高高在上，妳以為妳是誰？我決定的事不會改變，祝大姊姊達成所願。」話落，瀟灑離去。

沈玉蓮氣得跺腳，暗自咬牙，以後定有沈玉蓉求她的一天。和王家作對，絕討不到好。前世，二皇子齊鴻旻登基為帝，王家權勢如日中天，直到她死，也沒有衰敗的跡象。

沈玉蓉回到謝家，去了謝夫人院中。

謝家人都在，好似在等她，見她回來，表情一鬆，上前安慰著。

謝清之道：「嫂子，我已經去看過附近的村民。咱們家山頭的火勢太大，波及不少人家，我給銀子補償了。」

下午時，謝夫人拿出不少首飾，讓他典當，換成銀錢給了村民。

「多少銀子，回頭我給你。」沈玉蓉看謝夫人一眼，知道定是她出的銀子。

謝夫人道：「是衍之走時留下的，難道妳也要還不成？」

沈玉蓉找不到藉口反駁，挽著謝夫人的胳膊撒嬌。「娘最好了，是天下最好的婆母。」

謝夫人刮著她的鼻尖，佯裝嗔怪。「就妳嘴甜。今兒發生的事太多，快去歇著吧，明日還有硬仗要打呢。」無論結果如何，王家定會狡辯。

謝瀾之問她。「嫂子，莊世子給了兩百侍衛，這些人如何安置？」

沈玉蓉想了想，道：「一人先發十兩銀子，走我的私帳，再去村裡瞧瞧，看有沒有寬敞的地方，先委屈他們住下。等事情了了，再請他們去天下第一樓喝酒。」

謝瀾之應下，立刻去了。人是他請來的，沈玉蓉如此招待，也是他的面上有光。

大理寺和京兆府一同辦案，動作非常快，短短兩日，就抓住了四個放火的賊人。其實也好抓，縱火需要大量火油，最近買火油的都有嫌疑，查一下火油的出處便知曉。這四人是當初去謝家討債的人，經大理寺審訊，他們不滿沈玉蓉欠債不還，懷恨在心，才故意縱火。

案情經過被整理成冊，立刻呈到明宣帝跟前。

明宣帝掃了幾眼，怒氣沖沖扔到地上，拍案道：「大理寺和京兆府是幹什麼吃的！欠債不還？連朕都知道，那借據是假的，是坑矇拐騙的玩意兒；被人識破，懷恨在心？這種拙劣的謊言，你們也信？早不報復、晚不報復，偏偏這時報復，你們是不是收了王家的好處？」

大理寺卿和京兆府尹雙雙跪倒，磕頭求饒。他們不敢收王家的好處，酷刑也用了，那幾個賊人就說了這些，旁的一概沒透露。

明宣帝按下心中的怒火，垂眸思索半晌，吩咐劉公公。「去謝家，請大少夫人過來。」

他不信這中間沒有王家的手筆，當初要債的人就是王家安排的。看來這些官是問不出什麼了，只能靠沈玉蓉，希望沈玉蓉能問出有用的東西。

大理寺卿和京兆府尹對視一眼，明白彼此眼中的意思。明宣帝有意打壓王家，就算王家沒涉案，明宣帝也會安上罪名。

可是，沈玉蓉無官無職，審犯人有些僭越了。

明宣帝怒視他們。「不合規矩？殺人放火都不合規矩，不是照樣有人做。你們倒是合乎規矩，給朕問出有用的來。」

大理寺卿和京兆尹聽了，知聖意不可改變，沈玉蓉不過是一介女流，就算去問話，又能如何，問不出什麼。

其實，他們多慮了，明宣帝不會無緣無故替王家安上罪名，只想還沈玉蓉一個公道。若她真能成功種出高產糧食，有功於江山社稷，這樣的人才，他不想讓她受委屈。

第五十六章

沈玉蓉進宮後，還有些雲裡霧裡。縱火的賊人已經被抓住了，大理寺判案就好，為何要她去一趟？

她進了御書房，明宣帝直接賜座，把縱火的案卷給她看。「賊人已經招供，是想報復妳，說背後沒有王家操縱，朕可不信。妳去審審牢裡的人吧，希望能問出有用的東西。」

沈玉蓉這才知道，明宣帝讓她來的目的，是想要她用催眠術，問出幕後真凶。

沈玉蓉上大理寺前，先去了趟墨軒殿，請莊如悔幫忙。

大理寺裡可能有王家的人，定不會輕易讓她見到犯人，帶上莊如悔，那些人會有所忌憚。再說，上次審問郭家小妾也是莊如悔把風，一事不煩二主，這次同樣找她。

莊如悔正在墨軒殿和齊鴻曦下棋，聽聞沈玉蓉來了，笑嘻嘻迎出去。「蓉蓉怎麼來了，給我送《紅樓夢》？」

沈玉蓉把案卷交給她。「縱火案的結果出來了，與王家無關。」反正她不信，明宣帝也不信。

莊如悔接過去看了幾眼，將案卷撕個粉碎，扔在地上，又踩了幾腳。「王家沒在背後操縱？鬼才信。大理寺和京兆府尹是不是王家的人，或收了王家的好處？」

「不知。」沈玉蓉轉身。「走吧，請妳幫個忙，這案子怕只有我能問出真相。」

催眠術？莊如悔立刻來了興致。「怎麼幫？看是上刀山、下火海，只要妳說一聲，我義不容辭。」

齊鴻曦也想到了催眠術，非要跟著，沈玉蓉哄騙無果，只能任由齊鴻曦去了。

三人出了皇宮，沈玉蓉端坐在馬車裡，看向莊如悔。「妳說，他們會讓咱們見犯人嗎？」王家手眼通天，這趟定不會順利。

莊如悔輕蔑地笑了笑。「見也得見，不見也得見。誰想阻攔，先問過我手中的鞭子。」伸出手，好似隨時要抽人似的。

沈玉蓉道：「那就拜託世子爺了。」

齊鴻曦也拍著胸脯。「表嫂，還有我呢，我也可以幫忙。那些人都怕我父皇，我用父皇壓他們。」

沈玉蓉點頭笑了笑，誇讚齊鴻曦厲害。

三人來到大理寺，大理寺的官員早已接到消息，各忙各的，沒人理會沈玉蓉他們。

沈玉蓉拉著一個官員，問縱火案的犯人關在哪裡？那人一問三不知，擺擺手快步離開。一連問了幾個人，都是這種情況。

莊如悔把玩著手中的鞭子，環顧四周，見大理寺的官員能躲則躲，能避則避，還有推託不知的，冷冷一笑。

「皇上命我們來審案，你們不是避而不見，就是相互推諉，是不把我們放在眼中，還是不把皇上放在眼中？是不是要我進宮一趟，請皇上親自前來，你們才肯配合？」

齊鴻曦在一旁幫腔。「他們不適合當大理寺的官員，讓父皇拔擢新人，換掉他們，省得老是不聽話。」

莊如悔道：「你說得對，不知道的人還以為，這大齊的官員都在替王家辦事，皇上使喚不動他們。」

大理寺卿聽見齊鴻曦和莊如悔的聲音，忙出來迎接，拱手道：「失敬失敬，未曾親自迎接，還望見諒。六皇子、莊世子，裡面請。」

莊如悔微微揚起下巴。「嗯，這會兒出來了。我們若不來，你們準備怎麼為難謝家大少夫人？她無階無品，就你們這幫看碟下菜的人，還不把人欺負死啊。」

大理寺卿忙賠笑，連說不敢不敢，做了個請的手勢，將人迎入大理寺。

沈玉蓉不和這群人計較，對莊如悔和齊鴻曦點點頭，率先進去。

有莊如悔和齊鴻曦跟著，大理寺的官員不敢怠慢，帶著沈玉蓉三人去了牢中。

牢房陰暗潮濕，長年不見陽光，有股霉味。

一路走來，沈玉蓉看見許多犯人，有的安安靜靜待著，形容枯槁，雙目無神，好似已經認命；有的直呼冤枉，要官員重新審案；還有人死不認罪，被打得皮開肉綻，痛苦哀嚎。

沈玉蓉的心顫了顫，默默告訴自己遵紀守法，絕不能進這種地方。

大理寺卿命人打開牢門。「人都在這裡，六皇子，世子爺，你們想問什麼儘管問。」

沈玉蓉朝裡面看去，共有四人，其中兩個面容熟悉，應該是當初去謝家要債的地痞。

這些人蓬頭垢面，身上的囚服破爛不堪，帶著血跡和鞭痕，趴在地上，不知是死是活，一看就知被用了刑。

沈玉蓉歪頭看向大理寺卿。「屈打成招？」

大理寺卿連忙否認。「這些人太嘴硬，給點小苦頭吃。」

這還是小苦頭，若是大刑伺候，該是怎樣的光景？沈玉蓉走到他們面前，問道：「你們還認得我嗎？」

四人趴在地上，無動於衷。莊如悔抽出鞭子，甩在他們身上，這才抬頭看向沈玉蓉。

「我們已經招供了，你們還想如何？」

大理寺卿聽到這話，垂眸露出喜色，就說沈玉蓉問不出什麼來。這些人雖是地痞流氓，但家人被人握在手中，為了保住家人性命，他們不敢胡言亂語。

沈玉蓉對大理寺卿笑笑。「有乾淨隱秘的房間嗎？我要單獨審問，大人覺得可否？」

大理寺卿抬眸看莊如悔和齊鴻曦，見他們冷眼盯著他，忙道：「可以，我這就安排。」

大理寺卿幫沈玉蓉找了最裡面的房間，除了入口，連扇窗戶都沒有。

沈玉蓉很滿意。「開始吧，一個一個來，單獨審問。」

犯人帶進來了，大理寺卿站在一旁，絲毫沒有要走的意思。

沈玉蓉勾唇一笑，來到大理寺卿跟前。「大人請吧，我問話時，需要安靜，不能有人在旁看著。您是怕我殺人滅口？放心，真相水落石出前，他們定好好活著，一個都不會少。」

大理寺卿站著沒動，顯然信不過沈玉蓉。

沈玉蓉挑眉。「我問話有自己的方法，不可外傳。大人想偷師，那得先給束脩。」

莊如悔笑了，微微揚起下巴，對大理寺卿道：「這是秘密，您不能看，還是出去吧。」

大理寺卿訕笑。「他們是犯人，下官得看著。萬一出了什麼閃失，擔待不起呀。」

齊鴻曦拉他。「出去，不許你看。」把人推出房外，雙手扠腰守在門口，一副任何人都別想進來的架勢。

沈玉蓉命人搬進一架屏風，又找來文書寫口供。

文書坐在屏風後，聽得見，看不見。莊如悔則站在一旁，既能阻攔外人突然闖進來，又可以防止文書偷看。

人犯進來後，沈玉蓉問了幾個簡單的問題，像是名字、年紀、住處等等。問完這些，便拿出懷錶，開始問與案情有關的事，如放火的人數、何時開始謀劃、目的何在、幕後主使是誰、主動承擔罪行可是受別人威脅等等。

第一個犯人盯著懷錶，目光渙散，有問有答，都是沈玉蓉想要的答案。

文書聽見犯人吐實，手中動作僵住，額頭上沁出汗珠。這些人怎麼輕而易舉就招供了？

莊如悔見狀，掏出匕首，放在他頸部上，小聲威脅道：「照實寫。」

文書領命，如實落筆。

沈玉蓉如法炮製，很快審訊完四個犯人。

莊如悔看著筆錄，稱讚道：「原來真是王家做的。」

文書悄悄溜出去找大理寺卿，說了沈玉蓉審問的結果。

大理寺卿一聽，便知大事不妙，忙派人去太師府稟報了。

沈玉蓉出了牢房，正巧遇見大理寺卿，上來就要口供。

沈玉蓉看莊如悔一眼，客氣道：「大人，我可不是你們大理寺的官，向我要口供，怕是不妥。這是皇上交代的差事，我自然要把口供親手呈給皇上。」

大理寺卿訕笑一聲。「本官掌管大理寺，由本官交給皇上最為妥當吧？」想拿官位壓沈玉蓉了。

可沈玉蓉是誰，不是閨閣嬌女，立刻反駁。「實在抱歉，東西不會給您。您想看，找皇上要去。」

莊如悔似笑非笑地瞧著大理寺卿。「大人，您的任務是看住人犯，若他們有什麼閃失，皇上怪罪下來，你這烏紗帽怕是不保。別怪我沒提醒你，這是大齊的江山，姓齊，不姓王。如何辦，您自個兒掂量著。」話落，帶沈玉蓉和齊鴻曦離去。

大理寺卿望著莊如悔等人遠去的背影，心驚膽戰，莫非明宣帝也知道他與王太師私下來往，所以才讓莊如悔來敲打他一番？想了想，命人把派去王家的人追回來。

王家的事，他萬不可再摻和。莊如悔的話沒錯。這江山是齊家的，縱使王家手眼通天，也不能越過皇權，王太后正是例子。

明宣帝連王太后都敢動，難道不會動王家？他認定縱火案背後是王家操縱，還要證據，不就是要打壓王家？

他真是豬油蒙了心，王家給點好處，就當糖啃了，殊不知，裡面裹著毒藥呢。更沒想到，沈玉蓉竟能問出幕後主使。

此後，大理寺卿一心效忠明宣帝，與王家徹底劃清界線。

沈玉蓉拿著口供進宮，直接面聖。

明宣帝掃了口供一遍。「妳那催眠術當真好用，何時教教朕？」

金大腿就在眼前，沈玉蓉焉有不抱住的道理。「您何時想學，我便何時教。」

明宣帝爽朗一笑。「嗯，還挺上道。算了，朕一把年紀，學不了這玩意兒，我看阿悔感興趣，不如教教她？」

莊如悔連忙道謝，還不忘吹捧明宣帝幾句。
齊鴻曦在一旁喝茶，聽了這話，也吵著要學。
沈玉蓉並不吝嗇，一個是教，兩個也是教。至於學不學得成，是他們自己的事。
明宣帝很滿意，揮手讓沈玉蓉三人退下了。

沈玉蓉跟著齊鴻曦去了墨軒殿，問莊如悔。「妳說，王家會被定罪嗎？」
證據確實與王家有關，卻不是王太師指使，是王家旁支，也就是那日的婦人。
莊如悔想了想，搖頭道：「不好說。」
王太師太狡猾，就算是他做的，還能推出替罪羊呢，何況這次他未參與，只是王家旁支
看不慣沈玉蓉，點了把火，給點教訓，未涉及人命，很可能賠銀子就完事。
沈玉蓉也想到了，冷冷道：「若是賠錢，我不要。」
齊鴻曦道：「咱們要樹苗、要秧苗，讓王家照原樣地種回去。」省得表嫂辛苦。
莊如悔眼睛一亮，點頭稱讚。「這個主意好。」

第五十七章

沈玉蓉三人想得沒錯，明宣帝拿到口供，立即喚來王太師。

王太師看了口供，狡辯一番，認為沈玉蓉的口供是假的。大理寺卿動用大刑，沒能讓犯人說出實情，沈玉蓉一去就問出真相，這太巧合了些。

明宣帝將口供扔在王太師腳下，怒喝道：「休再狡辯！朕已經派人去拿人證，人證物證齊全，再辯解也不遲。來人，將王太師請下去，不許他與任何人接觸。」

王太師下去後，那日的婦人被帶進來，還有一個婆子。

婆子不曾見過明宣帝，進宮後不知如何是好，只能跟在婦人身後。見了明宣帝，撲通一聲跪在地上，大呼饒命之類的話。

明宣帝不看婆子，讓人堵了她的嘴，直接問婦人。「妳是王家哪房的人？」

天子龍威，不可侵犯，婦人匍匐跪地，小心翼翼答話。「回皇上，民婦是王家旁支。」

「謝家山頭被燒前，妳去了王家三次，見了王夫人，朕說得可對？」

婦人不敢否認，點頭應了，又聽明宣帝說她被王夫人挑唆，要為王昶報仇，便找人燒了沈玉蓉的山頭，嚇得大氣不敢喘，只是搖頭。

她不敢把王夫人供出去，否則一家老老小小，一個都活不成。

此刻，婦人萬般後悔，為何鬼迷心竅聽了王夫人的話，派人到謝家山頭放火。

「這麼說，火不是妳放的？」明宣帝問。

婦人立刻承認是她放的，跟王家沒有任何關係。

明宣帝冷笑。「倒是把王家撇了個乾淨。行了，妳下去吧，犯了錯就要受到懲罰。謝家的兩座山頭上，原本種滿了果樹，妳找人種回去，一棵都不能少。秧苗也要賠錢，三五萬兩不多，妳看著給吧。」

王家身後是二皇子，現在還不能動，若是逼急了，江山不穩，慢慢來吧。

「就這樣？」婦人猛地抬頭，不敢置信地看明宣帝，只賠錢跟種樹就好，不砍她的頭？

「妳還想如何？」明宣帝睨著婦人。「若罰得輕，那便送到大理寺，按律法處置。」

婦人忙磕頭謝恩，退了出去。

王太師在門口聽了一會兒，見婦人出去，躬身進來，向明宣帝行禮道謝。

明宣帝擺擺手。「朕念及親情，不予追究，你好自為之。若有下次，嚴懲不貸。」

明宣帝的處置，落在王太師眼中，便成了妥協。朝廷需要王家，所以明宣帝不敢懲治，令他心中洋洋自得。

明宣帝見王太師欣喜，眸光冷了幾分，暗道打蛇打七寸，才能將蛇打死。替罪羊已出，沒有足夠證據前，不能動王家。

這盤棋才剛剛開始，只要有足夠的耐心，王家早晚會倒。

王太師出了御書房，明宣帝宣沈玉蓉進來，告知結果，怕她心裡不舒服，出聲安慰。

「牽一髮而動全身，王家還不能動，先委屈妳。不過朕命王家賠償了，要幫兩座山頭種滿果樹，再賠些銀兩，這事就此過去吧。」

這是最好的結果，沈玉蓉欣然接受。「謝皇上維護。」

「朕記得庫房裡有不少新奇種子，都是番邦小國進貢的。妳喜歡種這些東西，去選一些，也算物有所值。不過，若種出好東西，得讓朕嚐嚐鮮，朕也出力了不是？」明宣帝半開玩笑地說。

沈玉蓉又驚又喜，再次道謝，又聽明宣帝說：「以後記得把妳的山頭圍起來，省得再發生這種事。」

原來明宣帝都替她打算好了。沈玉蓉又謝了一回，告退出來。

莊如悔聞言，也覺得這是最好的結果。

齊鴻曦知道庫房在哪裡，領著沈玉蓉過去選東西。

沈玉蓉去了庫房，發現不少好東西，有番茄、番薯、番椒、南瓜，還有小麥和番米，番米就是玉米。大齊有麵粉，卻是大麥磨出來的，跟小麥粉有差距。

看到這麼多種子，沈玉蓉心裡的激動可想而知，恨不得把整間庫房搬回家。

沈玉蓉選了許多種子，用麻袋裝著，一輛馬車竟放不下，只能再找一輛馬車。

莊如悔見她搬了這麼多，一點也不客氣，無奈道：「妳可真不把自己當外人。」

「這些都是種子，放在庫房裡可惜了，除了落灰就是漚肥，應該長在土壤中，才能發揮最大的價值。」沈玉蓉將最後一小包種子放上車，笑著道：「再說，我沒打算占為己有，等我種出來，結了種子，便雙倍奉還，這只是暫借。」

莊如悔聽了，覺得有理，點了點頭。

另一邊，王太師剛回到家，就遇見王夫人派來的人，說是請他過去。

王夫人見到王太師，就問他事情如何了。

王太師得意，說了宮裡發生的事，末了又道：「還能如何，咱們王家是大齊的頂梁柱，皇上不會輕易動我們，再說，這事與我們無關。還是夫人會辦事，知道借刀殺人，雖然沒能置沈家女於死地，也挫挫她的銳氣，替老夫出一口惡氣。」

聽到王太師誇獎，王夫人更加得意。「那是自然。」倏地想起賠償的事，冷哼一聲。「咱們不賠償，看沈家女能如何。我兒已經沒了性命，她就該替我兒陪葬，如今她還好好地活著，卻讓我掏銀子，門兒都沒有。」

王太師想了想，道：「怕是不行，皇上發了話，若是不賠償，怕不能善了。不就是幾棵果苗、一些銀兩，賠給她就是了。再說，賠償的不是咱們，是王騰媳婦。她替咱們辦事，若咱們將她推出去，怕寒了其他人的心。」

「老爺的意思是？」王夫人似有所悟。

「我要讓大家看看，替王家辦事，王家不會虧待的。」王太師道。

王夫人明白了，讓人去帳房支五萬兩銀票，送去給王騰媳婦。再傳個話，種果苗的錢，她先墊上，回頭再來支。

下人領命，立刻去辦。

回到謝家，沈玉蓉先去謝夫人的正院，把縱火案的結果告訴她。

謝夫人知扳倒王家不易，明宣帝向王家要賠償，也是為了謝家。又問了齊鴻曦，得知他很好，便催沈玉蓉去歇著。

沈玉蓉捨不得休息，把種子搬進庫房，又對謝瀾之道：「縱火案結束了，可以讓長公主府的侍衛們離開，順便告訴莊世子一聲，明兒我在天下第一樓請客，感謝他的親衛幫忙。」

謝瀾之答應著出去，片刻後又回來。「嫂子，王家來人了，說要給賠償。」

「還真快，我以為他們會抵賴呢。」沈玉蓉放下手裡的袋子，跟著謝瀾之出來，進廳就見王騰媳婦坐在圈椅上，正是那日想欺負她的婦人，手裡捧著茶水，一面品茶、一面嫌棄謝家的茶不好，水也不好，不如太師府的甘甜爽口。

沈玉蓉笑吟吟地看向謝夫人。「娘，這是誰呀？怎麼如此沒禮貌，喝著咱們家的茶，卻說著嫌棄的話。若是真嫌棄，就別上門。」

王騰媳婦聽了，蹭的站起來，對沈玉蓉道：「如此沒教養，謝家也要，可見謝家是真落魄了。要是我們王家，不是高門貴女，絕入不了門。」

沈玉蓉道：「請問妳家夫君官居幾品？我爹爹是戶部尚書，官居二品，皇上曾親自褒獎過，說他教女有方，如今妳瞧不上我，是在質疑皇上的眼光嗎？還是王公貴族的女兒才是頂頂好的，能進王家的門。」

話音未落，王騰媳婦就想反駁，可惜，沈玉蓉不給她這樣的機會，佯裝恍然大悟道：「我突然想起一件事，香滿樓裡，王家女兒與人苟合，不知是真是假，妳是王家人，能否為我解惑呢？」做出一副洗耳恭聽的樣子。

謝夫人拿起帕子，掩唇輕笑。沈玉蓉這張嘴，她若不給人開口的機會，別人休想說。

「別扯其他的，我是來送銀子的。」王騰媳婦又羞又惱又怒，卻無可奈何。一損俱損、一榮俱榮，王鳳幹的下作事，令王家顏面盡失，她也只能忍了，因為王鳳是王太師的女兒，是嫡出。他們是庶出，是旁支，依附太師府生存，對太師府只能供著、敬著。

沈玉蓉見她避而不答，笑道：「我原以為有人詆毀王家，看夫人的表情，確有其事。」

王騰媳婦恨不得找個地縫鑽進去，扔下五萬兩銀票，灰溜溜離開。

她本想將五萬兩銀票換成銅錢，讓大隊人馬抬進謝家，給那群窮酸鬼開開眼界。現在想想，幸虧沒這麼做，不然沈玉蓉會更給她沒臉。

沈玉蓉笑容滿面，望著王騰媳婦落荒而逃的背影，高聲喊道：「娶妻當娶高門女，卻不是王家女。您走好了，山上果苗一事得趕緊辦，若皇上問起，我也好回話呀。」

沈玉蓉說完轉身，見謝夫人看著她，眼睛一眨不眨，心下疑惑，抬手摸了摸臉。「娘，您這麼看著我做什麼？」她臉上有髒東西不成？

謝夫人搖搖頭。「我見妳有仇必報，性格強勢，便想起自己年輕的時候，那時，我若有妳一半強勢，也不會被人欺負了。」

年紀大了，她突然看明白了，人生在世，不過短短幾十年，就要活得姿意瀟灑。忍讓退步，終究不是生存之道。

她若像沈玉蓉一樣，人生將會如何呢？

第五十八章

翌日，沈玉蓉去了天下第一樓，請莊如悔的侍衛吃飯。

好酒好肉好菜招待，侍衛個個吃得肚子溜圓，面泛紅光，臨走時勾肩搭背，口裡還誇讚沈玉蓉仁義，再有活就找他們，保證做得好。

等長公主府的侍衛都離開了，莊如悔靠近沈玉蓉道：「這頓飯算妳自己的，第一樓不招待，頂多打個對折。」她可清楚，沈玉蓉得了王家的賠償，手裡不缺銀子。

沈玉蓉笑了笑。「這是自然。對了，妳那些人還真不錯，個個都很男人。」

莊如悔皺眉。「男人，何意？」她真沒看出來。

沈玉蓉解釋道：「有男子漢氣魄，性格剛強，有情有義。」

莊如悔望著遠去的一群人，腳下踉踉蹌蹌，東倒西歪，只差沒睡在大街上，還很男人？

「妳眼睛有問題吧。」

沈玉蓉跟她說不通，轉身離開，走了幾步，回頭道：「對了，我想把山圍起來，妳的侍衛若是有工夫，可以來試試，我會給工錢。」

她本打算找附近的村民，一來可以與村民交好，二來可以讓村民賺錢，改善家境。

莊如悔想起她說那些護衛很男人，開口拒絕。「不去。妳要記住，妳是謝家媳婦，眼睛不要往別處看。」

沈玉蓉懶得理她，雖然她成親了，也不能妨礙她看美男呀，美男多養眼呀。

山頭被燒，秧苗被毀，沈玉蓉從明宣帝那裡得了番邦種子，又得了大筆賠償，也算因禍得福。

王家雖然賠了，卻不情不願，山頭依然光禿禿，除了燒焦的痕跡，一根草都沒有。

沈玉蓉也不急，先培育秧苗，移到田中，還讓人買了魚苗放進去。

鄭勉和張福全不解，問沈玉蓉為何這樣做？

沈玉蓉道：「稻田養魚可善用土地，還可以增加水稻產量。」

鄭勉拿出紙筆，將這些記錄下來，還問增產的原因。

沈玉蓉道：「魚可以吃害蟲及雜草，排出的糞便是上好肥料，可以養水稻。魚兒在水中游動時，會翻動泥土，讓水稻更受肥料滋養。等秧苗大了，需加固田埂，掘深水位，來照料魚兒。」

聽了這番話，鄭勉越發覺得有道理，一一記錄在冊。

沈玉蓉又說了一畝稻田養魚的數量，食用的話，一畝地不超過四百條，草魚、鰱魚、鯽魚等都可。還特意囑咐，一定等稻子大些再投放魚苗，一般是七日後最佳。

附近的農人見沈玉蓉往稻田裡放魚苗，都覺得新鮮，圍過來看，聽了她的話，有心思活泛的，覺得這法子可行，準備回去試試。若不成，只是浪費一些魚苗錢；若是成了，收割稻子時，把魚賣出去，不就大賺一筆了。

當然，也有人看笑話，覺得這法子不可行。稻田裡養魚，魚不把稻子吃光才怪。既然解釋不通，沈玉蓉索性不再多言，領著鄭勉、張福全回謝家。

回去後，鄭勉捧著小冊子來回研究，有些期待，恨不得田裡的稻子瞬間長大，魚像神仙吹了氣，一夜之間長得像筷子一樣長。

張福全則是一有空便去田裡，一天恨不得跑四、五趟。

田裡有鄭勉和張福全看著，沈玉蓉放心，和謝夫人說了一聲，要了牌子進宮。

宮門口的侍衛看了牌子一眼，便放行了。

沈玉蓉進宮後，並未去墨軒殿，而是去御書房找劉公公。

劉公公聽見有人找他，很是納悶，問小太監何人找他。

小太監剛被派到前朝伺候，並不認識沈玉蓉，搖搖頭。「不知，是位漂亮的夫人。」

「連誰找咱家，你都不知道，還讓咱家去？」劉公公伸頭往這邊瞧了瞧，見是沈玉蓉，立刻堆笑，討好道：「大少夫人，怎麼是您？您可是找六皇子，小殿下不在這兒呀。」

沈玉蓉道：「我不找曦兒，找公公您。」笑著遞上食盒。「這是我自己做的吃食，公公嚐嚐，看合不合胃口。若是喜歡，下次再帶給您。」食盒裡有醬肉、牛肉醬，還有糕點，是特意送劉公公的。

劉公公聽了，臉上的笑容真誠許多。「大少夫人，您真是太客氣了，有事吩咐一聲便是，還帶什麼東西。」接過食盒，交給旁邊的小太監，又誇讚沈玉蓉的手藝。

沈玉蓉見他高興，問道：「皇上此刻是高興，還是在忙，能否騰出工夫見我？」

劉公公道：「有工夫。今兒皇上高興，早上多吃了一碗粥，還問了六皇子的功課，六皇子對答如流，把皇上樂壞了。」便帶沈玉蓉去御書房。

明宣帝見沈玉蓉來了，問她。「妳怎麼來了，妳的秧苗移栽到田裡了，長勢如何？聽聞妳還在稻田裡養魚，這方法倒是新鮮，聞所未聞，見所未見，真的可行嗎？」

沈玉蓉一一回答，還說了稻田養魚的好處。

明宣帝聽了，龍顏大悅。「朕等著。對了，妳進宮有何事？妳可是大忙人，無事不登三寶殿，說出來吧，朕替妳做主。」大概猜到是何事。

「秧苗移栽到田中，魚苗也放進水裡，可我的山頭依然光禿禿的，連棵綠草也不見。莫非王家反悔了，只給銀子，不種樹了？」沈玉蓉直接道。

沒錯，她就是來告狀的。

明宣帝聞言，皺了皺眉，吩咐身邊的小太監。「派個人去王騰家問問，何時幫謝家種樹，是不是要等樹上掛果了？」

劉公公得了沈玉蓉的好處，便走上前，說要親自跑一趟。

明宣帝點頭，指指窗邊的軟榻，問沈玉蓉。「妳要在這裡等，還是去墨軒殿？」

沈玉蓉不敢打擾明宣帝，提議去墨軒殿。明宣帝讓小太監送沈玉蓉過去。

莊如悔還住在墨軒殿，得空時讀讀書，下象棋，要不去御花園釣釣魚，日子清閒自在。今兒，她得了一隻畫眉鳥，正在逗弄，瞥見沈玉蓉來了，道：「喲，可是稀客呀，妳不在家侍弄妳的一畝三分地，跑來這裡做什麼？」

她說著，順手將鳥食交給一旁的宮女，笑嘻嘻地來到沈玉蓉身邊。「幫我送《紅樓夢》的新章節來了？」

沈玉蓉搖頭。「不是，王家答應的承諾未兌現，我來跟皇上說一聲。」

她還等著吃自己種的水果呢，王家一直沒有行動，望著黑乎乎、光禿禿的山，心裡堵得慌，不想讓王家人好過。

沒有新章節，莊如悔有些失望，但能給王家添堵，她倒是很樂意。「要不要我幫妳？」

沈玉蓉道：「我已經告訴皇上，皇上派人去王家了。王家人想賴帳，怕是不能。」

王家人沒打算賴帳，王騰媳婦派人去看了山頭，算出果苗的數量，發現數量驚人，就有些遲疑了。

他們去買果苗，結果附近的果苗都被沈玉蓉買走了，若是想要，得去很遠的地方買。這來來回回的折騰，沒有幾萬兩銀子是辦不了事的。
王騰媳婦雖不視財如命，卻十分吝嗇，自己穿金戴銀可以，要是叫她出錢，便十分心疼。她不催促下面的人辦事，下面的人也不盡心，這事就這樣被耽擱了。
起初，她還忐忑不安，怕謝家人找來，怕明宣帝怪罪。可一連十幾天過去，謝家並未催促，明宣帝也未怪罪，她漸漸放下心，想著或許謝家忘記了這事。
猛地聽見宮裡來人，王騰媳婦嚇得摔了手中茶盞，忙命人迎接。得知是賠償的事，她也不傻，當即說了附近沒有果苗，得去遠一點的地方買，頗費工夫，要謝家等一等。
劉公公別有深意地看著她，笑呵呵道：「山頭光禿禿的，甚是難看，皇上還以為貴府忘了，命咱家來提醒一二。既然貴府記得，也命人去辦，咱家就放心了，這便回去覆命。」
王騰媳婦塞了一只荷包給劉公公，雖是肉疼，也只能忍著。劉公公是明宣帝身邊的紅人，他們家得罪不起。
劉公公接過荷包，掂量兩下，又囑咐他們抓緊時日辦事，還說明宣帝很期待，比沈玉蓉這個正主都上心，轉身走了。
王騰媳婦來不及多想，命人快去買果苗，定要按照謝家要求種上，不可耍心眼。
要是明宣帝真怪罪下來，王家或有滅頂之災。此次派人前來提醒，已是仁慈德厚。
皇帝不愧是皇帝，只是派人到王家說一聲，效果就顯現出來了。

次日，有人去謝家找沈玉蓉，說送來一批果苗，問她如何種植。

對於果樹栽培，沈玉蓉瞭若指掌，也教了鄭勉和張福全，帶他們去了山上。

到了果園，謝家人在一旁看著，任意使喚王家下人幹活，還不用給錢，怎麼看怎麼爽。

王家不愧是大家族，手眼通天，不知從哪裡找來果苗，僅僅十天，兩座山頭便種滿了果樹苗。有的不是樹苗，而是有幾年樹齡的樹，花兒都敗了，等著掛果呢。

沈玉蓉非常高興，又有些惋惜，王家如何弄到這樣的果樹，莫非是強行徵用？

莊如悔看出她眸中的憂慮，好心解釋道：「風口浪尖上，王家不敢如此做，定是花錢去買。在這世上，只要有錢，沒有辦不成的事。」

莊如悔還真說對了，這些果苗不是王家搶的，是買來的，有樹齡的果樹都是花了高價。種滿兩座山頭，算上工錢，王家前前後後花了七、八萬兩銀子。王騰媳婦心疼地捂住胸口，直說：「天啊，幾棵果苗怎麼費這麼多銀子？」還說下面的人貪了去。

管事拿出帳本，一筆筆寫得清清楚楚，還有果農們親自畫押，自是錯不了。

王騰媳婦心疼歸心疼，可想想不花自個兒的錢，也就想開了，帶著帳本去找王夫人。

王夫人也覺得花得多，說王騰媳婦貪墨了。

王騰媳婦取出帳本，讓王夫人查帳，還發毒誓，若她貪墨一個銅錢，就讓她爛舌頭。

王夫人這才信了，命人去帳房支錢，卻只給個整數，說家裡就剩這些銀子了，餘下的讓王騰媳婦自己添上。還提醒她回去好好查帳，莫讓底下的人矇騙。

王騰媳婦不敢反駁，只能吃下這啞巴虧。

等王騰媳婦走了，王夫人身邊的嬤嬤問道：「只是小錢，夫人又不是沒銀子，為何讓她自己添上？」

王夫人冷笑。「她是沒貪，但她手底下的人貪了不少。我只是提醒她，莫要讓人矇蔽。」

王騰媳婦也想到這一點，幾萬兩都出了，王夫人為何非讓她補上這幾千兩銀子，難道真有人騙了她？

她回去後，帶人去了管事家，抄出不少東西，林林總總加起來，竟有一萬兩之多。

本來她還怨恨王夫人，如今也不怨了，得了一筆意外之財，反而感激。

第五十九章

王家的賠償到了，兩個山頭的外牆也建好，連同兩百畝地一起圍起來。牆足足有數尺多高，牆頭還有削得尖尖的竹桿，一般人進不去。

沈玉蓉準備在牆上種薔薇花，這種花以牆為架、以竹為屏，生命力極強，且多刺，長成後爬滿牆壁，看誰還敢靠近她的山頭和田地。

找薔薇花和移植的差事，已經交給鄭勉和張福全去辦。

田裡的稻苗長勢很好，已有一尺多高。魚也肥壯，放進去時僅手指長，如今長了一倍。

齊鴻曦和齊鴻曜經常來，看著欣欣向榮的景象，每每都會誇讚一番。

明宣帝也時常問起，得知沈玉蓉的莊稼長得好，又驚又喜，讓齊鴻曜多看著，這是他們大齊的希望，是百姓飽腹的根本。

齊鴻曜自是用心，來了謝家，必會去田間轉轉，還時常提問，鄭勉一一詳細答覆。

謝家幾個孩子也會去田間，秋兒經常跟著。

鄭母的眼睛已經能看見光，過不了多久，便能重見光明。

鄭勉對謝家更是感激，幹活更加賣力。不用沈玉蓉說，便做好計劃，讓她省心不少。

天氣漸熱，沈玉蓉換上薄衫，忽而想起解暑的冰粥，便嘗試著做了些。

冰粥就是冰鎮後的豆粥加些水果丁。這個時候水果少，只有野生草莓、桑葚、櫻桃，再配上豇豆、紫米、紅豆、綠豆等，盛在碗中，再加些冰塊，用勺子挖著吃，味道好得不得了，還可以清腸胃，降暑氣。

沈玉蓉盛了幾碗，放在托盤上，準備送去給謝夫人，再問問可有食用的冰塊。若是有，就討些來，放上冰塊更爽口。

正院裡，謝夫人正與謝淺之說話。謝淺之想了多日，下定決心開善堂，便和謝夫人商量一番，看看蓋在哪裡。

謝淺之見沈玉蓉幹勁十足，即便遇到困難也不退縮，依然奮勇前行，光這份勇氣，就令她嘆服。所以她也想做些事，讓自己的人生沒有遺憾。

謝夫人道：「既然是玉蓉提起的，妳去問她，或許她能給妳更好的見解。」孩子們已經長大了，都有自己的主意，她不想干涉太多。

話音剛落，沈玉蓉掀開簾子進來，聽見這話便問：「何事要問我？」

「淺之想開善堂。」謝夫人道：「妳見多識廣，幫她想想該開在哪裡，如何管？」

梅香將托盤放在桌上。「夫人，大姑娘，這是少夫人做的冰粥，爽口清暑，味道也好，快嚐嚐。」第一碗端給謝夫人，又端一碗給謝淺之。

沈玉蓉對許嬤嬤道：「嬤嬤也吃一碗，我做了許多。」

許嬤嬤不客氣，自己端了一碗。「大少夫人就是手巧，做的東西更稀罕。自從您來了謝家，咱們都有口福了。」

謝淺之連吃幾勺，讚不絕口。謝夫人也道好吃，跟著吃了一些，便放下碗。

「這東西確實好吃，可惜是涼的。妳們女孩子家的，別貪嘴，小心肚子痛。」

沈玉蓉一面吃、一面道：「不礙事，等會兒我再燉些驅寒湯水，保證不會肚子疼。」

這時，謝瀾之領著謝清之進來，見桌上有冰粥，是沈玉蓉親手做的，端起來就吃，連連誇讚。

幾人吃過，沈玉蓉讓梅香送些給謝沁之和謝敏之，又問謝夫人可有食用的冰？

謝夫人道：「冰都是去年冬日藏的，平日不吃冰的東西，應該是沒有。」

沈玉蓉想起一本書，裡面提到硝石製冰的法子，若能做出食用冰，第一樓的生意又能火爆起來。

於是，她辭了謝夫人，帶上冰粥，去院中換了身衣裙，坐馬車前往天下第一樓。

沈玉蓉來了才知，莊如悔怕遇見裴巧巧，不敢出門，遂找人去皇宮，請莊如悔過來。

莊如悔來了，身後跟著兩個尾巴——齊鴻曦和齊鴻曜。莊如悔不敢坐自己的馬車，是坐齊鴻曦的。

即便裴巧巧知道莊如悔在車上，也不敢攔齊鴻曦的車。大家都知齊鴻曦癡傻，若犯起傻來，敢拿刀砍人，所以不敢招惹。

三人到了雅間，沈玉蓉將做好的冰粥放到桌上，招呼他們嚐嚐看，若是好吃，就在天下第一樓賣。若因此生意紅火，用不了多久，天下第一樓就可以有第一間分店了。

齊鴻曦先坐下，拿起勺子吃了一口，眸中一亮，也不多言，繼續吃，一碗很快就見底。他把空碗遞給沈玉蓉，意思很明白，還想吃。

沈玉蓉笑了，讓梅香再幫他盛一碗。「這東西是涼的，不宜多吃，再吃一碗就好。」

齊鴻曦接過碗，答應一聲，埋頭繼續吃，還不忘誇讚沈玉蓉的手藝。

齊鴻曜也吃了一碗，正想要第二碗，卻聽見樓下鬧哄哄的，聲音此起彼伏，傳到樓上。

莊如悔命阿炎去看看，到底發生了何事？

沈玉蓉開窗，往下望去，見街上有一隊人，最前面的人身穿皇子服飾，騎著高頭大馬，俊逸非凡。

「這人是誰啊？」她從未見過。

莊如悔和齊鴻曜端著冰粥來至窗邊，看了一眼，異口同聲道：「二皇子。」

齊鴻曦端著冰粥湊過來，將齊鴻曜擠到一邊，滿臉高興，趴在窗戶上喊道：「二皇兄，你回來了？我們都在這裡吃好吃的，你上來一起吃吧！」

齊鴻旻聽見動靜，循聲望去，見莊如悔、齊鴻曜和齊鴻曦都在，並未勒住韁繩，只是笑了笑。

「你們吃吧，本皇子還有事，先回去了。」

他說著，瞥過天下第一樓，眸光微閃，又側臉看向香滿樓，門前幾乎沒人，眼神冷漠了幾分。

他離開近兩個月，這裡何時開了一家酒樓，還在香滿樓對面，難道是莊如悔開的，專與香滿樓打擂臺？有意思，真有意思。

想到此處，他又朝莊如悔一行人看去，竟瞧見一張陌生的臉，容顏俏麗，眸光淡然，氣質脫凡超俗，站在三個男人中，尤為顯眼。

她是誰？

齊鴻旻漸行漸遠，莊如悔望著他的背影，嘆口氣。「京城又有熱鬧好瞧了。」坐回去繼續吃冰粥，感覺冰粥不香了。

「這話從何說起？」沈玉蓉捏了一塊糕點，慢慢吃著。「他是二皇子？」

齊鴻旻是王皇后所出，可謂根正苗紅。若無意外，皇位應該會落在他身上。

莊如悔毫不避諱道：「王皇后嫡子，又有王家當後盾，他覺得太子人選非他莫屬，從不把其他皇子放在眼中。」

齊鴻曜沈默不語，算是默認莊如悔的話。

齊鴻曦放下勺子，小聲道：「背著父皇，二皇兄總說我是傻子，我不傻的。」

齊鴻曜拍拍齊鴻曦的頭。「六弟不傻，只是小孩子心性，莫要跟他一般見識。還有五哥疼你呢。」

二皇兄，五哥，親疏遠近，一聲便聽得出來。

沈玉蓉也陷入沈默。齊鴻旻回京，謝家與王家的爭鬥又要開始了。

齊鴻旻回到皇宮，先去御書房，給明宣帝稟報賑災經過。此次賑災，他的聲望更高了，被封為太子是遲早的事。

明宣帝看著摺子，點頭稱讚。「差事辦得不錯。一路舟車勞頓，去看看你母后，早些回去歇著吧。」

齊鴻旻拱手作揖，告退出來，轉身去了鳳翔宮。

王皇后提前得知齊鴻旻回來的消息，早在宮中等著了。鳳印被奪，後宮之事她插不上手，早盼著齊鴻旻回來，好為她做主。

齊鴻旻一路走來，宮女、太監無不行禮問安，他看都未看，直接進正殿。

王皇后瞧見齊鴻旻，未語淚先流。多日受的委屈，這一刻再也壓不住，想對兒子傾訴，卻不知從何說起。

齊鴻旻規矩行禮，又扶著王皇后坐下，說些思念等話。

王皇后一言不發，只是看著他流淚。

齊鴻旻哄道：「母后，您這是怎麼了，可是父皇給您沒臉？」

帝后不和，宮裡眾所周知。當著眾人的面，明宣帝或許不會落王皇后的面子，可在鳳翔宮內，訓斥幾句、罰抄經文的事，也不是沒有。

王皇后聞言，聲淚俱下，說了最近發生的事。王太后被送到寺廟祈福，她丟了鳳印，權力被瓜分。後宮那些妃子看碟下菜，對她冷嘲熱諷。

齊鴻旻幫她拭淚，安慰道：「您是皇后，是天下女子的表率，哭哭啼啼的，讓人看笑話。再說了，還有我呢，兒子會替您做主，任何人都休想欺辱您。」

王皇后又高興、又激動。是啊，她還有齊鴻旻，身後還有王家，誰能笑到最後，還不一定呢。王太后離宮，王家失勢，都是暫時的。

「是母后一時想岔了，母后有你，就是最大的倚仗。對了，你舅舅日子也不好過，你出宮後去瞧瞧他。」

齊鴻旻外出賑災，她不敢打擾，命人瞞下京城的事。若當初說了，或許兒子還能幫她出出主意呢，也不至於落得鳳印被搶，遭人奚落嘲笑。

齊鴻旻答應了，又陪著王皇后說了一會兒話，吃完飯才出宮，去了太師府。

第六十章

王太師也知齊鴻旻回宮的消息，想著見上一見，可巧齊鴻旻就來了，忙帶人迎出來。齊鴻旻很尊敬王太師這個舅舅，施了半禮。「見過舅舅。」

王太師避開，不敢承受，還禮道：「老夫不敢當，二皇子有禮了，快裡面請。」將人迎進書房，又命人上茶。

齊鴻旻品著香茗，抬眸看王太師。「我忙著賑災，未聞皇祖母出宮，母后失寵，措手不及。朝中可有大事發生？」

王太師放下茶盞，嘆息一聲。「自從沈家女進了謝家門，下官這邊諸事不順。先是郭家被貶，沈家老匹夫當了戶部尚書，緊接著鳳兒和離，林家倒戈，禮部尚書因家教不嚴，辭官回鄉，位置雖空著，可看皇上的意思，尚未有合適人選。」他想推自己的人上去，但明宣帝不答應。

「禮部尚書的位置不急，科考剛過，下次科考是三年後的事。舅舅說說沈家女吧，母后對她頗為忌憚。」齊鴻旻道。

王太師便將沈玉蓉的事一一說了。

齊鴻旻陷入沈思，過了好半晌道：「父皇偏心她，應該有兩個原因，一是看在謝家的面子，二是高產糧食。近年大齊災情不斷，盜匪橫行，京城看似安穩，卻暗潮湧動。另外，她開了天下第一樓，又讓郭家小妾開口，令刑部的犯人說實話，到底用了什麼方法？」

王太師也想到了這一點。「我派人去查了，一無所獲。沈家女問口供時，莊如悔都在旁邊看著，他是長公主的獨子，一向與我們不合，定不會告訴我們。」

齊鴻旻起身來至窗前，廊簷下掛著一只鳥籠，籠中的畫眉鳥嘰嘰喳喳叫著。

王太師見他盯著畫眉鳥看，道：「殿下若喜歡，拿去就是。」

「君子不奪人所好。再說，搶來的東西有何意思，要心甘情願才好。東西如此，人更如此。」齊鴻旻抬步走出去。「舅舅風頭太盛，在家休養些日子吧，既然本皇子回來了，就會拿回屬於自己的一切。」

他只是離京兩月，皇祖母、母后、舅舅一個個吃了大虧，好似皆因沈玉蓉而起，那他便會會這個女人，看她有何本事。

王太師聽了這話，知齊鴻旻要對謝家動手了，忙跟上來囑咐幾句，又問他要怎麼做。

齊鴻旻停下腳步，回頭道：「沈家女不簡單，會的東西也多，若是能為我所用，何愁大業不成，舅舅您說是吧？」

王太師瞠目結舌。「這……可她害死了三兒。」

「等目的達成，一個棄子，還不是任由舅舅處置？」齊鴻旻笑得陰冷。

王太師這才放心，覺得齊鴻旻說得對極。只要齊鴻旻能登基為帝，妹妹就是太后，王家還是原來的王家，什麼謝家、莊家、林家，統統被王家踩入泥地裡。

他又想起兵權一事。「老臣手中的兵權被皇上要了去，殿下若想有大作為，一時半會兒怕難以行事。」

齊鴻旻沈思片刻。「柳灃的軍隊不是在山海關？他手中有二十萬大軍，舅舅與他是舊識，又對他有恩，若要用他，還不是輕而易舉。」

王太師嘆氣。「我與柳灃之間只有利益，並無私情。這些年他看似依附王家，卻並不是真心投靠。」

「他不聽話，換了就是。」齊鴻旻停頓片刻，又道：「必要時刻，可以與遼軍聯手。」

王太師立刻明白他的意思，遲疑不決。「真要這麼做？」他不想落下把柄給齊鴻旻。萬一當年王太師除掉墨連城，雖未收服墨家軍，卻也令山海關換了主帥。

一齊鴻旻登基，為立皇威，拿王家開刀，王家連退路都沒有。

「舅舅，你何時有婦人之仁了？無毒不丈夫，這話可是您教我的。」齊鴻旻冷冷開口。

那個位置，他必須登上，也只能是他的。誰阻他，他殺誰。

王太師看出齊鴻旻的決心，只好同意，心想到時謹慎些，莫要讓人查到王家。

齊鴻旻想了解沈玉蓉，出了王家，喚人去查她，越詳細越好，尤其是如何讓郭家小妾和讓刑部犯人開口的方法。

那人領命去了。

沈玉蓉從天下第一樓回來，先去了謝夫人的正院，說齊鴻旻回來了。

謝夫人囑咐她。「二皇子睚眥必報，妳得罪了王家，王家也因妳次次吃虧，二皇子不會輕易放過妳，萬事要小心。這些日子，儘量少出門。」

沈玉蓉點頭應了，又去後院瞧果樹。

聽說長公主府的桃子品種好，個大汁多，味道又甜，她便讓莊如悔剪了幾枝，嫁接到後院的杏樹及桃樹上，又用油紙跟布條纏住。過七、八日，嫁接的枝條開始泛青，便成功了。

鄭勉日日來瞧，將過程記錄在冊。沈玉蓉來時，他正準備離開。這次他還帶了秋兒，秋兒想謝淺之了，便求著他跟來。

秋兒瞧見沈玉蓉，跑過來脆生生道：「沈姊姊，妳回來了，我以為這次見不到妳呢。」

「怎會見不到？我日日在家，你若天天來，便見到了。」沈玉蓉看向鄭勉。「鄭先生，你又來記錄桃樹的生長？」

「夫人奇思妙想，我若不來，心裡不踏實，總覺得在作夢。」鄭勉笑了笑。

這種種植技術，他從未聽說過，好奇之餘，更多的是期待。一旦成功，便有更多的百姓能吃飽飯了。

鄭勉不是一心只讀聖賢書的酸腐書生，生在農家，每逢假日就幫家裡人幹活，知道糧食對百姓有多重要。他讀書考科舉，一為改變家境，二是想為百姓做些實事。

秋兒昂起頭。「沈姊姊，我爹爹可崇拜妳了，經常誇妳，說有妳是大齊百姓之福。」

鄭勉有些不自在，尷尬地笑了笑。又糾正秋兒的稱呼，讓他叫沈玉蓉為夫人。

沈玉蓉摟著秋兒。「叫什麼夫人，硬生生把我叫老了，我更喜歡他叫我姊姊，聽著年輕。輩分問題各論各的，聽著都舒坦，多好啊！」

秋兒猛點頭，對著沈玉蓉喊了聲姊姊。

沈玉蓉摸摸他的頭。「小機靈鬼，晚上我下廚，你在這裡吃吧，大姊看見你也高興。」

秋兒來過幾次，謝夫人亦喜歡他，還讓沈玉蓉多帶帶他。

沈玉蓉明白謝夫人的意思，就是讓她生個孫子，但她與謝衍之未圓房，不可能生的。

鄭勉見狀，便先告辭出來，在門口遇見謝淺之。謝淺之第一次見到鄭勉，長相英俊，身材挺拔，倒是和其他書生不一樣。

等謝淺之離開，鄭勉還定定站在原地，望著她離去的方向，有些癡了。天下竟有這樣的女子，溫婉大方，端莊有禮，一顰一笑都透著書香之氣。

回過神才知，她是謝家大姑娘，據說和離了。居然有人看不上這樣標緻的人，眼睛莫非是瞎的？

門口發生的事，沈玉蓉不知，看完果苗，便進廚房做兩桌菜，留秋兒吃飯，又送秋兒回家。有梅枝跟著，沈玉蓉很放心。

鄭母的眼睛徹底恢復，能看見人了。

她聽見沈玉蓉的聲音，忙放下手中的碗筷，從廚房裡走出來，在圍裙上擦擦手，笑著道：「夫人，莊子離這裡不遠，秋兒也識得路，您讓他自己回來便是，還特地送他，多麻煩您。」

沈玉蓉鬆開秋兒的手，讓他進屋。「大娘，我閒著也是閒著，正好散散步消食。」梅香把手上的吃食交給鄭母。「這是夫人做的蛋糕，鬆軟可口，適合孩子和老人吃，您和秋兒嚐嚐。」

鄭母不知所措。「秋兒在謝家吃一頓，勞妳們送回來，還帶東西，真是太麻煩了。」

「不麻煩，順手做的。」

將秋兒送到家後，沈玉蓉告辭離開。

鄭勉去田裡，在門口遇見沈玉蓉，知道她送秋兒回來，道了謝，又說了田間的情況。

「辛苦鄭先生了。」沈玉蓉道。她沒想到鄭勉如此勤勤懇懇，時時惦記田裡的莊稼。

等沈玉蓉離開，鄭勉回到鄭家，見秋兒樂滋滋地吃著糕點，腦海中又浮現謝淺之的身影，話脫口而出。

「娘，您說，我要是娶妻了會如何？」

餓了有人等著他吃飯；衣服破了有人幫他補；回來晚了，有人惦記著他。這種感覺好像也不錯。

鄭母手裡的動作頓住，想起方才鄭勉在門口與沈玉蓉說話，心中一凜。「謝家都是好人，又對咱們有恩，你可不能有其他心思。」尤其是大少夫人，那是有夫之婦，更不可妄想。

秋兒坐在一旁，一面吃著蛋糕、一面瞧著父親和祖母的表情，想起在謝家聽到的話。謝夫人似乎想替謝淺之說親，又怕她不答應，一直沒敢提。

「爹，要不您娶謝姊姊吧，她和離了，不好說親。我也喜歡謝姊姊，您把她娶回來，我們都護著她，不讓人欺負。」

鄭母打斷他。「傻秋兒，咱們是什麼人家，謝家又是什麼人，即便和離了，也輪不到咱們家。」

大戶人家講求門當戶對，怎會把女兒嫁到農家？兒子高中或許有可能，可兒子如今只是個舉人，還在謝家做工。就算謝家夫人再開明，也不會把女兒嫁過來。

鄭勉聞言，沈默了。他們的身分有如雲泥之別，是不可能的。

可他不希望謝淺之嫁別人，雖僅有一面之緣，卻不知為何，即便她是和離之人，也覺得她是最特別的，值得最好的呵護，難道這就是一見鍾情？

秋兒不開心了，昂起頭反駁。「謝姊姊才不看重家世呢！在我心中，謝姊姊和爹爹最好，若爹爹娶妻，就娶謝姊姊，我喜歡她，想讓她當我母親。」

從記事起，他就不知母親是何物，但在謝淺之身上，他體會到母愛，也渴望這種愛，不想當沒娘的野孩子了。

鄭母嘆息。「謝家姑娘再好，也不是咱們家的菜。」

鄭勉問：「娘，您嫌棄她嫁過人，和離過？」

「當然不是。是謝家門第太高，咱們攀不上。」鄭母道。「我怕你一旦說出來，咱們家連容身之地都沒了。」

高門大戶要臉面，不可能讓女兒嫁到他們這樣的人家，兒子雖沒娶親，卻帶著一個六歲的男娃，還有她這個孤老婆子，都是累贅。謝家人再好，也不會答應。

「不試試怎麼知道？」鄭勉決定了，他想娶謝淺之，想一輩子對她好。他要考上狀元，風風光光娶她，不讓人看輕她。

鄭母見兒子主意已定，也不勸說，領著秋兒回屋睡覺了。

鄭勉則去了書房，挑燈夜讀，為三年後的春闈做準備。

第六十一章

沈玉蓉知道齊鴻旻回京，很可能會找她的麻煩，便待在莊子，有空去山上轉轉，瞧瞧田裡。還讓人買了硝石，做出不少冰塊，送一些去沈家。

張氏得了冰塊，又驚又喜，送幾疋新布料給沈玉蓉，是今年搶手的新款。那日她搶了不少，幫兒女做幾身衣服，也給沈謙做兩身。剩下的布疋，柳姨娘想要，張氏卻給了沈玉蓉。

沈玉蓮得知這事，發了一通脾氣，摔了不少東西。她想要新布料做衣裙，再偶遇齊鴻曜，讓齊鴻曜對她心動。

可這一切全被沈玉蓉破壞了，沒事往家裡送冰做什麼？家裡有冰，還稀罕她的冰？

沈玉蓉得知沈玉蓮發脾氣，心情大好，將得來的四疋布分好，謝淺之姊妹各得一疋。

謝淺之帶著謝沁之和謝敏之親自道謝。

沈玉蓉知道謝淺之繡工好，問她。「大姊，妳可想開繡莊？將來辦善堂，可能會有不少無家可歸的小姑娘，妳教她們刺繡，等她們長大了，也有傍身的手藝，正好去繡莊幹活。」

謝淺之覺得這主意好，謝沁之和謝敏之也願意到繡莊幫忙。

沈玉蓉道：「妳們去吧，我刺繡的手藝不行，只能出謀劃策，就不獻醜了。」

謝淺之聽了，拿出木尺，在沈玉蓉身上比劃著。「妳不擅長做衣裙，我替妳做一身吧。喜歡什麼花樣？我幫妳繡上。」

沈玉蓉看著賢慧的謝淺之。「我喜歡蘭花，大姊幫我繡上。」

「蘭花乃花中君子，品行高潔，倒是與妳很配。」謝淺之道。

「謝謝大姊誇讚。」沈玉蓉笑著道謝。

這時，莊如悔進來，見謝淺之姊妹都在，頓了下，對沈玉蓉使眼色，轉身出來。

沈玉蓉會意。「衣裙就麻煩大姊了，世子找我有事，我先去忙，回頭再找妳。」

謝淺之點頭，沈玉蓉便出門去尋莊如悔。

沈玉蓉到了門外，問道：「行色匆匆的，發生了何事？」

「五皇子送信來說二皇子要到謝家莊子，妳先躲躲吧。」莊如悔提醒沈玉蓉。「二皇子心機深沈，有仇必報，又覬覦皇位。妳打了王家的臉，就是不給他面子，我看是來者不善。」

這些日子莊如悔一直待在墨軒殿。今天一早齊鴻曜來找齊鴻曦，他的小太監乘機在她手中塞了張字條，寫著：二皇子欲來謝家。莊如悔覺得不妙，連忙趕來謝家報信。

沈玉蓉挑眉。「來者不善又如何，他一個皇子，還能在謝家殺人？我看，此次他是來探我的虛實。這次躲了，下次呢？當縮頭烏龜，可不是我的性子。」

莊如悔道：「妳有了主意？」

沈玉蓉搖頭。「沒有。兵來將擋，水來土掩。」

莊如悔翻了個白眼。「要不，妳說身子不適，不宜見客？」

「不必。來就來，躲得了初一，躲不過十五。二皇子這一關，我得過。」沈玉蓉道。

無論齊鴻旻想做什麼，她都奉陪到底。

齊鴻旻到謝家莊子時，沈玉蓉帶著莊如悔去了山上。

沈玉蓉知道他要來，不可能恭恭敬敬在家候著。山上的果苗，都是王家找人種的，如今成了她的，不知齊鴻旻怎麼想，正好可以利用這件事，來測試他的意圖。

「這就是沈姑娘種的果樹？」齊鴻旻手裡搖著摺扇，左瞧右看，顯得十分愜意。

他身穿藏青色錦袍，腰間繫蟒紋金帶，墨髮高高豎起，鳳眼含笑，身姿挺立，氣質非凡，看似隨和，但了解他的人都知，這是表象。

聽他稱沈玉蓉為姑娘，跟來的齊鴻曦微微皺眉，憨裡憨氣道：「不是沈姑娘，是表嫂。」這是提醒齊鴻旻，沈玉蓉已嫁為他人婦，休要惦記。

齊鴻旻毫不在意，回頭看齊鴻曦一眼。「表嫂？聽說，謝衍之在新婚夜逃了？」有夫妻之名，無夫妻之實，算什麼夫妻？他倒是願意代替謝衍之那個紈袴。

去查沈玉蓉的結果，昨兒被呈到齊鴻旻跟前，他翻看良久，越發覺得她有意思，尤其是令犯人開口說實話的秘術。若有這樣的人幫襯，大業何愁不成？

齊鴻曜也提醒道：「二皇兄，說話還是注意些好。沈家姑娘嫁到謝家，是謝家的大少夫人，您再稱她為姑娘，於禮不合。」

齊鴻旻不以為然，笑了笑。「我就喜歡叫她沈姑娘，聽著順耳些。」

沈玉蓉走過來，規規矩矩向齊鴻旻行禮。「一個稱呼而已，二皇子殿下願意叫什麼，便叫什麼，隨您高興。不過，我是謝家婦是事實，不容改變，還是喜歡您叫我大少夫人。」

齊鴻旻收起扇子，打量沈玉蓉，滿眼讚嘆。「氣質脫俗，長相絕美，即便穿布衣粗衫，也掩不住通身的氣質，便宜了謝衍之那紈袴。」目光輕佻，說出的話更是有撩撥之意。

「嫁雞隨雞，嫁狗隨狗，嫁個枕頭抱著走。嫁給紈袴子弟，我也認命了。」沈玉蓉言語誠懇，沒有一絲不滿。

莊如悔站在齊鴻旻身後，對沈玉蓉豎起大拇指。敢頂撞齊鴻旻的女子，她怕是第三個，因為母親和她也喜歡跟齊鴻旻對衝著。

齊鴻旻搖頭嘆道：「真是可惜了這樣一個美人。」

「可惜什麼？本世子倒覺得很好。玉蓉嫁入謝家就當家作主，謝夫人把她當親生女兒一樣疼，任何事都由著她，想種樹就買山，想種秧苗就買田，日子無拘無束，豈不快哉。不像有些人，一入宮門深似海，沒有自由，活得像木偶，性命被捏在他人手裡，可悲可嘆。這樣的人生，玉蓉不喜歡。」

話落，莊如悔挑眉看向沈玉蓉。「小美人，本世子說得可對？」調戲誰不會啊？

沈玉蓉笑起來。「世子爺說的極是。」

齊鴻旻毫不在意，好似沒聽懂莊如悔的話，指著遠處，對沈玉蓉道：「遠來是客，沈姑娘帶我走走，幫我介紹介紹可好？」

齊鴻曦舉起雙手，興奮地喊：「二皇兄，曦兒對這裡很熟悉，曦兒帶你去。表嫂是女子，走不得山路，腳會疼。父皇說，身為男子，應該體諒女子，還是曦兒帶你去吧。」

齊鴻旻拒絕。「你連果樹都分不清楚，如何介紹？」

齊鴻曜道：「我來替二皇兄解惑吧，大少夫人種果苗時，我也在場，回去又研究一番，略知一二。」

齊鴻旻見一個兩個都跟他對衝著，當即冷下臉。「不必了。」便帶人離開。

沈玉蓉三番五次為難王家，且占了上風，不是她有本事，而是有人幫襯。齊鴻曜、齊鴻曦、長公主府，這些人沒少出力。

齊鴻曦見齊鴻旻走了，提醒沈玉蓉。「表嫂，二皇兄很厲害，也很凶，遇見要躲開。」

沈玉蓉摸摸他的頭。「好，我知道了。大家都辛苦了，今兒中午我下廚，想吃什麼快說，過時不候。」衝著大夥兒都幫她，今兒她大方一回，多做幾道菜。

齊鴻曦報了幾個肉菜，莊如悔想吃魚，齊鴻曜說都可以，只要是她做的，他都喜歡吃。

沈玉蓉做了十二道菜，有雞有魚、有蹄膀、有牛肉、有羊肉，還有大蝦，又配上拔絲蘋果、蟹黃豆腐、炸藕盒、炒水芹、涼拌蕨菜、清炒野生蓬蒿等清爽菜色。

飯桌上，謝瀾之得知齊鴻旻做的事，恨得咬牙切齒。「我嫂子永遠是我嫂子，是我大哥的妻子，別人休想惦記。」

齊鴻曦在一旁幫腔。「瀾之表哥說得對。」

莊如悔道：「老二那小子吃了癟，定不會善罷甘休，咱們可要小心。」她不怕齊鴻旻，就怕沈玉蓉吃虧，畢竟她不能無時無刻保護沈玉蓉。

謝夫人點頭。「這些日子儘量不要出去。」她實在摸不清，齊鴻旻刻意引誘沈玉蓉，到底圖什麼？只因為沈玉蓉這個人，還是另有打算？

等送走齊鴻曦幾人，謝夫人去找沈玉蓉，細細說了齊鴻旻的性子，又道：「王家人都小心眼，妳得罪過他們，他們定不會輕饒了妳。現在二皇子示好，定沒安好心，切記不可與他走得近，做事要三思而後行，莫被他算計了。」

沈玉蓉一一答應，謝夫人還是不放心，次日去小酒樓找楊淮，但掌櫃說楊淮近日離京了，歸期不定。

謝夫人失望而歸，回去後，又囑咐沈玉蓉一番。

沈玉蓉覺得，別人有心找麻煩，就算躲進深山，也一樣會被找到，不如拿出本事對付他們呢。

第六十二章

沈玉蓉想的一點都沒錯，翌日一早，齊鴻旻又登門來尋她，藉口都找好了，想了解水稻的種植方法。

沈玉蓉讓鄭勉和張福全去回話，可齊鴻旻執意要見她，直接言明他堂堂一個皇子，那些奴才還不配與他說話。

沈玉蓉只能親自去見他。

齊鴻旻見到沈玉蓉，笑了，命人將車上的花草搬下來，放到她院中去。

「二皇子太客氣了，我一內宅婦人，男女有別，見二皇子本就不合規矩，豈敢再要您的東西，還望殿下莫要難為臣婦。」沈玉蓉婉拒道。

「不合規矩？為難？」齊鴻旻走近幾步，合上扇子挑起沈玉蓉的下巴。「妳與謝衍之沒有夫妻之實，本皇子難得喜歡一個女人，妳可不要不識抬舉。」

沈玉蓉垂眸，遮住眸中的厭惡，要不是怕連累家人，早一腳踢過去了。這裡是萬惡的封建社會，皇權大於天，她得隱忍。

在心中默念幾遍忍，沈玉蓉勾唇輕笑，往後退了幾步，柔聲道：「二皇子莫要開玩笑，臣婦與殿下只見了兩面，不相信一見鍾情。且臣婦是蒲柳之姿，怕是入不了二皇子的眼。」

齊鴻旻逼近一步，居高臨下瞧著沈玉蓉。「巧了，妳運氣好，還真入了本皇子的眼。」

什麼入眼，就是不要臉。沈玉蓉默默吐槽，內心卻盤算著要如何躲開，想了想還是覺得碰瓷好，就碰瓷吧。

正當她要憋氣裝暈時，外面傳來梅香的聲音，說謝夫人暈倒了，要沈玉蓉去看看。

沈玉蓉內心一喜，知道謝夫人在幫她，忙行禮告退，去了謝夫人的正院。

齊鴻旻盯著沈玉蓉的背影，目光陰鷙。好個謝家，等著瞧，他早晚要收拾他們。

沈玉蓉去了正院，見謝夫人坐在軟榻上，正和許嬤嬤說話，謝淺之姊弟也在。

謝夫人怕沈玉蓉吃虧，先開口道：「二皇子可有為難妳？」

沈玉蓉坐在謝夫人對面。「表面上沒有，實則處處為難。他送了不少花草過來，要我收下，我一個成婚的女子，若是收了外男的禮物，就算渾身長嘴也說不清。我不要，他硬要給，就沒見過這麼不要臉的人。」

「他畢竟是皇子，咱們謝家招惹不起。這些日子，我會一直病著，妳在家侍疾，哪裡也莫去。」謝夫人道。

「二皇子會不會懷疑？」沈玉蓉有些擔心，齊鴻旻不是省油的燈，此舉如果被拆穿，治他們欺瞞之罪，就麻煩了。

謝夫人笑了笑。「妳放心，我已經想到了後招，就算他請太醫來，也查不出什麼。」

若她沒猜錯，齊鴻旻看重李院正，十有八九會讓李院正來。李院正受過墨家的恩，不會拆穿她。即便來的是別人，她也有辦法讓人查不出來。

沈玉蓉還是有些擔心，謝夫人制止她，對謝瀾之道：「你去送送二皇子，家中混亂，不方便招待貴客。」

謝瀾之應了聲，轉身去了。沈玉蓉便留在正院陪謝夫人說話。

不久後，謝瀾之回來了。他送走齊鴻旻，但齊鴻旻不相信謝夫人病了，會派太醫過來。

沈玉蓉挑眉，撇撇嘴。「無恥的小人，還挺聰明的。」

謝夫人道：「他有張良計，我們有過牆梯。」對許嬤嬤使眼色。

許嬤嬤點頭出去。

沈玉蓉不解。「娘，許嬤嬤這是做什麼去了？」

「熬藥。我有一個方子，喝下去會讓人身子骨變弱，癥狀就像鬱結於心，氣虛不暢，就算再高明的大夫也查不出原因。」謝夫人道。

這是李院正當初給她的方子，在對付謝老夫人時用過幾次，雖傷身子，卻也無大礙。為了謝衍之和沈玉蓉，她只能出此下策。

早幾天，她就想到這法子。等楊淮回來，再想其他對策。

「可會危害身體？」沈玉蓉擔心道。她不想謝夫人為了她損傷身子。

「無礙，只要瞞過太醫就好。」謝夫人道。
沈玉蓉不信，是藥三分毒，哪有不傷身的藥，對謝夫人除了感激，又多了幾分敬重。母親早逝，爹爹忙碌，鮮少有人如此關心她。為了她，不惜傷害自己的身子。

果然如謝夫人猜測，齊鴻旻請李院正幫謝夫人治病。李院正與謝夫人是舊識，又與墨家有關係，自然幫謝夫人隱瞞，替謝夫人開了些補身子的藥，便回去向齊鴻旻稟報。
齊鴻旻得知謝夫人不是裝病，心中怒氣減了不少。既然她在家侍疾，他過段時日再去。可計劃趕不上變化，他還未找到機會去謝家莊子，就被明宣帝訓斥了一頓。
原來，謝夫人生病後，齊鴻曦得到消息，忙來謝家探望，自然知道了真相。
沈玉蓉想出一個計策，要梅香去請莊如悔來，讓長公主給二皇子搗搗亂。
莊如悔問她如何能找齊鴻旻的麻煩，她樂意之至。
沈玉蓉出了一個主意，讓人跟著二皇子一派的人，抓住他們的小尾巴，在明宣帝跟前彈劾。他的人一出事，他無暇顧及，定不會找她麻煩。
沈玉蓉說完這些，又道：「世子爺，你可聽說過一句話：傷其十指，不如斷其一指。」要整一個人，就要往死裡整，讓他無翻身之地。
莊如悔想了想，瞬間明白，對沈玉蓉伸出大拇指。「妳這主意高明。」他們以前怎麼就沒想到呢。

沈玉蓉又道：「你們抓別人的小辮子時，先把自己的尾巴藏好，別讓人揪了，到時候就成了雙打。」

齊鴻曦蹲在一旁，拿著小木棒捅螞蟻窩，聽見這話回頭。「二皇兄把姨母氣病了，我要告訴父皇。」

沈玉蓉和莊如悔對視一眼，他們怎麼把齊鴻曦忘了，整治齊鴻旻的事，可以讓齊鴻曦去做，反而更簡單。

沈玉蓉走過來，蹲在齊鴻曦身旁，望著地上的螞蟻道：「這事得說，曦兒再把二皇子送東西的事也說一說。」

「誰給誰送東西，是給曦兒嗎？」齊鴻曦繼續裝傻。

「二皇子想要高產糧食，送東西給我。但糧食是給皇上的，別人不能要。」沈玉蓉道。

莊如悔幫腔。「曦兒回去如實說便是。」

齊鴻曦似懂非懂地點點頭，算是答應了，順便提條件。「曦兒很辛苦的，表嫂要獎勵我，父皇也辛苦，表嫂也給父皇做些好吃的。」順便報出幾個菜名，讓沈玉蓉給他做。

沈玉蓉欣然同意，起身去了廚房做飯。

午飯後，齊鴻曦帶著食盒回宮，直接去了御書房。

明宣帝在批閱奏摺，還未來得及用膳。齊鴻曦把食盒交給劉公公，讓他去熱熱，又絮絮叨叨，讓明宣帝注意身子、按時吃飯等話。

少頃，太監將膳食擺上，一陣飯香撲鼻，明宣帝笑著誇道：「謝家大少夫人的手藝好，怕是連御廚都比不上。」

「我也覺得好吃，今兒是曦兒去了，表嫂才進廚房。表嫂已經有兩日未下廚了，她的丫鬟梅香說，表嫂最近很累、很忙，他們不捨得她做飯。」齊鴻曦拿筷子幫明宣帝夾菜。

明宣帝疑惑。「哦，她又在忙何事，搗鼓新奇古怪的種子？」

齊鴻曦搖頭，滿臉擔憂。「姨母病了，表嫂要侍疾。」

「怎麼突然病了，可請了太醫？」明宣帝一面吃、一面問。

齊鴻曦點頭回應。「是二皇兄請的，是李院正。」

聽了這話，明宣帝夾菜的筷子停頓一下。「他為何要幫你姨母請太醫呀？」

「因為姨母是他氣病的。他非要送花草給表嫂，表嫂不要，二皇兄就生氣。姨母嚇壞，便生病了。」齊鴻曦替明宣帝夾菜，自己也跟著吃了幾口。

美味佳餚在面前，但明宣帝聽了這話，歇了吃飯的心思。

劉公公侍立在一旁，悄悄瞄明宣帝。二皇子剛回京就惹事，難怪皇上不喜歡他。還是六皇子貼心，知道關心皇上的身子，就連幾個公主也不及他貼心。

齊鴻曦見明宣帝擱下筷子，夾了一塊紅燒肉給他。「父皇吃肉。」

「曦兒喜歡就多吃些，父皇飽了。」明宣帝摸摸他的頭。

齊鴻曦不疑有他，埋頭大快朵頤起來。

等齊鴻曦離開後，明宣帝命人去查查齊鴻旻的行蹤，又宣齊鴻旻面聖。

齊鴻旻站在下首，抬眸觀察明宣帝。他來了一會兒，明宣帝卻一直在批閱奏摺，看也不看他一眼，這是怎麼了？

「父皇，您喚兒臣來有何事？」齊鴻旻有些不耐煩了。「若是無事，兒臣就回去了，府中還有一些事需處理。」

「有事要處理，朕看你是去謝家吧？」明宣帝起身。

「朕聽說，你去謝家詢問水稻的事，還強行給人送禮。別人不收，就以權壓人，還把謝夫人氣病了？」明宣帝走到齊鴻旻身旁，緊緊地盯著他。「可有此事？」

齊鴻旻沒想到明宣帝知道此事，很痛快地承認了。

「你糾纏沈玉蓉，意欲何為？」明宣帝問。

「她蕙質蘭心，兒臣只是欣賞她。」齊鴻旻道。

「她是有夫之婦，你是大齊皇子，且有家室，男女有別，應懂得避嫌才是。你卻親自上門，糾纏一個有夫之婦，若傳揚出去，我大齊的臉面何在。」明宣帝憤然。

齊鴻旻不解釋，他了解明宣帝的性子，越解釋越錯。

明宣帝又道：「別以為朕不知你的打算，沈玉蓉做的事，有助於江山社稷，朕不允許出一點錯。」停頓一下，又道：「不該有的心思，歇了吧。」揮手命齊鴻旻下去。

齊鴻曦拱手作揖，告退出來，眸光閃過陰鷙。沈家女他勢在必得，誰也不能阻止。

明宣帝望著齊鴻旻的背影，搖頭嘆息。「心胸狹隘，難當大任。」這一點像足了王家人，一家子小心眼。

第六十三章

齊鴻旻被明宣帝訓斥，當晚莊如悔就收到消息，翌日去了謝家莊子，把這件事告訴沈玉蓉，順便請她赴宴。

四月底是莊老夫人壽辰，莊遲是莊家嫡長子，定要回去。莊家也給沈玉蓉下帖子。

齊鴻旻被訓斥，沈玉蓉很淡定，倒是驚奇莊家的邀請。「我與莊老夫人非親非故，她過個生辰，請我去做什麼？」

莊家好似與王家走得近，王家又是齊鴻旻的外家，難道是齊鴻旻在背後操縱？

沈玉蓉道：「我看是鴻門宴。娘親病了，我需侍疾，就不去了。」

莊如悔說：「莊家請妳，若不去，顯得不給宜春侯府面子。妳放心去，出事我頂著。」

莊家並非全是莊老夫人的人，這次她定讓祖父看清莊氏的嘴臉。

沈玉蓉聽她這樣說，沈默片刻，點頭應了，一味忍著並不是辦法。

莊如悔見沈玉蓉答應，笑著道：「《紅樓夢》要繼續寫，茶樓的人都等著呢。」

「知道了。」沈玉蓉漫不經心道。雖然答應莊如悔，她還是不放心，齊鴻旻為人太陰險，不得不防。

送走莊如悔，沈玉蓉去了謝淺之的院子，請她做兩套赴宴的衣服，要一模一樣。

謝淺之問明原因，沈玉蓉也沒瞞著，當即說了。

謝淺之聽了，不敢耽擱，立刻選布料裁剪。不到五日，兩件一模一樣的衣裙就做好了，她親自送到棲霞苑，看著沈玉蓉試，若是不合適，她再改改。

衣裙很合適，不用改，沈玉蓉向謝淺之道謝，讓梅香收起來。

沈玉蓉真怕齊鴻旻買通莊家人，往她身上潑茶水，再找人引她去某個院落，最後突然出現。孤男寡女同處一室，最後被眾人看到，她就算渾身長滿嘴，也說不清。

因此，衣裙必須多準備，到時隨機應變，絕不能落入圈套裡。

這些法子，都是她在地府學的。害人之心不可有，防人之心不可無，尤其是防齊鴻旻那樣的奸詐小人。

莊老夫人壽辰當天，沈玉蓉為避免麻煩，故意很晚才到。

她也有理由，謝家住在郊外莊子，路程遠些，途中又遇麻煩，故而姍姍來遲。

她主動請罪，莊老夫人並未苛責，讓人引她入席。

莊如悔見沈玉蓉來了，對長公主使眼色。男女有別，席面是分開的，她早就拜託長公主，讓她多照顧沈玉蓉。

長公主對沈玉蓉有好感，又是兒子求她，欣然答應，還特意道：「你忙你的，我會照看她。」她雖是莊家兒媳，操辦卻輪不到她親自過問，因為莊老夫人還沒這福分。

齊鴻旻那點小心思，明眼人一看便知。想把沈玉蓉納入後院，別說她不答應，明宣帝也不會准。

王皇后生辰那日，明宣帝已經表態，皇位給誰也不會給齊鴻旻。王家萬般算計，到頭來卻是竹籃打水一場空，想想真是痛快。

長公主對沈玉蓉招招手，示意她過來。

沈玉蓉會意，帶著梅香走去，先向長公主行禮問安，便陪著長公主入座。

「聽聞老二去了謝家，送了不少禮物給妳，妳拒絕了？」長公主端坐著，笑呵呵地問，手裡拿著團扇，有一下沒一下的搧著。

「無功不受祿。他是皇子，身分尊貴，他的禮物，我可要不起。」沈玉蓉見桌上放著幾盤糕點，無論色澤，還是形狀，看著不比她做的差，是別處不能比的，可見莊家確實有錢。

長公主見她看糕點，便道：「怎麼，想吃？妳的手藝不差，還稀罕這點東西？」

「看花樣賞心悅目，卻讓人沒有口腹之慾。」她不敢吃莊家的東西，怕裡面加料，在來的路上吃了不少糕點，就算不吃這頓飯，過了午時也不餓。

長公主搖著扇子，盯著糕點笑了。「這話倒是不假。」停頓一下，又道：「莊家的東西不乾淨，還是少吃的好。」

這時一個丫鬟過來，摸摸沈玉蓉面前的茶盞，道：「茶涼了，我幫夫人換一杯吧。」話落，端著茶盞離開。

長公主望著那丫鬟的背影。「小心這個丫鬟。」無事獻殷勤，非奸即盜，又湊到沈玉蓉耳邊，小聲嘀咕幾句。

沈玉蓉也覺這丫鬟有問題，聽了長公主的話，臉上綻放出燦爛笑容，點頭道謝。

長公主亦勾唇一笑。「妳若真想謝我，便多照看曦兒，他很喜歡妳。」

「就算您不說，我也會照看的。」沈玉蓉壓下心中的疑惑。長公主對齊鴻曦很冷淡，似乎連一個眼神也不屑施捨，為何特意囑咐她？

「記住妳的話。」長公主起身離開，一旁侍立的丫鬟連忙跟上。

這時，換茶盞的丫鬟去而復返，端著茶盞對沈玉蓉道：「夫人，讓您久等了。」

沈玉蓉道：「無礙。」小心翼翼側開身子，示意丫鬟將茶放下。

丫鬟恭敬答應著，垂眸思量片刻，伸手放下茶盞。茶盞還沒放穩，她腳下一滑，整個人向沈玉蓉撲去。

幸虧沈玉蓉早有準備，身手靈敏，在丫鬟撲過來時，伸手推開，茶水全潑在桌上。不過也有幾滴飛出來，濺到沈玉蓉身上。

沈玉蓉推開丫鬟，起身整理衣衫。面容沈靜，不見一絲慌亂。

梅香扶著沈玉蓉，替她擦拭，埋怨丫鬟笨手笨腳，連一點小事都做不好。

沈玉蓉勾唇，露出譏諷的笑，這哪裡是笨手笨腳，分明是故意。還以為齊鴻旻的計謀多高明，也不過如此，拙劣不堪，但勝在有效。若是毫無準備，她就不得不跟丫鬟去更衣了。

可惜，她早有準備。

丫鬟又急又惱又自責，一會兒向沈玉蓉賠罪、一會兒說帶沈玉蓉去換衣服。

沈玉蓉拒絕，她帶了衣裙。只是罩衫被濺了幾滴茶水，不細看根本看不出來，去馬車上換也快。

沈玉蓉的方法雖好，可惜被裘巧巧和莊家姑娘攔住去路。「妳是我們莊家的客人，怎麼能讓妳回去換衣衫？我看咱倆身形差不多，我的衣衫多，有幾件未上身，大少夫人若不嫌棄，便將就穿吧。」

沈玉蓉推辭道：「這個怕是不合適，妳們是未出閣的姑娘呀。」這一看便沒安好心。

莊如倩挽住裘巧巧的胳膊，噘嘴傷心道：「大少夫人這是看不上咱們呢。」

沈玉蓉微微揚起下巴，不著痕跡地打量周圍，附近站著不少貴婦和閨閣少女，莊如倩和裘巧巧又極力邀請，看來是算計好了，容不得聽她拒絕。

「也罷，那就麻煩莊家姑娘了。」

莊如倩做了個請的姿勢，命丫鬟領沈玉蓉過去。

一行人穿過花園、水榭，來到一處幽靜的院落。

丫鬟帶著沈玉蓉走進某間屋子，道：「夫人請在此歇腳，奴婢去取衣衫，去去就回。」

沈玉蓉屏住呼吸，假裝打量這間屋子，對丫鬟擺擺手，示意她離開。

丫鬟轉身欲離去，身後伸來一隻手，劈在她脖頸處，當即昏倒在地。

沈玉蓉飛快脫下丫鬟的衣服換上，又替丫鬟穿上她的衣服，蓋上錦被，悄然離去。

不消片刻，有個人溜進來，正是二皇子齊鴻旻。

他見床上躺著一人，直接走過去，唇角微揚。這次，就讓她成為他的侍妾。

齊鴻旻來到床邊，也不急著掀開錦被，坐到床邊，斜眼看向床上的人。

「再聰慧又如何，還不是落入我手中。妳放心，只要能為我所用，我會抬舉妳。進了我的皇子府，要學會識時務，本皇子喜歡聽話的女人，不聽話會吃苦頭，最好給我記住了。」

話落，他扯開錦被，待看清床上的人，立時又驚又懼。

不好，被沈玉蓉算計了！

此刻不容齊鴻旻多想，趕緊起身離開，孰料後面出現一道黑影，抬手劈在他後頸。

齊鴻旻眼珠一翻，昏了過去。

黑影把齊鴻旻放到床上，扒光他和丫鬟的衣服，蓋上錦被，迅速離去。

片刻後，莊如倩帶著一群人過來，身旁跟著裴巧巧，後面是好幾個婦人，莊氏也在其中。

一行人來至偏院，說說笑笑，話題圍著沈玉蓉。這個說沈玉蓉出來好久，該回去了；那個說沈玉蓉在換衣裳，怕沒換好。你一言我一語，來至沈玉蓉換衣服的屋子門前。

幾人喚幾聲大少夫人，不見屋內有人回應，相互對視一眼，莊氏先開口了。「大少夫人去哪裡？一路走來也不見蹤影，莫非是睡著了？」

在場的個個是人精，一看便知有戲，也願意給莊家人面子，紛紛幫腔。「進去瞧瞧，不就知道了。」欲推門進去。

莊如倩和裴巧巧也要跟著，被莊氏拉住。「妳們在外面等。」免得看見不乾淨的東西，髒了眼睛。

裴巧巧噘著嘴，想要辯駁，被莊氏的眼神制止，只好拉住裴巧巧，在門外等著。

夫人們進屋，隨即發出刺耳尖叫，指著床上的人，結結巴巴問：「大少夫人，妳……」

這時，長公主領著一群人款步而來，面帶微笑，右手捏著團扇扇柄優雅搧著，柔聲對後面的人道：「我怎麼聽見有人在喊妳，難道是我聽錯了？」

沈玉蓉現身，臉上綻放璀璨容光。「長公主耳力過人，不曾聽錯，民婦也聽見了。」

莊如倩和裴巧巧見長公主來了，還挺開心，而後看見沈玉蓉，好似見了鬼，齊齊指著她驚呼。「妳怎麼在這裡?!」

沈玉蓉眨眨眼，笑看兩人。「我為何不能在這裡？」

裴巧巧欲開口提醒莊氏，被長公主喝止。「閉嘴！再說話，就割了妳的舌頭。」帶著沈玉蓉進屋了。

第六十四章

屋內，莊氏已經掀開錦被，露出兩個人的臉，一個是齊鴻旻，另一個是莊家的丫鬟。

莊氏懵了，這錦被下不應該是沈玉蓉和齊鴻旻嗎，怎麼變成了丫鬟？

不等她反應過來，長公主上前，看著床上衣衫不整的兩人，怒罵道：「畜生！快去拿桶水來。」

她話落，便聽見門外吆喝一聲。「水來了。」

沈玉蓉聽是莊如悔的聲音，唇角微微翹起。希望齊鴻旻喜歡她們準備的禮物。

莊如悔提著一桶冷水進來，擠開人群，把水全潑到床上，歡喜道：「涼水可以醒醒腦。」

眾人聽見涼水，打起冷顫。現在雖已入夏，冷水也還冰涼冰涼的。

齊鴻旻一個激靈，猛地醒來，起身怒罵。「混帳，是誰敢潑本皇子冷水?!」

丫鬟也醒了，用胳膊撐起身子，見眾位夫人全盯著她看，拉起錦被蒙上頭。

「你倒是好樣的，偷情偷到別人家來，也不覺丟人。」長公主盯著齊鴻旻，冷冷道。

跟著莊氏的幾位夫人見情況不對，紛紛找藉口離開。有些熱鬧，她們看不得。

莊如悔挑眉看向齊鴻旻。「二皇子好雅興，口味也獨特，竟喜歡別家的丫鬟。如果喜歡，討到自己府裡便是，何必在我祖父這裡丟人現眼。」

齊鴻旻也知被人算計了，盯著沈玉蓉，咬牙切齒道：「先管好妳自己吧。」

沈玉蓉笑了笑，對長公主福身，告退出來。

莊如悔追上沈玉蓉，對她豎起大拇指，湊近小聲問：「妳是怎麼想到的？」

為了以防萬一，她派人跟著齊鴻旻，知道他選擇這間院子，她和母親便放心了。這院子曾是父親的，正屋櫃子裡有個機關，後面是密道，一直通往花園假山後面。

長公主偷偷告訴過沈玉蓉，見情況不對，趕緊逃，她會在密道口等著沈玉蓉。

孰料，沈玉蓉沒走密道，穿著丫鬟的衣服找到莊如悔，讓阿炎回去打昏齊鴻旻，將他與丫鬟放上床。

莊如悔瞬間明白沈玉蓉的意圖，按照沈玉蓉說的，吩咐阿炎去辦。她則帶著沈玉蓉繞近路，去找謝家的馬車，換好衣裙，又去了花園，與長公主會合。

接著，她們跟在幾位夫人身後，來個捉姦在床，正是眾人面前這一幕。

「以彼之道，還施彼身。」沈玉蓉笑著道。

經此一事，她與齊鴻旻徹底結下了仇，就算她不得罪齊鴻旻，齊鴻旻也不會放過她，還不如狠狠算計他一次呢。

沈玉蓉去了前院，向莊老夫人告辭，說莊家的丫鬟懂規矩，會伺候人，都伺候到床上去了，太過熱情，她承受不了，還是不打擾了。

這話明晃晃打莊家的臉，莊老夫人氣得脹紅臉，要沈玉蓉把話說清楚。

沈玉蓉表情沈靜，道：「看在長公主和宜春侯的面子上，醜事還是遮掩一二比較好。」

這時，莊遲扶著莊老爺子進來。莊老爺子聽到沈玉蓉的話，覺得沈玉蓉狂妄，正要訓斥，莊遲捏捏他的手，湊到他身旁耳語。

「父親，事情真相如何，還未可知，弄清楚再開口不遲。她是皇上護著的人，您想想郭家和王家，三思而後行。」

莊老爺子壓下心中的怒火，坐上主座，冷凜目光看向沈玉蓉。「莊家可有得罪妳？若不給個交代，休想離開莊家一步。」

沈玉蓉佯裝被嚇到，撇嘴冷哼一聲，說出事情的經過，最後質問莊老爺子。「若說無人算計，我頭一個不信。這事我得去皇上面前說道說道，如果莊家不還我公道，我日日坐在莊家門前，把這件事宣揚得人盡皆知，看到時候誰沒臉。」

莊老爺子不傻，這手段一點也不高明，且十分拙劣，看向莊老夫人。「妳可知情？」

莊老夫人訥訥道：「我如何能知？」

幾十年的夫妻，莊老爺子自然了解莊老夫人，見她心虛，便知事情有鬼，狠狠瞪她一眼。

「少夫人，是我們莊家對不住妳。今兒是老妻壽辰，大喜的日子，諸事不便。改日老夫必親自登門，向武安侯夫人賠罪。」

沈玉蓉見好就收，點頭應下，向莊老爺子告辭，帶著梅香離開莊家。

能讓齊鴻旻吃癟，沈玉蓉心情舒暢，在城中逛了一圈，買了不少東西出城去了。

回到謝家，謝夫人問起宴會上的事，沈玉蓉怕她擔憂，一句話帶過。「挺好的，若不好，我能站在您跟前？」

謝夫人見她無事，便放心了，不再追問。

沈玉蓉見謝夫人不再問，去了廚房做飯。在莊家，她憂心忡忡的，沒有胃口，幾乎水米未進，回來路上就餓了，先吃幾塊糕點墊肚子，還是不頂餓。

莊家發生的事，很快傳到明宣帝耳中。

明宣帝怒火中燒，本以為訓斥齊鴻旻一頓，他會有所收斂，誰知竟變本加厲，用卑劣的手段算計別人。

他是皇子，是齊家的骨血，卻未繼承一點仁慈和善，骨子裡全是王家的齷齪。

他這是想做什麼，蓄意謀反嗎？明宣帝當即命人宣齊鴻旻進宮，訓斥一頓不算，又禁足三月，讓他好好反省反省。

齊鴻旻偷雞不成蝕把米，氣得大發雷霆，砸了不少東西，怒火平息後，當夜命人請王太師過府一敘。

王太師知齊鴻旻做的事，又氣又嘆，指責齊鴻旻。「你怎麼不同我商量一下，如今王家正在風尖浪口，萬事要隱忍。你倒好，非但不忍，還如此張揚，算計沈家女不成，居然被皇上禁足三月。」

「舅舅，事到如今，您說這些有意義嗎？」齊鴻旻一手拿著酒壺、一手拿著酒杯自斟自飲，眼神迷離，唇角掛著自嘲的笑。「父皇就是偏心，無論我做什麼，他都不喜歡。我是嫡子，皇后所出，但他眼中心中都是那個傻子。」

「二皇子殿下，你醉了，請慎言。」王太師怕隔牆有耳，小心提醒道。

齊鴻旻已有七分醉意，根本不怕。「慎言？我偏不慎言，我說的都是實話。他自小就偏愛那個傻子，難道就那傻子是他兒子，我不是他親生不成？這皇位難道要給個傻子來繼承，總有一天——」

他一言未盡，便被王太師捂住嘴。「我的祖宗，你胡言亂語什麼？這江山是皇上的，他想傳給誰，便傳給誰，不是你我可以置喙的。我看你真是醉了，淨說些胡話。」揚聲喊道：「來人，伺候你家殿下歇息。」就算有上位之心，也不可大聲說出來。

齊鴻旻心中苦悶，躺在榻上嚷嚷道：「舅舅，我心裡苦，父皇為何不喜歡我？」

王太師能猜到原因，卻不能說破。明宣帝不是不喜歡齊鴻旻，是厭惡王家，厭惡王太后，厭惡王皇后，厭惡他這個太師呀。

齊鴻旻雖為正統，想要繼位，卻不得不費一番功夫，王家不能倒。

王太師看著齊鴻旻睡下，囑咐一番才離去。

此時，莊家正上演著一齣好戲。

莊老爺子一輩子經營生意，屹立商界多年不倒，自然有過人之處，看事情也透徹。等客人們都走了，他立即派人去查沈玉蓉的事。算計沈玉蓉的人，有莊老夫人的人，還有他女兒莊氏、外孫女和孫女都攪和進去，氣得他指著莊老夫人大罵。

「糊塗，妳怎麼如此糊塗！」

莊老夫人自知理虧，卻依然理直氣壯。「二皇子請咱們幫忙，我能不幫嗎？再說了，胳膊擰不過大腿，我若不幫，得罪的是二皇子。如此，我情願得罪謝家，不就是一個破落戶，翻不出水花來，老爺子就放心吧。」

「住口！」莊老爺子猛地喝斥。「王家算計謝家多少年了，謝家也只是落魄，他們落魄也非因王家算計，是武安侯自個兒不爭氣，敗了偌大的家業。謝家背後是皇上，只要有皇上在，謝家遲早會東山再起。民不與官鬥，莊家不可參與奪嫡之爭，妳給我記住！」

莊老夫人沈默不語，顯然不贊同這話，莊老爺子又喝斥兩聲，才喃喃道：「知道了。」

莊遲在一旁看著，對莊老爺子使眼色。莊老爺子擺手，讓其餘人出去。

等人都走了，莊老爺子讓莊遲開口。

「父親，王家與長公主府形同水火，隔著數條人命，仇恨不可化解。長公主的為人，您也清楚，眼裡容不得沙子，見不得一丁點髒東西，更瞧不上繼母。您讓裴家離公主府遠些，莫要再打阿悔的注意。」

莊老爺子這才知女兒想與長公主當兒女親家，嘆息一聲，怒罵道：「蠢貨！你放心，我會約束她們。」

長公主是何等人物，怎會看上裴家這樣的小門小戶？更何況裴家與王家走得近，長公主不恨裴家就不錯了。

莊遲又道：「自古最忌諱牆頭草，腳踏兩條船，莊家若選擇王家，長公主與我不會怪罪，但將來出了事，莊家莫要去宜春侯府，更不要去長公主府。看在我也姓莊的分上，我真心提醒父親，做事三思而後行，莫要後悔當初的決定。」

話落，他拱手告辭，轉身離開，背影瀟灑，步履從容，不曾有一絲眷戀。

莊老爺子想起往事，眼眶微紅，除了嘆息還是嘆息。莊家到底傷了他的心，無法挽回。

昔年，前太子剛走，莊家就有人投靠王家。為了討好王家，打擊墨家族人的事，莊家沒少做。當初為了能繼承爵位，繼母欲買通產婆，想讓長公主難產，幸虧被莊遲發現，及時阻止。所幸長公主均不知情，若是知道，哪裡還有今日的莊家。

這些事，就當還了莊家的生育之恩。若再有下次，他絕不留情。
等莊遲走後，莊老爺子將莊氏和裴巧巧攆回去，將莊老夫人和莊如倩禁足，發賣丫鬟。

第六十五章

翌日一早，莊老爺子帶上禮物，領人去謝家莊子，向沈玉蓉賠罪，也給謝家一個交代，更讓明宣帝和王家看到莊家的決心。

王太師聽到下人來報，說莊老爺子出了城，氣得臉紅脖子粗，大罵莊老爺子不識抬舉。

莊老爺子去了謝家，謝夫人才知莊家宴會上的事。

等送走莊老爺子，謝夫人伸手點著沈玉蓉的額頭，語氣滿是無奈。「妳說說妳這是什麼性子，報喜不報憂，真以為能瞞著我呢，結果還不是知道了，這性子該改改了。」

沈玉蓉挽住謝夫人的胳膊撒嬌。「娘，我這不是平安回來了，一根頭髮也沒少，您就原諒我吧。」

謝夫人道：「下不為例。」

沈玉蓉忙不迭點頭。「娘，我知道錯了，再也不敢了。」

謝夫人見她服軟，不好再責備，擺手讓她回去忙自個兒的。

沈玉蓉回到棲霞苑，齊鴻曦和齊鴻曜來了，正巧在棲霞苑門外遇見沈玉蓉。

齊鴻曦跑過來，興匆匆道：「表嫂，欺負妳的人挨罰了。」

沈玉蓉有些猜到。「誰，二皇子嗎？」明宣帝又訓斥他？這消息好。

齊鴻曦猛點頭。「嗯嗯嗯，父皇下令二皇兄禁足三個月，不能找表嫂麻煩了。」

齊鴻曜也點頭附和。「昨兒回去就被禁足，聽說二皇兄大發雷霆，還喝得酩酊大醉。」

這時，莊如悔背著手走過來，滿臉笑意。「好消息，要不要聽？」

「妳也知道二皇子被罰了？」沈玉蓉側臉看她。

莊如悔道：「二皇子被罰是罪有應得，算不上好消息。我這消息，可是剛得的，還和妳父親有關。」

「我父親？」沈玉蓉疑惑，想了想，笑著問：「傷其十指，不如斷其一指？」莫非長公主的人抓住了齊鴻旻的把柄，利用他算計她的理由，藉父親的手把事情捅出來？

莊如悔對她投去讚賞的目光。「聰明，又猜對了。今日早朝，沈大人參了二皇子的人，是一個工部的侍郎，他的女兒是二皇子的小妾，貪污受賄，私自包工，皇上將他革職查辦。二皇子和王太師這幫人，又該氣得吐血了。」

沈玉蓉反應過來。「你們借我父親的手，除掉二皇子的人，那二皇子豈不記恨他，為何不找別人？」

「因為沈大人最合適，二皇子想染指妳，沈大人惱怒，參他合情合理，若是換成別人，反而顯得刻意。放心吧，妳都是我們這條船上的人了，以為二皇子會放過沈大人啊？據我所知，若非沈大人處事謹慎，早被王老頭算計了。」莊如悔道。

「妳可要保證我爹的安全。」沈玉蓉面帶懇求。

莊如悔答應，又笑問：「妳最近可是懶惰了，《紅樓夢》的新章節何時給我？」

沈玉蓉支支吾吾。「再看吧，我這不是忙嘛。」岔開話。「對了，裴巧巧還纏妳嗎？」

「她不敢了，祖父責罰我繼祖母，連我姑母也罰了。不說莊家那邊的事了，新章節何時寫完？」莊如悔自然看出沈玉蓉轉移話題，怎麼可能如她的意。

沈玉蓉嘿嘿笑了兩聲。「我那水田裡的魚不小了，有巴掌大。當初魚苗放得多，讓人撈了不少，看著很肥嫩，中午炸了吃如何？」

提起吃的，莊如悔眼睛一亮，勾唇一笑。「別以為用吃的賄賂我，就可以逃過去，限妳三日內寫一章新的，不然我賴在這裡不走了。」

「不走更好，可以陪我說說話，還可以幫忙幹活，我正愁人手不夠呢。」沈玉蓉道。

莊如悔問她最近忙什麼，沈玉蓉說在忙善堂的事，謝淺之想蓋善堂，也收養了幾個孤兒，如今養在謝家，但終究不是辦法，想找一塊地蓋善堂。

莊如悔來了興致，想了想道：「這是利國利民的好事，不如請皇帝舅舅給塊地方。這事讓曦兒去做，準能成。」

占明宣帝的便宜，沈玉蓉不放心。「這不妥吧？」

「有什麼不妥。土地的事，我已經想出辦法，別忘了新章節。」莊如悔道。

沈玉蓉。「……」怎麼就忘不了呢。

齊鴻曦得知能幫謝淺之，很是高興，回宮便把善堂的事告訴明宣帝。

明宣帝聞言，龍顏大悅，直說謝夫人會教女兒，當即劃出一片地，又從私庫撥出一千兩，讓謝淺之放心去做。若有人阻撓，定不輕饒。

齊鴻曦謝了又謝，翌日一早坐車去謝家莊子找謝淺之。齊鴻曜也跟來了，覺得謝淺之的想法新奇，想多問問。

大齊開國至今，已有二百三十八年，邊關戰事不斷，國內盜匪猖獗，並不太平，皆因先皇荒淫無道。

先皇登基十六年，前十年還好，有先太子幫襯，算是兢兢業業治理江山。自先太子去後，先皇貪圖安逸享樂，大興土木，廣造行宮別院，肆意搜刮民財，弄得民不聊生，怨聲載道，貪官污吏橫行。

各地義軍揭竿而起，朝廷鎮壓數次，仍不見效果。

先帝因酒色掏空身子，無力處理國事，不得已禪位給二皇子，也就是現在的明宣帝。新皇登基，卻是個傀儡，手中無權，王太后和王國舅一手遮天。

爾後，明宣帝勵精圖治，雖有所緩解，卻沒能打破這種局面。災情依然不斷，流匪肆虐，邊關戰事連連，流民孤兒多不勝數。

如果謝淺之真能籌建善堂，收留無家可歸之人，可說功在社稷。不過，這定是沈玉蓉的主意，只有她才會主意百出。

齊鴻曜到了謝家，見到沈玉蓉，一問果真如此，又問：「妳為何有這樣的心思？」

「有這樣的想法很奇怪嗎？沿途行來，路上乞討之人很多，京城尚且如此，更何況其他地方。大人也罷了，熬一熬、忍一忍就過去了，可憐了那些孩子，沒吃沒喝，衣不蔽體。如果還不能為此動容，那心就是石頭做的。」沈玉蓉望著遠處，目光遊離，神色悲痛。

「若天下人都像妳這般想，就好了。」齊鴻曜嘆息。

「先天下之憂而憂，後天下之樂而樂。」沈玉蓉道。

一言未了，梅枝來報，說鄭勉來了。

沈玉蓉疑惑。「田裡最近無事，他不在家溫書，過來做什麼？」向齊鴻曜告辭，跟著梅枝去見鄭勉了。

鄭勉在偏廳等著，看見沈玉蓉過來，先向她行禮。

沈玉蓉擺擺手。「鄭先生不必多禮。您今兒來有何事？」

鄭勉訕訕地笑笑，猶豫片刻，說了來此的目的。他是沈玉蓉請的人，剛開始還有活兒幹，秧苗全下到田裡，果苗長得也旺盛，最近卻無事可做，聽說謝淺之要建善堂，想來幫忙。

沈玉蓉微笑。「你的消息倒是靈通。」

「是犬子回去說的。」鄭勉道。

鄭家與謝家相隔不遠，秋兒時常來莊子，起初是找謝淺之等人，後來見到謝瀾之和謝清之，知道兩人每日練武，也要跟著學。

沈玉蓉怕他吃不消，特意問了鄭勉的意思，鄭勉倒是很贊成。

此後，秋兒日日來謝家學武。梅枝武功高，經常指點三人，練了十幾日，招式越來越有模有樣了。

「不是我拒絕你，你是個文弱書生，又大病初癒，實在不忍你受累，若是病倒，鄭伯母又該心疼了。再說，這是大姊的事，我不好做主，你還是回家溫書吧，三年後的科考更重要。」沈玉蓉道。

不是她有意拒絕鄭勉，是因鄭勉對謝淺之有意思。她也是無意間發現的，鄭勉看謝淺之時，目光不坦蕩，有些躲閃，又帶著欣喜。這樣的眼神她曾見過，沈玉蓮看向齊鴻曜，就是這種眼神。

鄭勉有些失望，向沈玉蓉告辭，轉身離開。

沈玉蓉看著鄭勉背影，有些同情。謝淺之和離後，對男女之情不熱衷，只想籌辦善堂，想一輩子當老姑娘。

她若貿然插手，恐惹謝淺之誤會，覺得謝家容不下她，急著把她嫁出去。鄭勉家境不好，還帶著一個孩子，目前又不是官身。即便她肯，謝夫人怕也不答應，還更顯得她心急，容不下謝淺之。

順其自然吧，鄭勉人不錯，學問也好，若三年後高中，說不定真能和謝淺之結成良緣。

片刻後，沈玉蓉去了紅楓苑，見院中只有秋兒在蹲馬步，道：「你的瀾之哥哥、清之哥哥呢？」

秋兒見沈玉蓉來了，起身跑到她身邊。「哥哥們回屋背書了。沈姊姊，妳怎麼來了，是來看秋兒的嗎？」

「就是來看看你。」沈玉蓉摸摸秋兒的頭，揚聲對屋內的謝瀾之道：「我把秋兒帶走了，你們讀書吧。」彎腰看秋兒。「你曦兒哥哥來了，我準備做些好吃的，今兒中午在這裡吃可好？」她有些話想問秋兒。

秋兒自然高興，說要幫沈玉蓉的忙。沈玉蓉不推辭，帶著秋兒去廚房，兩人一面說話、一面摘菜，相處得非常融洽。

沈玉蓉想起鄭勉，看秋兒一眼，假裝不經意地問：「秋兒，你爹爹年紀多大了？」

「二十五了。」秋兒笑嘻嘻道。

「哦，二十五了，很年輕呀。那你還記得你母親嗎？」沈玉蓉試探道，鄭勉對秋兒的母親隻字未提。

鄭母倒是說過幾句，秋兒的母親好像跟人跑了。鄭勉人不錯，看著也有責任心，又是舉人，秋兒的母親為何看不上他？還是鄭勉有不良嗜好，比如毆妻什麼的？看著也不像啊。

秋兒搖頭。「我祖母說，我出生時，我娘就死了。」他也問過，祖母和父親閉口不言，還一臉嫌棄，好似很厭惡母親。

「哦，那若有人替你爹說親，你想要後娘嗎？」沈玉蓉又問。

秋兒回答得很乾脆。「這得看爹爹娶誰，若是謝大姊姊，我很願意。」

沈玉蓉。「……」這麼說，鄭勉早就惦記謝淺之了，連秋兒都知道。

這時，齊鴻曦過來了，正巧聽見秋兒的話，反駁道：「你爹娶誰都可以，就是不能娶我大表姊。」

秋兒疑惑。「為啥啊？」謝大姊姊很好，他想讓父親娶她，她定會對他們好。

齊鴻曦冷哼一聲。「不為啥，就是不能娶。」鄭勉這狗東西，居然敢打謝淺之的主意，真是該死。

秋兒見齊鴻曦語氣不善，不敢搭話，小聲地說：「我爹爹很好的。」

「再好也配不上我大表姊。」齊鴻曦冷冷看著秋兒。

沈玉蓉怕他倆打起來，忙對齊鴻曦道：「曦兒，你有想吃的菜嗎？我做給你吃。」

齊鴻曦嘴甜。「表嫂做的，我都喜歡。」

謝衍之不在，他替謝衍之多吃些。

第六十六章

山海關。謝衍之得知楊淮來了，找個藉口去一品閣。

楊淮把幾頁紙扔給他。「你小子跑得倒快，孝敬我時，怎麼沒見你跑這麼快呢。」

謝衍之顧不上鬥嘴，接過信認真看著，越看臉上怒容越甚，將信拍在桌上。「混帳東西，王家和二皇子竟欺負我娘子！」

「齊家人可不就混帳嗎，老子都不是好東西，妄想兄弟的女人，兒子能好到哪裡去？尤其是還流有王家的血，都爛到骨頭裡了。」楊淮倒了杯茶，慢慢品著。

謝衍之起身朝外走，楊淮反應快，一把攔住他。「你做什麼，去京城找那人拚命嗎？別忘了你的身分、你的使命。」

謝衍之甩開楊淮，雙目發紅，怒吼道：「狗屁使命！我只要玉蓉安然無恙，其餘的與我何干？」

楊淮道：「二皇子對你媳婦有想法，還不是欺你軟弱無能，是個紈袴。若你手握重兵，權勢滔天，別說他一個皇子，就是坐在上面那位，又能奈你何？」

謝衍之道：「我不管，我只知道，身為一個男人，有責任保護自己的女人。」

「保護？我問你，你拿什麼保護她，拿什麼跟二皇子鬥，拿什麼與王家拚搏？太后出宮，太師交了兵權，可王家根基還在。你要知道，百足之蟲，死而不僵，王家想要對付謝家，易如反掌。這些年，要不是那狗皇帝護著謝家，王家又覬覦墨家的東西，沒趕盡殺絕，不然謝家早不在了。」楊淮按住謝衍之的肩膀。「你好好想想，不可意氣用事。」

這番話讓謝衍之冷靜下來。是啊，他拿什麼和王家鬥，如今連個將軍都不算，還要防著柳家父子。

謝衍之想了想，道：「王家不是想讓我死嗎？這事該安排了。這樣一來，玉蓉便能來山海關。」

「她來山海關做什麼？」楊淮不明白。

謝衍之解釋道：「自然是放在眼皮子底下看著。誰覬覦我娘子，我要誰的命。」京城的餓狼太多，沈玉蓉還是跟在他身邊好。

楊淮無言了。「你真行。」停頓一下又問：「不要整日惦記著兒女情長，我讓你找的東西呢，可有眉目？」

「沒有。」謝衍之搖頭。「這東西太重要，柳灃未必時時帶在身邊，你可以派人去柳家找找。」

楊淮道：「找八百遍了，一無所獲。這老東西，到底把東西藏在哪裡？」

謝衍之說：「東西不急，王家失了兵權，必定會拉攏柳灃。東北軍不能落入王家手中，要早做準備才好。」

楊淮看向謝衍之，目露讚賞。「行啊，士別三日，當刮目相看，目光倒是變長遠了。」

謝衍之嗤笑。「你以為都和你一樣，光長年紀。」

楊淮反駁，謝衍之不搭腔，自顧自地道：「我有一計，可拿下東北軍。」

「你說說。」楊淮坐下，洗耳恭聽。

謝衍之湊到他耳邊，小聲嘀咕幾句。

楊淮詫異。「你想囚禁柳澧？」

「是，柳家和王家走得太近，當年就曾結盟陷害墨家，再次結盟不是不可能。若二皇子坐大，柳澧不可不除。再者，他陷害墨家，令舅舅一家枉死，此仇不報，百年後我有何顏面見舅舅。」謝衍之說得鏗鏘有力。

「好，衝著這份骨氣，我定全力助你。」楊淮掏出風雲令，扔給謝衍之。「拿著吧，這次定能用上。不少墨家鐵騎進了東北軍，他們也認得風雲令，定能幫上你的忙。」

謝衍之接住牌子，仔細端詳著。「可有人名？」柳澧曾是墨家鐵騎的一員，定知風雲令，這牌子不可輕易示人。

楊淮從袖筒裡掏出一張紙，放在桌上。「早幫你備好了。」

一言未了，牛耳掀開簾子進來，大嗓門喊道：「沈兄弟，可敘完舊了？時辰不早，咱們該回去了。」

話落，他看見楊淮，想起剛才胡吃海喝，將肚子吃了個溜圓，手不覺放在肚子上，不好意思地笑著道謝。「楊東家，你這裡的飯菜太好吃了，一時沒忍住，吃撐了。」

「客人喜歡是我們的福氣，下次再來。」楊淮說著，對謝衍之使眼色。

謝衍之不著痕跡地收起風雲令和名單，拱手告辭，帶著牛耳出了一品閣。

回到軍營，兩人遇見瘦猴，相互打招呼，一起進了營帳。

不遠處，林鬢望著謝衍之的背影，目露凶光，緊緊捏著刀柄，憤恨道：「憑什麼？」

他承認謝衍之功夫好，騎射也高明，在戰場上立了頭功。但這傢伙升得太快，讓人羨慕的同時，更嫉妒。

他一定要贏過謝衍之，讓柳灃對他刮目相看。

夜幕降臨，謝衍之假裝睡不著，要去演武場練武。「你們睡吧，我再練會兒功。」話落，掀開氈子出去了。

牛耳躺在床上，看著謝衍之出去，嘆息道：「沈兄弟這是心裡難受。」一家人說沒就沒了，換作是誰都難受。

瘦猴枕著胳膊，盯著門口。「行了，在沈兄弟跟前不要胡說。」

謝衍之來到演武場，遇見柳震，有些好奇。「少將軍，這麼晚，你怎麼還不睡？」

柳震隨意坐在地上，拍拍身旁，示意謝衍之坐下。

謝衍之坐下，笑道：「怎麼，有心事？」

「你不是也沒睡。」柳震支吾半天，又問：「你說，喜歡一個人是什麼感覺？」

謝衍之側臉看他，噗哧一聲笑出來。「怎麼，思春了？」

柳震本就臉皮薄，聽見這話，起身要走。「不跟你說了，沒趣。」

謝衍之一把拉住他，拽回來。「開個玩笑，莫惱怒。可是為了你帶回來的女子發愁？」

若非柳震提起，他差點忘了，柳震從京城帶回一個歌姬，名叫花娘。

柳震坐回原地。「是，我想娶她，可我爹不答應。我若娶她，他就把我逐出家門。」

「這是為何？」謝衍之心生疑惑，不答應就不答應，沒必要逐出家門呀。

「因為，因為……」柳震實在說不出口。

「你與人有婚約？」謝衍之猜測。

柳震點頭。「我們自幼青梅竹馬，可我對她沒有男女之情，只把她當妹妹。」

「兄弟，這就是你的不對了，應該說清楚，解除婚約後，再娶別的女子，對誰都有個交代。」謝衍之躺下，望著滿天繁星，思緒飄到京城，想著沈玉蓉在做什麼。

「可我爹不肯。」柳震氣餒，不然他也不會坐在這裡了。

「你們父子之間的事，自己解決，別拉上我。」謝衍之起身，後退幾步，打了一套拳。

柳震見狀，只得默默地離開了。

謝衍之的拳打到一半，一個魁梧的漢子走到他跟前，四十來歲，一臉憨相，目光卻是緊緊盯著他。

「哎，你功夫不錯，跟誰學的？」

這拳法是墨家軍的軍拳，人人都會，卻不會全套，但謝衍之打出了全套，拳法熟練，每個動作都精準到位，一看就知下過苦功，且練了多年。

謝衍之剛進軍營不久，如何學到這套拳法？就算是柳澧，也不會後面幾招，只有墨家鐵騎才會。

「自然是跟自家師父學的。」謝衍之手中的動作未停，朝漢子揮出一拳，直向命門。

漢子抬起右手，鐵拳變鐵掌，一把抓住謝衍之的拳頭，左手也未閒著，朝謝衍之的腹部攻去。

謝衍之抬腳踢開漢子，後退幾步，眸中盡是讚嘆。「好功夫，敢問閣下尊姓大名？」

「你到底是誰？」漢子不答反問。

謝衍之左顧右盼，見四下無人，掏出風雲令。「你可認得它？」

漢子定睛一瞧，猛地單膝跪地，拱手恭敬行禮。「參見主子。」語氣中隱隱帶著激動、興奮。他們等這一刻，不知等了多久。

「起來吧。」謝衍之收起風雲令，扶起他，小聲道：「這裡不安全，我長話短說。墨家鐵騎還有多少人？把你認識的召集起來，南邊樹林裡有座湖，三日後午時，我們湖邊見。」

漢子應了，又問謝衍之可是墨家後人？

謝衍之道：「我娘是墨家嫡女。」

漢子聞言，喜極而泣。「墨家平反有望了。」

當初那一戰，墨連城未帶上他們，否則也不會戰死沙場，落得指揮不力，導致全軍覆沒的罪名。

接著，謝衍之又找到名單上的其他人，約定見面。

三日後，謝衍之提早來到樹林，隱匿起來。

不到午時，便有人來了，是十幾個大漢，個個身手矯捷，目光炯炯。

那晚的漢子也來了，在湖邊站定，四下看了看。「應該就是這裡，我們等等吧。」

「墨三，你說的可是真的，主子真出現了，還拿著風雲令？這些年，不是楊侍衛暫管我們嗎？」另一個漢子問道。

墨三瞥他一眼。「你也說了，那是暫管。你別忘了，咱們的使命是什麼，咱們的命又是誰給的？」

「當然是將軍，可是將軍一家……」那人一臉悲戚。「全被害死了，真的還有人嗎？」

「自然有，不然昨晚我遇見了鬼嗎？那雙眼睛和將軍一樣，熠熠生輝，燦若星辰。」墨三道。

他自小跟著墨連城長大，因為根骨好，是練武的好苗子，墨連城怕埋沒他，就把他送進了墨家騎兵營。那雙與墨連城相似的眼睛，他絕不會認錯。

其他人也知墨三的出身，不再質疑，靜靜侍立等待。

「你們可是在等我？」一個聲音從後面傳來。

眾人轉身，見是一名年輕男子，滿臉絡腮鬍，目光炯炯地看著他們。

來人正是謝衍之。

第六十七章

今天來了十幾個人，都是墨家鐵騎中的隊長，手下各有百十人。自從墨連城戰死後，他們就隱匿蹤跡，不曾出現在人前。

墨三拱手向謝衍之行禮，其餘人打量謝衍之，心想這就是墨家後人，看著太年輕了些。

謝衍之也在打量他們，見他們並無敬畏之心，便知墨家鐵騎不好收服，掏出風雲令。

「這是風雲令，相信你們都認得。」

眾人沈默不語，包括墨三在內。

謝衍之又道：「我一個毛頭小子，當墨家鐵騎的首領，是有些不妥，你們也不會信服。可這是墨家的東西，我身上流著墨家的血，由別人拿著風雲令，我不放心，稍有差池，歸土後無顏見大將軍。我會讓你們信服的。」

「你要怎麼做？」墨三問。他不是不信謝衍之，只是替其他人問出這話。

「東北軍本就屬於墨家，當年墨將軍為何戰死，我不想提，但柳澧不配坐在這個位置上，我要取他而代之。給我三個月，若我不能取代柳澧，便歸還風雲令，你們看如何？」

墨三不假思索道：「我支持少主。」是少主，而不是主子。謝衍之得收服眾人，才能成為墨家鐵騎真正的主人。

謝衍之勾唇一笑。「不過，我雙手難敵四拳，需要你們幫忙。辦法已經想好了，之後會告訴你們。先回去吧，分開走，莫要讓人起疑心。」

眾人應下，紛紛離去，期待著恢復墨家鐵騎往日的榮光。

墨三見謝衍之還不打算走，問道：「主子，您不回軍營？」

謝衍之道：「我有些事，要去鎮上一趟。你也回去吧，若在軍營見到我，切記不要和我說話。你姓墨，若對我另眼相看，柳家父子定會起疑心。」

墨三點頭，轉身離開。

謝衍之去了一品閣，從後門進去，直接到楊淮的住處。

楊淮正在看信，是京城傳來的，見謝衍之來了，道：「你來得正好，二皇子和王家有動靜了，他們想收服柳家父子。」

「剛好，方才我才見了墨家鐵騎的大小將領。說實話，他們並不信服我，為了收服他們，我立下了軍令狀。」謝衍之拿起茶杯，呷了口茶。

「什麼軍令狀？」楊淮看謝衍之喝茶，忽然覺得渴了，也倒杯茶給自己。

「我要取代柳灃，做東北軍的掌舵人。」謝衍之信誓旦旦。

楊淮聞言，噴出一口茶，不敢置信地盯著謝衍之。「你說什麼，你確定自己沒瘋？」白日夢也不是這樣作的。

「自然不是瘋話，成與不成，三月後自見分曉。」

「還是三月為期？」楊淮瞠目結舌。「你沒瘋，你是吃錯藥了。」三個月就想取代柳灃，簡直是癡心妄想。

謝衍之見他不信，湊到楊淮耳旁，小聲嘀咕一陣，最後道：「這法子是否可行？」

楊淮聽得目瞪口呆，滿臉欣慰，對謝衍之豎起大拇指。「真是長江後浪推前浪，骨子裡不愧流著墨家的血，算計起人比師兄還狠。」

謝衍之才不聽他恭維的話，幫他續茶。「你在王家那邊安插了人，是嗎？」

楊淮點頭。「你想用，就給你。只要能幫我拿到證據，隨便你用。」

「不需要他做什麼，只要在王太師那邊吹吹風就可以了。」謝衍之說完，起身出去，找掌櫃拿了一罐牛肉醬，才回軍營。

路上，謝衍之遇見牛耳，聽說柳灃正在找他，讓他過去。

謝衍之看看手裡的牛肉醬，抱著罐子去了柳灃的營帳。

主將營帳內，柳灃坐在主位上，盯著桌上的信。

柳震站在一旁，滿臉疑惑。「爹，咱們不是與王家交好，為何不答應王太師的要求？」

「你還是太年輕，涉世未深，目光也不夠長遠。」柳灃嘆氣。

柳震朝門口看去，不見謝衍之來，撇撇嘴。「我不知，那沈言也未必知道。他一個山野莽夫，能懂什麼呀。」

柳澧起身來到柳震身邊，拍拍他的肩膀。「不要小看任何人。沈言若沒本事，能在這麼短時日內成為千夫長，還在戰場上救你一命？」

提起救命之恩，柳震服氣。「爹說的是。」

這時，外面通傳，說謝衍之到了，柳澧直接讓人進來。

謝衍之入內，見柳震也在，行禮問了聲好。

柳震見他懷裡抱著一個罐子，有些不解。「你這是去哪兒了？」

謝衍之沈默片刻，道：「去鎮上買一品閣的牛肉醬，味道和我妻子做的很像。」

柳震知他想念親人了，忙岔開話頭。「我爹找你有事，你們說吧，我出去透透氣。」抬步出去。

等柳震走後，柳澧問起花娘的事。為了這個女人，柳震竟要退婚。

謝衍之對花娘不甚了解，總覺得這女人有古怪，也不能在柳澧跟前說，怕得罪柳震，弄得柳家父子不睦，到時候自己在軍營無法立足，乾脆一問三不知，糊弄過關。

「將軍要我來，就是問這些？」

柳澧搖頭，將桌上的信遞給謝衍之。「自然不是。你看看這個，是王太師給我的信，想要我歸順王家。我猶豫不定，你看我該如何做。」

謝衍之垂眸，遮掩眸中的異色，支支吾吾道：「將軍，您也太抬舉我了，我就是個千夫長，沒見過世面。朝堂的事，我真幫不上忙。」

「唉，不是讓你幫忙，只是要你說說自己的見解。你說我該聽王家的，還是……你是我一手提拔起來的，我信你。」柳灃道。

他手下有幾個副將，可都是粗糙漢子，大字不識幾個，像謝衍之這般讀過幾年書，差點考中秀才，功夫又好的人沒幾個。

謝衍之不知柳灃的真正意圖，不確定道：「將軍，既然您信得過我，我也不託大。可您總得讓我知道京城的局勢吧，據我所知，皇上正值壯年，現在站隊，並不是明智之舉。」

柳灃詫異。「哦，你也這樣認為？」

「不是我這樣認為，是將軍這樣認為。既然將軍已有決定，何必再問屬下。」

柳灃爽朗一笑。「哈哈哈，什麼都瞞不過你。這關係到柳氏一族的命運，我自然要慎之又慎。」

不是他不看好齊鴻旻，而是明宣帝不喜。如今王太后出宮，王家失勢，明宣帝顯然有意打擊王家。未來皇位會落到誰手中，還未可知。

這些謝衍之也知道，卻不能說。柳灃生性多疑，說多了適得其反。

片刻後，謝衍之告退，將牛肉醬放回自己的營帳，這次沒有藏。

謝衍之出了營帳，又遇見林贇。

林贇看著謝衍之從主將帳中出來，氣得眼冒火光。謝衍之都已經是千夫長，他依然是個百夫長。無論他在戰場上多拚命，仍趕不上謝衍之的步伐。

謝衍之也看見了林贇，朝他一笑。林贇整日盯著他，一個不小心，可能會被抓住把柄，得先把這人解決掉，最好能收歸己用。

林贇大步走來，微微揚起下巴，攔住謝衍之的去路，憤然道：「怎麼，看不起我，嘲笑我嗎？」

謝衍之雙手環胸，眉梢輕挑。「沒有啊，我哪敢，我就是個新兵，不敢冒犯林百夫長的威嚴。」說著抬步欲走。

林贇扯住謝衍之的衣袖，冷冷道：「你就是在嘲笑我。」

謝衍之甩開他，撣撣衣袖上的灰塵，漫不經心道：「是啊，我就是在嘲笑你，誰叫你總是盯著我不放，營裡這麼多能人異士，官位比我高的一大把，為何總是盯著我？你盯著我，我為難你，再公平不過。」

林贇被堵得無話可說，正欲開口，又被謝衍之打斷。「我不想跟你廢話，上次比試你輸了，願賭服輸，我看你就是輸不起。」

「我怎麼輸不起了，誰說我盯著你了？」林贇的臉脹得通紅，說話支支吾吾的。

「沒盯著我就讓開，我要去打拳了。有工夫嫉妒別人，還不如多花些時辰練功，這樣在戰場上才能保住性命。」謝衍之繞過林贇，朝練武場走去。

林贇盯著謝衍之的背影，或許謝衍之說得對，與其嫉妒別人，還不如努力讓自己變強，便邁步去追謝衍之。

他想知道謝衍之如何鍛鍊自己，從今天開始，他比謝衍之更勤奮，有一日定會超越。

此後，謝衍之在哪裡練武，林贇就在哪裡練武；謝衍之練一遍，林贇練上兩遍、三遍，每晚都比謝衍之晚回去。

一個月後，遼軍偷襲，戰場上擂鼓震天，血肉橫飛，屍體殘骸遍布山野。

經過一個月的艱苦鍛鍊，林贇大展身手，殺了好幾個遼軍小頭目，越發得意，殺紅了眼，竟未發現身後有人放冷箭。

千鈞一髮之際，謝衍之突然出現，推開林贇，泛著幽光的箭頭射在他方才所在的位置。

林贇轉身望著冷箭，滿是後怕，心有餘悸看向謝衍之，真誠道：「謝了。」他欠謝衍之一條命。

謝衍之勾唇一笑，抬手殺了一個敵軍，微微揚起下巴。「都是自家兄弟，何必言謝。」

林贇道：「我這條命是你救的，以後就是你的了。」

謝衍之絲毫不在意。「我要你的命做什麼？敵軍當前，兄弟上吧，把這些侵略咱們國土的強盜都趕走。」說著投身戰鬥，一刀一個，又殺了幾個敵軍。

這一仗結束，謝衍之徹底收服了林贇。雖然林贇心眼小，愛嫉妒人，心腸卻不壞，跟著謝衍之後，眼界變寬，心胸開闊不少，對謝衍之可謂死心塌地。

謝衍之一心想拉攏林賛，這次並未立功。別人說起他，都覺得前幾次是運氣。

謝衍之也不辯駁，依然日日勤練武藝，該做什麼就做什麼。

第六十八章

這日練完武，謝衍之準備去一品閣，看看京城是否有消息。

林贇成了謝衍之的跟班，也要跟著。謝衍之不好甩開他，只能任由他去。

林贇看著謝衍之的臉，滿臉絡腮鬍，但一雙眸子熠熠生輝，笑著調侃道：「沈大哥，你為何不把鬍子剃了？剃了鬍子，你定是咱們這裡的美男子。」

謝衍之一面走、一面摸了摸鬍子，道：「就怕我長得太好，被人搶了。」

這時，前面傳來一陣叫罵聲。

「你一個新來的，我們打你，是你的榮幸。還敢躲？我看你躲哪去！」隨後又傳來一陣哄笑。

謝衍之好奇，停下腳步，循聲望去，見一群人圍在一起，好似在打人。

「他們在做什麼？」

林贇在邊關多年，自然知道，渾不在意地說：「還能做什麼，打人啊。」被打的是軍戶，身分地位低下，比農戶還不如，經常被欺負，軍隊的人都習以為常了。

謝衍之走過去，撥開人群，拉住打人的人，輕聲道：「別打了，都是同一個營裡的兄弟，打人多傷和氣，有話慢慢說。走，今兒我請客，都上一品閣吃酒去。」

眾人聽見這話，轉過頭看謝衍之，認識他的欣然答應；不認識他的，就問謝衍之是誰。

林贇道：「瞎了眼的東西，連沈千戶都不認得。」

其他人或許沒看過謝衍之，卻聽過他的名號，當即拱手行禮。

謝衍之瞥地上的人一眼，愣了下，指著他道：「看在我的面子上，饒了他吧。走，咱們快去喝酒。」

眾人歡呼，勾肩搭背，跟著謝衍之離開。

等人都散去，地上的人動了動，睜開眼看向遠處，不知該去往何方。

這人不是別人，正是孫贊。他毒害鄭勉事發，被明宣帝發配到山海關當軍戶，前天剛到，昨日就與遼軍打了一仗。

一個養尊處優的文弱公子哥兒，上了戰場能活著回來，已是命大。幸虧孫大人寵愛孫子，卻不溺愛，孫贊頗為精通君子六藝，尤其是騎射，才幸運逃過一劫。

他剛從戰場上回來，來不及洗漱，就被人堵在這裡。

那些人二話不說，拳腳相向，孫贊越解釋，他們下手越狠，只能抱住頭躺在地上，任由他們欺辱。

謝衍之到了一品閣，點一桌好菜，要了一罈好酒，招呼一行人坐下喝酒吃肉。

他陪著大家喝了幾杯，尿遁出去，來到方才的地方，見孫贊艱難起身，關切問道：「你沒事吧？」

孫贊轉身，冷眼瞧著謝衍之。「你是誰，關你什麼事？」說著就要走。

謝衍之道：「你一個文弱書生，本該金榜題名，為何淪落成軍戶？是孫家放棄你了？」孫家最寶貝、最看重的孫子，怎會被發配邊疆？看來，他得讓人好好查一查。

孫贊見來人知道他的底細，暗暗吃驚，隨即穩住心神。「你到底是誰？」

「我是誰，你沒必要知道，只要記住一點，在這裡，我能保住你的命。你不想死吧，人死如燈滅，一切化為土，就算想報仇，怕也是不能了。」謝衍之道。

孫贊轉頭離開，自嘲道：「我落魄至此，與他人無關，全是我咎由自取。」

若他不心高氣傲、妒忌鄭勉，說鄭勉從窮鄉僻壤出來，能有如此才學，固然有真本事，運道也極好。僅僅幾句話，讓繼母鑽了空，害他丟了狀元的榮耀不說，祖父也被他連累，辭官回鄉。

都是他蠢，以為繼母是好人，對她深信不疑。她送給他的書童，他也從不曾懷疑。

孫贊依稀記得，繼母慈愛的臉忽然變得猙獰可怕，逼他認下一切，不然她會替他妹妹尋一戶「好」人家，下半輩子都不會好過。

為了妹妹，他不得不認下一切。

他雖嫉妒鄭勉，卻從未想過害他，科舉考試本就各憑本事。再說，他是禮部尚書的嫡長孫，自小聰慧好學，知書識禮，又怎會生出害人之心。

幸虧鄭勉未死，若是死了，他也活不成了。

他出事後，繼母坦然一切，就算不東窗事發，等鄭勉死了，她也會揭發孫贊。到時候，他將身敗名裂，再也無法翻身。

可惜鄭勉未死，孫贊亦苟活下來。但能趕走孫贊，孫家繼母也高興，終於除去眼中釘。

謝衍之不說十分了解孫贊，也清楚他的為人，不會做傷天害理之事，只是眼高於頂，有些瞧不起人。

他走上前，扶住孫贊。「你住在哪裡，我送你回去。」

幸虧孫贊不喜他們這些紈袴子弟，連個眼神也懶得給，才不認得他。如今他又蓄了鬍子，孫贊更認不出，不然就麻煩了。

孫贊想推開謝衍之，可謝衍之力氣大，硬抓起他的胳膊，放在肩膀上，半扛著他走。

「你最好離我遠些，不然那些人看見了，會對你不利。」孫贊未說出自己的住處，心裡卻感覺暖暖的。在他最落魄時，還有人願意幫忙，定是出於好心。

他不知，謝衍之接近他是別有目的。他記得孫家與王家走得近，挑撥王家和柳澧的關係，興許能用得到孫贊。

謝衍之把孫贊帶進一品閣後院，幫他找大夫，又將楊淮拉到角落裡，小聲嘀咕一陣。

楊淮看向孫贊，笑著點頭。「我明白了。你去吧，這裡有我。」原來是孫家人，看來老天爺都在幫他們。

謝衍之轉身去了雅間，那幫人還在等著他，不能離開太久。

孫贊心裡更是感激，從京城來到山海關，近一個月工夫，他吃盡苦頭，嘗到人情冷暖。錦上添花易，雪中送炭難，他會記住這份恩情。

謝衍之走後，孫贊問楊淮。「方才那人叫什麼名字？」他要記住這個名字，永遠記住。

楊淮道：「那人叫沈言，是個千戶長，有些本事，經常上我這裡吃酒，偶爾會打些小獵物來換點酒錢。」

謝衍之離開一品閣前，又來後院一趟，見孫贊並未傷到要害，放了心，留下一些銀錢，又囑咐幾句話，才回軍營。

回營後，謝衍之向柳澧要了孫贊。

柳澧認識孫贊，孫大人親自修書一封，託他照顧一二，還未安排下去。

「你是如何認識孫贊的？」柳澧壓下心中的疑惑。

謝衍之道：「我認識他，他不認識我。孫公子是貴族子弟，有幸幫過我一次，於他來說是微不足道的小事，興許早就忘了，對我卻是天大的恩情。如今他落難，我不能不管，不然就成了忘恩負義之徒。」

柳澧緊緊盯著謝衍之。「孫家與王家交好，這樣你還幫他？」王家害得謝衍之家破人亡，謝衍之恨王家入骨，若知孫贊與王家的關係，必不會相幫。

謝衍之聞言，身上立時發出煞氣，隱忍片刻才道：「王家是王家，與孫公子無關。我幫他，只為報恩。」

柳灃拍拍謝衍之的肩膀，誇讚道：「好小子，恩怨分明，是能有作為的人。這件事，我允了，去吧。」

謝衍之道謝，轉身出來，唇角微微上揚，顯得非常愉悅。

柳震走來，見狀笑問：「你有喜事？這麼開心。」

謝衍之搖頭，對他擺擺手。「不是喜事，是好事。對了，聽說你把那女子帶進軍營？」

花娘裝扮成男子，跟在柳震身邊。別人或許不認得她，謝衍之卻認識，總覺得她不簡單，跟來邊關不說，還纏著柳震，非要進軍營。

「她一個人住害怕，我……」柳震不好意思。他頭一次對一個女子上心。

謝衍之拍拍他的肩膀。「明白明白，不過女子待在軍營總歸不妥當。你看這樣如何，幫她買個丫鬟或婆子，有人陪著，自然就不怕了。」

柳震道：「我試過了，但花娘很依賴我，我會再想辦法。」

謝衍之也不多說，拱手告辭，並未走遠，就聽見營帳傳來柳灃的低吼聲。

「把她送走！你以為這是什麼地方，這是軍營，不是小孩子扮家家酒的地方。你若不把她送走，我就把你送走！」

「爹，她一個人害怕，我會想辦法，你給我幾天工夫。」柳震懇求道。

謝衍之聽了這話，搖搖頭，柳震要栽在這女人身上了，大步離開，拿了吃食，去軍戶房找孫贊。

軍戶的地位比普通士兵低下，住處是低矮的茅草屋，破舊不堪，得到的糧食僅夠餬口。其餘的用度，得自己想辦法。

孫贊是孫家大少，雖被劃為軍戶，也不缺銀兩，是以身上有不少錢。但他不懂隱忍，也不懂避忌別人，因別人眼紅嫉妒，才被欺辱的。

謝衍之站在孫贊家門口，嫌棄地看著比他高不了多少的茅草屋，喊了聲。「有人嗎？」

「門沒鎖，進來吧。咳咳咳……」

謝衍之垂眸看看籬笆門，搖搖欲墜，想鎖也沒法鎖，推開進去找孫贊，見他躺在床上，一副要死不死的樣子，撇嘴譏諷。

「被打一頓就快死了，你也太弱了些。」

孫贊側臉看他，嗤笑道：「如果你被流放到這裡，一路步行，還未歇息就要上戰場，見識血肉橫飛，到處都是死人的場面，歷經九死一生才回來，接著又不明不白被人打一頓，你也比我強不到哪裡去。」

「我不是你，你怎知我比你差？」謝衍之把餅和牛肉醬扔在桌上。「起來吃一點吧，不然挨揍都沒力氣撐過去。」

孫贊氣急，瞪著謝衍之說不出話。「你你你……」

謝衍之嗤笑一聲，轉身去外間，看了看冷鍋冷灶，擼起袖子刷鍋燒水。

片刻後，他端著一碗開水進來，放在桌上。「喝一點吧。雖然是夏季，你也不能喝生水，就你這金貴的身子，怕是受不了。」

孫贊又問：「你到底是誰，幫我有何目的？」

謝衍之笑了笑。「沒有別的目的，你就當我濫好人吧，領情與否是你的事。我還有事，先走了。」頭也不回地離開了。

孫贊艱難爬起身，吃了餅，喝了水，感覺有了力氣，靠在桌邊思索。

他不能死，他要回去。繼母心腸爛透了，絕不會善待妹妹。

祖父年紀大了，父親耳根子軟，繼母哭一哭、求一求，什麼事都能答應。

他必須活著回去！

第六十九章

謝衍之離開孫贊的住處後，並未回軍營，而是去了一品閣。

楊淮躺在躺椅上，閉目養神，喝著清茶，好不愜意。聽到腳步聲，緩緩睜開眼，見是謝衍之，笑起來。

「你怎麼又來了？什麼事，說吧！」

「京城那邊如何？」謝衍之坐到他對面，拿起茶壺為自己倒茶。

楊淮坐起身。「那邊應該收到消息了，會依計行事。今日那個少年真是孫家人，能派上用場嗎？」

謝衍之道：「等等不就知道了，著急什麼。只要你的人把事辦好，他就不會是一顆無用的棋子。」

楊淮點頭。「等你的好消息。」

謝衍之出來，又拿兩罐牛肉醬，回了軍營。

京城，王太師收到柳澧婉拒的回信，氣得火冒三丈，將信拍在桌上，憤恨道：「柳家那個老東西，真是活得不耐煩了，竟敢拒絕。他也不想想，當初是誰幫了他。」

管事深知王家的事，在一旁勸道：「太師請息怒，此事須從長計議。不若將幾位客卿相公請來，也好為太師出謀劃策。」

王太師答應，派人將他們請到書房來。

不久，四位客卿來了，向王太師行禮問安，問他有何煩心事。

四人年紀相仿，都已過了不惑之年。一人留了八字鬍，姓單；一個蓄山羊鬍，姓林；其他兩人是梅先生與霍先生。

王太師說了柳灃的事，林先生捋著山羊鬍道：「太師想收服此人為王家所用，怕是不好辦。人活在世，無非求高官、名利，不然貪色，投其所好便是，但此人樣樣不缺。」

梅先生說：「利誘不行便威逼，行軍打仗，靠的就是糧草。糧草不足，任他強將精兵，也難以維持。」

單先生搖頭。「魚兒不上鉤，是因魚餌不對。是人就有弱點，抓其要害，方可制敵。柳家還有幾個兒子，可以從這裡下手，不怕柳灃不答應。」

霍先生獻策。「先禮後兵，太師已親筆書信，他不為所動，便斷其糧草，滅其威風，不怕他不答應。」

王太師撚鬚，沈吟片刻。「斷其糧草軍需，我再考慮考慮。」柳灃不仁，別怪他不義。

他擺手讓幾位客卿相公出去，再命人備車，打算去二皇子府一趟。

王太師到了二皇子府，被人引入書房見齊鴻旻。

齊鴻旻被禁足，無所事事，閒來便作幾幅畫，抬眸瞧見王太師，有些詫異，笑著擱筆。

「舅舅來了，看看我的畫如何？」

王太師心中有事，無心觀賞畫作，隨意敷衍道：「殿下作的畫，自然甚好。」

齊鴻旻見他心不在焉，移步過來，讓人上茶，又問王太師發生了何事？

王太師道：「柳灃回信，婉拒了。」

齊鴻旻當即沈下臉。「不識抬舉，給臉不要臉。」沈默半晌又問：「接下來，舅舅打算如何？」

「能拉攏儘量拉攏，不能拉攏，也不能與之為敵。」王太師道。

齊鴻旻握緊拳頭，眸光森然。「不行便換人。大齊少了柳灃，想當將軍的大有人在。」

王太師嘆息。「可……」抬手向上指了指。「不會答應。東北軍的主將，不可能換成咱們的人。」明宣帝剛收走他的兵權，不可能再讓他擁有。

「那便培養新人。」齊鴻旻想了想。「雖然費事，卻勝在沒有隱患。」

王太師眉心微蹙。「這得好好斟酌斟酌。」倏地想起一事。「前任禮部尚書的嫡長孫，因謀害朝中舉子，被發配充軍，如果我沒記錯，他發配的地方是山海關。此人雖是書生，卻可以用一用。」

「確實可用，命他打聽東北軍其他副將的消息，若有能堪當大任的，提拔一二，讓他們為我所用。」齊鴻旻走到畫作旁，盯著畫卷上的人問：「沈家女如何了？聽聞她在籌建善堂，可真能折騰。」

王太師回答道：「我派人打聽了，她不管善堂，是謝淺之打理，皇上還劃了一塊地，專門收留那些無家可歸的孤兒，還說什麼造福一方百姓，我看是瞎折騰。」

謝家莊子裡，沈玉蓉和謝淺之在吃飯，同時打了個噴嚏。

沈玉蓉揉揉鼻子。「有人在罵咱們，猜猜是誰？」

謝淺之道：「誰會罵咱們？若有人罵，定是王家人。」

話落，兩人相視而笑。

沈玉蓉說：「大姊，榮善堂建好了，咱們辦個開張儀式吧，得把名聲打出去。」

謝淺之點頭，讓沈玉蓉選日子。沈玉蓉喝了口湯道：「妳選吧，這是妳的產業，我斷不會插手。天下第一樓，還有山上跟田裡，就夠我忙活了。」

「天下第一樓是莊世子在管，沒見妳費神；田裡和山上都是秋兒的爹爹和全叔看著，我就見妳閒著了。」謝淺之打趣她。

謝沁之放下碗。「嫂子也忙，經常給我們做好吃的。」

謝敏之幫腔。「對，嫂子不能管善堂。要是忙起來，就沒人做可口的飯菜了。」

沈玉蓉揉揉謝沁之與謝敏之的臉。「就數妳們最好了，知道疼我。」又對謝淺之道：

「大姊，妳的銀子花得差不多了吧？別的我幫不上，但可以資助銀子。」

謝夫人說：「哪能用妳的銀子。」想將墨家的東西取出來。與其被有心人惦記，不如花在有意義的地方。

沈玉蓉詫異。「咱們家還有錢嗎？」

謝夫人語塞，笑了笑。「衍之走時留了些。」

沈玉蓉點頭哦了聲，卻感覺不對勁。

謝淺之好似看出謝夫人的想法，道：「娘，我還有些銀錢。您也知道，我繡活好，準備再開一家繡莊，加上我的嫁妝及郭家賠的銀兩，您無須擔心。」

她是出嫁的人，弟弟妹妹們不嫌棄，就高興了，萬不能再花家裡的錢。等事業做起來，她準備搬出去住，也不離遠，就在附近買個小莊子，回家也方便。

謝夫人知道她主意大，點頭應了，繼續吃飯。

飯後，莊如悔來了，身後跟著幾個人，抬著紅木箱子，足足有五個。

沈玉蓉見狀問道：「給我送禮？」

莊如悔走到榻邊，隨意坐下。「還真讓妳說對了。這是這個月的分成，冰粥賣得很好，供不應求，也帶起了其他生意。」把帳本交給沈玉蓉。她也沒想到，一個小小的冰粥居然這麼賺錢，生意很火爆，那場面，她平生第一次見。

沈玉蓉接過來，隨意翻看幾眼。「這麼多？」足足有五萬兩銀子。

「是啊，香滿樓歇業了，說要整修，我看是被我們打垮了。」莊如悔把玩著手中的鞭子，得意笑著。

「王太師和二皇子都不是輕易認輸的人，一定還有後手，最好打聽清楚。咱們這冰粥很容易仿製，其他地方應該有人在賣了。」沈玉蓉提醒道。

「還真讓妳說對了，這幾天生意少了些，我派人去查，果然有小商販開始賣冰粥了。妳說，咱們該怎麼辦？」這才是莊如悔來此的目的。

沈玉蓉抬頭看她。「做生意嘛，人無我有，人有我優，人優我特，人特我轉。」

莊如悔滿臉疑惑。「何解？」

「這是出自一本書的生意經，哪本書不記得了，含義就是人家沒有我有，若人家有，我把東西做得更好。人家跟著做好了，降價銷售。等別人也降價銷售，就轉賣其他東西。」

莊如悔抓住了關鍵。「妳還會做其他特別的吃食？」

沈玉蓉挑眉。「當然，而且不易模仿。」

莊如悔拍拍胸口。「那我就放心了。」

沈玉蓉道：「我覺得妳還是去查查香滿樓，他們再次開張後，定會賣冰粥，且比咱們的便宜，到時客人會被他們吸引過去。」

莊如悔也想到了。「妳的新吃食何時能做出來？香滿樓重開那日，咱們推出這道菜，打他個措手不及，讓香滿樓徹底關門，整日在我眼前晃悠，看得心煩。」
沈玉蓉起身往外走。「今兒做給妳試試，保證能像冰粥一樣大賣。」
莊如悔連忙跟上。「什麼東西？」
「做出來就知道了，急什麼呀。」沈玉蓉先賣個關子。

一會兒後，沈玉蓉進了廚房，找出麵粉、黃瓜等物。
黃瓜洗乾淨去皮，皮不能丟，收起來放入石臼中搗成汁，過濾後倒入麵粉，放點鹽巴，攪拌成糊狀醒著。
鍋裡放水燒開，水上放平底的鍋子，倒上醒好的麵糊，攤成薄薄一層，蓋過鍋蓋，頃刻取出，涼皮就做好了。
莊如悔看著晶瑩如翡翠般的涼皮，驚嘆道：「這就成了？」顏色倒是好看得很，應該不難吃。
沈玉蓉如法炮製，做了十幾張涼皮。最後把剩下的黃瓜及胡蘿蔔切成絲，加上蔥絲、蒜末、醋、鹽、香油、紅油、芝麻醬等，拌均勻裝入盤中，清涼可口的涼皮就做好了。
沈玉蓉推過去，拿出筷子遞給莊如悔。「快嚐嚐，看好不好吃。」
「吃什麼呢？」一道愉悅的聲音從外面傳來。
沈玉蓉和莊如悔循聲望去，驚呼道：「皇上?!」

第七十章

明宣帝笑道：「怎麼，很驚訝？」指了指桌上的涼皮。「那是何物，可是新菜品？朕來得倒是時候。」

他在宮裡無事，想起沈玉蓉種的稻子和魚，便來瞧瞧，還帶了不少東西。

沈玉蓉和莊如悔忙行禮，明宣帝擺手讓她們起來。「行了，這不是宮裡，無須多禮。」

齊鴻曦和齊鴻曜也跟來了，聳動著鼻尖，問涼皮是何物。

沈玉蓉解釋道：「這是我做的新菜，既然你們都來了，快嚐嚐吧。」

院子裡有石桌，沈玉蓉將涼皮端出來放在上面，一人發了一只小碟子。「若喜歡吃辣，可以多放些辣椒油。」

劉公公亦得了碟子和筷子，有些受寵若驚。「老奴也有，真是謝謝大少夫人。」偷偷瞄向明宣帝，見他沒有生氣，嬉笑著接了，再次道謝。

「客氣什麼，見者有份。」沈玉蓉盛了一碟遞給明宣帝。「這涼皮清涼爽口，保證您吃了還想吃。」

明宣帝接過，坐下吃了一口。「彈嫩爽滑，清涼可口，最適合夏季食用。」見幾個孩子都站著，招呼道：「你們都吃啊。這是宮外，不必拘束，隨興些。」

齊鴻曦嘿嘿一笑，舉起筷子開動，吃到嘴裡，連聲叫好。「真好吃，我可以吃三碗！」

齊鴻曜坐在明宣帝身旁，優雅地吃著，時不時讚嘆一句。「少夫人的手藝就是好。」

「心靈手巧，武安侯世子當真有福氣。」劉公公站在旁邊，一面吃、一面誇。

莊如悔一個勁兒點頭。

飯後，明宣帝提議去田裡瞧瞧，沈玉蓉想帶路，卻被拒絕了。

「妳待在家做飯。朕的要求不高，就做二十道菜，食材都準備好了。」每次都吃剩下的，這次他也吃個現做的。

看樣子明宣帝是有備而來，沈玉蓉連聲應下，讓人去喊鄭勉，要他陪明宣帝去田裡看看，她帶廚娘準備飯菜。

等明宣帝走了，謝沁之和謝敏之悄悄溜進來，問沈玉蓉。「嫂子，可還有涼皮？方才我們都聽見了，也想嚐嚐。」

沈玉蓉把盤子拿出來。「幫妳們留著呢，但不能多吃，等會兒要吃飯了。」

謝沁之和謝敏之點頭，端著涼皮笑嘻嘻走了。

鄭勉帶著明宣帝去了田裡，介紹了水稻的情況，又說了稻田養魚的好處。

明宣帝認真聽著，點頭讚嘆。「沒想到真成功了，若能在全大齊種植，大齊百姓何愁沒飯吃？」

「皇上說的是，水稻移栽比直接種植要健壯，想來能多產。學生已將種植方法記錄下來，以便後人學習。」鄭勉道。

明宣帝聽了，上下打量他，笑道：「你叫鄭勉，是被孫贊害得不能科考的那個舉子？」

「皇上英明，還記得學生。」鄭勉面露感激之色。

「朕看過你的文章，很不錯，比孫贊好了不少，若無意外，定是今年的新科狀元。可惜了，誤信歹人，錯過這次春闈。」明宣帝道。

「這次錯過，還有下次，不過三年而已，定能為皇上效力。再說，學生幫少夫人，亦是為皇上分憂，若水稻能高產，稻田養魚能成，也是利國利民的好事。」鄭勉道。

「你倒是想得開。」明宣帝爽朗一笑，背著手繼續走，其餘人大步跟上。

這時，明宣帝忽然轉身，對鄭勉道：「你在這裡屈才了，這樣吧，朕少了一位狀元，准你再考一次。若能超越孫贊，便欽點為狀元。」

鄭勉瞠目結舌，不敢相信自己的耳朵。「這、這不妥吧？」

「有何不妥？朕是天子，一諾千金，說可以便可以，就看你答不答應。」明宣帝笑道。

鄭勉想了想。「若不答應，算抗旨嗎？」

「不算。」明宣帝道：「不過，朕小心眼，會記在心裡，將來跟你算帳。」

齊鴻曜道：「鄭先生快答應吧，這是天上掉餡餅的好事，多少人盼都盼不來，你怎麼能拒絕呢？」

齊鴻曦知道鄭勉的心思，為了不讓他惦記謝淺之，也勸他答應。

劉公公怕明宣帝不高興，亦跟著勸了兩句。

鄭勉撩開袍子，雙膝跪下，重重磕了一個頭。「謝家對我有救命之恩，貿然離去，於情於理都說不過去。」

明宣帝點點頭，嗯了聲，擺手讓鄭勉起來。「重情重義，難得。起來吧，這個壞人，還得朕來當呀。」說著拂袖而去，齊鴻曦連忙跟上。

明宣帝也不想要沈玉蓉的人，可身邊需要新人。家世清白、背景乾淨的鄭勉正合適。

幾人回到謝家，沈玉蓉已經做好飯，滿滿當當二十樣菜。明宣帝準備的食材多，又加了四道湯。

鄭勉不好在謝家蹭飯，回了自己家。

明宣帝走了一個多時辰，早已疲憊，進門聞見香味，深深吸口氣。「朕真餓了，謝家大少夫人的手藝也好。」

劉公公已命宮裡的太監伺候，明宣帝淨手入座，桌上的飯菜色澤鮮亮，香氣誘人。

他拿起筷子，不知如何下筷，笑笑看向在旁邊伺候的沈玉蓉。「妳不介紹一下這都是些什麼菜？哎呀，有幾樣朕都沒見過。」

沈玉蓉指著其中一樣說：「您嚐嚐這道萬福肉，是素菜肉粥，外面焦黃的是豆腐，裡面包肉餡。」

明宣帝吃了，讚不絕口。沈玉蓉又介紹其他菜色，有回鍋肉、金毛獅子魚、魚肉丸子、糯米鴨、養生山藥燉羊排等。

她說一樣，明宣帝就吃一樣，其他人看得吞口水。

齊鴻曦第一個受不了，拿了筷子坐下，埋頭吃起來。

明宣帝只是笑笑，慈愛地看著他。齊鴻曜也跟著坐下來吃，一言不發，手中的筷子不比齊鴻曦慢多少。

等介紹完，劉公公瞧了瞧口水，直直盯著桌上的菜，饞得想咂吧嘴。

明宣帝終於放下筷子，擦手漱口出去，劉公公才吃起來，還要齊鴻曦和齊鴻曜別搶，他倆吃得夠多了，多少給做奴才的留些湯。

齊鴻曦和齊鴻曜是十幾歲的少年，正是長身體的時候，又跟著明宣帝轉悠了一個多時辰，早已餓得前胸貼後背，見明宣帝走了，風捲殘雲般，桌上的菜很快便所剩無幾。

沈玉蓉實在看不下去了，扯扯劉公公的衣袖。「公公，廚房幫你們留著飯菜呢，要不，我幫您端來？」

劉公公聽了，對沈玉蓉感激不盡，說了幾聲謝謝，帶著齊鴻曦和齊鴻曜的太監去廚房。

他們是閹人，又是奴才，看在明宣帝的面子上，巴結奉承的人不少，可真心實意對他們的不多。

他看得出來，沈玉蓉尊重他們，不是因為明宣帝，而是把他們當成人。

明宣帝來至院外，觀賞著院中的蘭花。「這花是哪來的？朕竟從未見過。」

沈玉蓉道：「山裡挖的野蘭花，瞧著好看，就種在家裡。您若是喜歡，長出分支後，我送去給您。」

明宣帝笑了，回頭看她。「妳就不能把這盆送給朕，再去山裡挖一株？」

「上次進山被蛇咬了，不敢再進山。」沈玉蓉如實回答。她不是怕蛇，是謝家人擔憂她，不准她再去。

明宣帝冷哼一聲。「妳倒是實誠。」頓了下。「這蘭花就留給妳，朕向妳討一個人。」

「蘭花本來就是我的，怎能叫留給我呢？」沈玉蓉撇撇嘴，表示不滿。

劉公公吃飽喝足回來，正巧聽見這句話，忙對沈玉蓉擠眉弄眼。

明宣帝瞧見了，笑道：「老東西，一頓飯就把你收買了？」

劉公公慌忙跪在地上。「老奴不敢。」

「起來吧。」明宣帝對沈玉蓉道：「朕向妳討要鄭勉。」

沈玉蓉知留不住鄭勉了，說：「鄭先生是人，不是東西，您得問他答不答應，用不著問我的意思。」

明宣帝思索片刻。「也對。傳朕口諭，讓鄭勉立刻進宮考試。」

沈玉蓉愣住，回神後出聲阻止。「這也太突然了，鄭先生是我的左膀右臂，您得讓我有準備。」

「方才朕就告訴妳了，難道沒準備好？」明宣帝道：「要不，朕把戶部尚書沈大人送來，他定會盡心盡力幫妳的忙。」這是要罷沈父的官，威脅人。

沈玉蓉語塞，嘓著嘴，不情不願地說：「您是皇帝，您最大，我遵命就是。」半路換人，還是用順手的，她上哪裡找人去？

「鄭勉對農事非常精通，窩在這裡可惜了，朕要他辦的都是國家大事，有利於江山社稷。放心吧，朕不會委屈妳，既然喜歡種地，朕撥些附近的土地、山頭、池塘給妳，方便打理，別說朕占妳的便宜。」

明宣帝爽朗一笑，轉身回屋，見齊鴻曦和齊鴻曜摸著肚子打飽嗝，不由失笑，罵他們沒出息。

齊鴻曦渾不在意，咂吧嘴道：「真好吃。」

齊鴻曜紅了臉，低頭不發一語，顯然覺得不好意思。

明宣帝回宮後，便以農桑為題，要鄭勉作一篇文章。

鄭勉不負所望，當即作了一篇，指出稅賦的利弊，道出農桑之根本，建議朝廷鼓勵農戶開墾荒田，五年內免除稅賦，開墾土地歸自己所有，並鼓勵養殖。又提出重農不是抑商，並讓商戶納稅。

明宣帝看後，龍顏大悅，當即欽點鄭勉為狀元，授翰林院修撰一職，即刻上任。

鄭勉領旨謝恩，出了皇宮後，如在夢中。他明明錯過春闈，如今被明宣帝欽點為狀元，好似一場夢，不敢閉上眼睛，怕睜開了成為一場空。

直到他進家門，秋兒喊他才回神，這不是夢，一切都是真的。

他真的成為狀元，那是不是可以去謝家……

第七十一章

翌日，沈玉蓉剛吃完早飯，待在棲霞苑幫謝淺之寫未來的規劃。

梅香進來稟報，說鄭勉來了，要見沈玉蓉，還提了東西。

「提了東西？」沈玉蓉想起來，昨日鄭勉進宮考試，應該是中了，怕是來辭行的。

沈玉蓉收拾一番，出來見鄭勉。

鄭勉不似平日鎮定，神情有些侷促，拱手行禮。

「你來辭行？」沈玉蓉坐定，端起茶，拂去上面的茶沫，抿了一口，開門見山道。

「是，也不是。」鄭勉躊躇片刻，緩緩道：「我想提親。」

這句話更直接，沈玉蓉險些噴出茶，不敢置信。「你說什麼，幫誰提親？向誰提親？」

「幫我自己提親，向謝家大姑娘提親。」鄭勉道。

「你可是認真的？」沈玉蓉起身走到他跟前，神情嚴肅。

鄭勉彎腰作揖。「是，我傾心大姑娘，想娶她為妻，請大少夫人恩准。」

「我恩准？」沈玉蓉笑了。「自古婚姻都是父母之命，媒妁之言，我是弟媳，這事還輪不到我做主。」

「謝夫人曾說過，謝家由您做主。還請大少夫人代我問問大姑娘的意思。她若答應，我便來迎娶。」

「如果她不答應呢？」

「我會等，等她點頭為止。」鄭勉表情真誠。「秋兒其實是我大哥的孩子，我至今未娶親，是真心仰慕大姑娘，還望大少夫人成全。」

他輾轉反側一晚，還是來了。他不希望心愛的人嫁給別人，怕別人委屈她。

沈玉蓉眼睛一眨不眨地打量著他。「你是有備而來呀。想娶謝家的姑娘也行，但只娶她一人，終生不可納妾，你若能做到，我便幫你問問。成與不成，全看你的運氣。」

鄭勉立刻點頭答應。他們家已有秋兒，無須他傳宗接代，能與心愛之人白頭偕老，最好不過，他從未想要妻妾成群。

沈玉蓉讓他等著，轉身去了正院。

沈玉蓉見了謝夫人，說出鄭勉來提親的事。

謝夫人聽見鄭勉許諾不納妾，有些動容。「他說的可是真的？」永不納妾，這世上有幾個男人能做到？

「他嘴上是這麼說，一輩子還長，誰知是真是假。若娘答應，我就讓他寫下保證書，若日後食言，便讓人打斷他的腿。」沈玉蓉霸氣道。

謝夫人也不願謝淺之孤獨終老，讓許嬤嬤請謝淺之來。

片刻後，謝淺之跟著許嬤嬤進屋，見沈玉蓉也在，笑著打招呼，又問謝夫人找她何事？

謝夫人拉著她的手，說了鄭勉的事。

孰料謝淺之非常排斥，說終生不願嫁人，願守著謝夫人一輩子。

沈玉蓉道：「大姊，這世道女子生存本就不易，一個人過日子更苦。我說這話是出自肺腑，並非家裡容不下妳，如果妳真的不願意嫁人，我們可以養妳一輩子。

「可是，鄭勉這人品行端正，容貌也不差，才學更是沒話說，更重要的是傾心於妳。他不是狀元時，從未對妳表露過心意，如今被皇上欽點為狀元，才敢上門提親，足見他真心，也並非是攀附權貴之人，不如給他一個機會。不管結果如何，我們都尊重妳。」

謝淺之聽她說得情真意切，想了半晌，點頭道：「我去見見他。」

她不是要給鄭勉機會，而是拒絕他。這輩子，她不打算再嫁，一個人過挺好。

沈玉蓉帶著謝淺之來到前院。

鄭勉見謝淺之來了，又緊張、又激動，雙手攥緊袍子，不知所措。

沈玉蓉把屋裡讓給兩人，轉身悄然退出去。

謝淺之見過鄭勉，卻不熟悉，瞧他失措，道：「你不必緊張，我只說幾句話便走。」

鄭勉忐忑不安。「妳說，我都聽著，我都答應。」傻頭傻腦的，一點都不像狀元。

謝淺之見他傻愣愣的樣子，噗哧一聲笑出來。

鄭勉見她笑了，心下歡喜。「妳應該多笑笑。」這樣更好看。

謝淺之清了清嗓子，微微揚起下巴，板著臉道：「你回去吧。你說的事，我不答應。」

「為何？」鄭勉又急又怕。「是覺得我身分低賤，配不上妳嗎？」

謝淺之搖頭。「不是因為身分。」

「那是為何？」鄭勉追問。

「我不想再嫁。若我想嫁，即便對方是乞丐，也不會嫌棄。」謝淺之道。

鄭勉想起她的過往，立刻明白她的心思。「妳不嫁人就好，表示我還有機會。妳不嫁我，我也不娶別人，這樣挺好。」說完便失落地離開。

他走出二門，沈玉蓉攔住他的去路。「你就這樣放棄了？」

「自然不會，我會等，一直等下去，等到她點頭為止。」鄭勉拱手作揖，告辭離去。

沈玉蓉目送他離開，轉身進屋，見謝淺之站在廊簷下，呆呆愣愣，勾唇一笑。

「大姊不想嫁人，拒絕了鄭先生，為何反倒失魂落魄？他還未走遠，要不，我幫妳把人叫回來？」作勢要走。

謝淺之拉住沈玉蓉。「別去。我不想嫁，他是個好人，我不能連累他。」

鄭勉是狀元，得明宣帝看中，前途無量；她是個和離的女人，走到哪裡都被人說三道四，要是嫁給鄭勉，別人會戳他的脊梁骨。

「這話從何說起？」沈玉蓉緊緊盯著謝淺之。「妳不是不願嫁他，而是不想連累他，我可以這樣想嗎？」

謝淺之臉頰一紅，啐沈玉蓉一口，就要出去。

沈玉蓉跟在她身後。「大姊，妳是不是這個意思呀？若是如此，我再去問問鄭先生，想來他不怕那些流言蜚語。」

兩人剛離開正廳，鄭勉便出現在二門門口，望著正廳的方向發呆。原來謝淺之是怕她名聲不好，連累了他嗎？

他不怕，只要她不討厭他就好。

沈玉蓉追著謝淺之，一直走到謝夫人的正院。

謝夫人看向沈玉蓉，示意她說話。

「有些人不是不願意嫁人，是怕自己名聲不好，連累別人，這才不敢嫁的。」

沈玉蓉坐到謝夫人對面，端起茶，一面品著、一面觀察謝淺之，見謝淺之低頭不語，又開了口。

「大姊，妳成婚生子，與別人何干？嘴長在他們身上，讓他們去說就是，妳還能少一塊肉不成。過日子如人飲水，冷暖自知。要我說，就走自己的路，妳不在意，嚼舌的人也覺無趣，時日長了，見妳過得幸福，說不定還偷偷羨慕呢。」

謝夫人笑嘻嘻地點頭。「是這個道理。淺之，我也覺得鄭勉不錯。鄭家人口簡單，秋兒又是姪子，妳喜歡那孩子，他也喜歡妳；鄭母知恩圖報，想來也不會為難妳。」

謝淺之還是靜默不言，任憑謝夫人說道。

沈玉蓉見她無動於衷，對謝夫人搖搖頭，這事還得自己想通，別人強迫也無用。

再說鄭勉，他剛回到家，便看見鄭母等在門口。

都說知子莫若母，鄭勉一早出門，她便猜出他做什麼去了，見他面色如常地回來，有些詫異。

若是成了，該欣喜若狂；若是不成，便是失魂落魄，面無表情是什麼意思？

鄭勉看見母親坐在門口納鞋底，亦有些驚訝。「娘，您的眼睛剛好，別做針線活。不然，咱們家也買個丫鬟或婆子吧。」他不在家，如此也可以照顧母親和秋兒。

鄭母直直地盯著鄭勉。「你老實告訴我，到底做什麼去了，是不是去謝家？娘不是早告訴過你，謝家門第高，看不上咱們這樣的人家。雖說你中了狀元，人家也未必看得上。」

鄭勉回嘴道：「誰說她看不上我？她心地善良，知書達禮，不嫁給我是因為和離過，怕名聲不好，怕連累我。」

鄭母聽他這樣說，又高興、又激動。「那她答應嫁給你了？」

鄭勉說了事情經過，鄭母覺得有門。因為大兒媳跟人跑了，鄭勉因此厭惡女子，不願成親，如今終於有喜歡的人，她覺得應該為兒子做些什麼。

這天，鄭勉去城裡，鄭母帶著做好的鞋子上謝家。謝家下人認識秋兒，直接把祖孫倆迎進屋。

謝夫人聽聞鄭母來了，心想可能與謝淺之有關，親自出來，讓謝沁之和謝敏之帶秋兒去玩，她拉著鄭母說話。

鄭母不是會拐彎抹角的人，將鞋子送給謝夫人。謝夫人誇讚一番。鄭母便說了此行的目的，又說了他們家的情況。

「秋兒的父親去得早，母親又跟人跑了，勉兒怕委屈秋兒，便認他當兒子，舉家遷移到京城。因為大兒媳的事，勉兒曾經覺得女人不好，有人想幫他相看，他也不肯，如今難得有喜歡的人，自是希望他能得償所願。我不是惡婆婆，老話說得好，兒孫自有兒孫福，他們自己的事，讓他們自己處理去，我只管享福就成。」

謝夫人聽鄭母說得情真意切，也說了謝淺之在郭家發生的事。

鄭母聞言，氣得心肝肺都疼，指著天罵郭家不是東西，折磨兒媳，抬舉小妾，平常人家都不會這麼幹，他們家怎麼如此不知禮數。

謝夫人見鄭母罵郭家，足見是個真性情的人，拉著她的手道：「年輕人的事，我也不便管。只要他們答應，我沒意見，我也希望淺之能嫁到妳家去。」

兩人雖是第一次見面，卻一見如故，又說了一會兒話，謝夫人命人裝了些點心、果子，說給秋兒嚐嚐，又要留他們祖孫吃飯。

鄭母不肯，哪有第一次上門就吃飯的，但謝夫人執意要留，推辭不過，只得留下。

飯後，鄭母提著東西，領著秋兒回去。

沈玉蓉樂見其成，自告奮勇送鄭母和秋兒，在路上說了謝淺之許多好話。

鄭母聽了，真想立刻上門提親，將謝淺之娶回家。家裡沒個女主人，終究不像個家。

第七十二章

謝淺之知鄭母來了，躲在院中不出來。等鄭母走了，才去見謝夫人，滿臉不悅。

「娘，您非要把我嫁出去才高興嗎？」

謝夫人拉著她的手，摸摸她的頭。「娘自然是捨不得，但捨不得又如何，妳終究是要嫁人的，不能一輩子當老姑娘。今兒鄭夫人上門，來替兒子說情了。」

「娘，我不想嫁人，我想守著您。」謝淺之依偎在謝夫人懷中撒嬌。

「女子十六、七歲便成婚，像妳這麼大時，孩子都有兩、三個了。年紀越大，生孩子越危險，娘也不希望妳一個人孤獨終老。

「鄭家實在不錯，鄭母隨和，也喜歡妳，肯定是個好婆婆，關鍵是鄭勉對妳一見傾心，非妳不娶，妳也並非無意。找個相愛的人成婚，才是女人最好的歸宿，難道妳還想找個像郭品攸那樣的人，看似溫文爾雅，實則禽獸不如？」

謝夫人摟著謝淺之，紅了眼眶。「妳是娘身上掉下來的肉，若過得不如意，娘心裡像刀割一樣。聽娘的話，鄭家不錯，值得妳嫁。」

謝淺之想了想，仰起頭看著謝夫人。「好，我聽娘的，再給鄭勉一次機會。今晚您讓他來家裡，我有話對他說。」

沈玉蓉聽謝淺之改了口，又驚又喜，立刻讓梅枝跑一趟，把鄭勉請來，又拉著謝淺之道：「他來了，妳可以問他幾個問題，若是滿意，這人便還算可靠。」

「什麼問題？」謝淺之好奇。

沈玉蓉湊到她耳邊小聲嘀咕幾句，謝淺之噗哧笑出聲，點點頭。

梅枝去了鄭家，鄭勉下車看見梅枝，以為沈玉蓉有事找他，立刻出聲問：「可是大少夫人有吩咐？」

梅枝話不多，嗯了聲，要鄭勉跟她走。

鄭勉不明所以，進屋和鄭母說了一聲，鄭母擺擺手，笑嘻嘻地讓他去。

鄭勉越發疑惑，猜測沈玉蓉找他的目的，一路糾結著到了謝家。

沈玉蓉神色愉悅，把他帶到謝衍之的書房。「進去吧，有人在等你。」

鄭勉猜到是謝淺之，卻不知謝淺之為何等他，揣著不安的心進屋。

沈玉蓉見他進去，轉身離開，去了謝夫人的正院找她說話。

書房中，謝淺之捧著一本書，坐在茶几旁，几上放著一盤棋，抬眸見鄭勉進來，道：「會下棋嗎，要不要來一盤？」

「略懂一二。」鄭勉坐到謝淺之對面。

謝淺之將白子遞給他。「你是客，你先下。」

「男人應該讓著女人，妳先。」鄭勉執起一顆棋子，神情專注地看著謝淺之。

謝淺之抿唇一笑。「那我不客氣了。」在中間的位置落下一枚黑子。

鄭勉不再多言，也落下棋子。

正院中，沈玉蓉吃著水果，問謝夫人。「娘，大姊怎麼突然肯答應了？」用叉子插了一塊，送到謝夫人嘴邊。

謝夫人順著她的手吃了，笑著道：「不答應能如何，還能當一輩子老姑娘？」

「說的也是，可若大姊想當，我不介意養她。」沈玉蓉嘿嘿一笑，不好意思地看向謝夫人。「鄭家是個不錯的選擇，娘的眼光好。」

謝夫人點著沈玉蓉的額頭。「妳少恭維我。」

書房這邊，謝淺之和鄭勉對弈，表面上看起來旗鼓相當，可謝淺之知道，鄭勉棋藝高超，總是讓著她。

謝淺之心裡泛起點點漣漪，面上不顯，時不時去瞟鄭勉。

她依稀記得，與郭品攸初見面時，他倆也下了一盤棋。為了彰顯男人的優越和尊榮，郭品攸將她殺得片甲不留。

那時，她便知道，那個男人心裡沒她。成婚後，她沒有抱任何幻想，更不敢奢望夫妻感情，只能做到相敬如賓。郭品攸不真心待她，她亦不會付出真心。

「你在意我開善堂和繡莊嗎？」謝淺之落下一顆棋子，掀起眼皮看著鄭勉。

鄭勉愣怔一下，回以微笑。「自然不會，妳喜歡做什麼都可以。如果我能幫得上妳最好，若幫不上，妳也可以教我。我沒有別的本事，但學東西還算快。」

「倘若我和你母親起了爭執，你會幫誰？」謝淺之繼續追問。

鄭勉想也沒想。「自然是誰有理就幫誰。」

「若是我無理呢？」謝淺之停下手中的動作，眼睛一眨不眨看著鄭勉。

鄭勉道：「妳知書達禮，溫柔賢淑，怎麼會無理？我母親也是通情達理之人，又喜歡妳，自然不會為難。若不能……」接下來的話，他不敢說出口。

「那你會如何？」謝淺之又問。

「若不能，我也會護著妳，但我相信，妳們定能和睦相處。之前，我大嫂整日指桑罵槐地說我母親，我母親只是一味哭泣。為讓我大哥大嫂相安無事，她從未罵過我嫂子。」

謝淺之驚得目瞪口呆。「你嫂子罵你娘，你怎麼不管管？」

「我是想管，可我不在家，又如何管？我在家時，我嫂子很守規矩，從不罵她；我不在家，她就欺負人。有一次，我故意離開，折返回來，逮個正著，要我哥把我嫂子休了。可我哥脾氣好，不敢休妻。」

鄭勉解釋完，語氣轉為懇求。「我不求妳對我娘多好，不求妳和我一樣孝敬，但請妳尊重她。」

謝淺之扔下棋子，起身離開。走了幾步，回頭道：「說得我好像要嫁給你一樣，誰稀罕嫁給你。」話落，緋紅著臉頰出去了。

鄭勉癡癡地看著棋局，自言自語。「本以為會有轉機，看來是我多想了。」搖頭嘆息，邁著沈重的步子離開。

謝淺之見鄭勉走了，從拐角處出來，望著他失魂落魄的背影，有些不忍心。

「妳說，我是不是太過分了？」她回頭看著跟過來的沈玉蓉。

「不會，鄭勉可是皇上欽點的狀元，沒那麼容易倒下。」沈玉蓉道。

謝淺之擰著手中的錦帕。「下次他再來，妳們就答應吧。」

「都說女生向外，妳還沒過門呢，就開始替他想了，真是女大不中留。」沈玉蓉道。

謝淺之覺得又好氣、又好笑，伸手撓沈玉蓉癢癢。「我不答應，妳們勸我答應；如今我答應了，妳又來打趣我，壞死了。」

沈玉蓉伸手阻擋。「我若不壞，妳會露出真心？行了，別鬧，妳可試探出他的真心？」

謝淺之跺跺腳，轉身離去，口內喊著。「不理妳了。」

「妳是願意還是不願意，給句痛快話。若不願意，就讓娘回絕，別要人家一直等，浪費彼此的工夫。」沈玉蓉追上謝淺之，半開玩笑地說。

「妳們不是要我點頭嗎，我鬆了口，反倒問起我來了。」謝淺之停下腳步，回頭看著沈玉蓉。

沈玉蓉又驚又喜。「這麼說，妳答應了？」趕緊往正院走。「我得把這消息告訴娘，請她告訴鄭伯母，選個良辰吉日上門提親。」

謝淺之在後面追著她。「別說，這樣顯得我多著急。」

沈玉蓉回頭道：「如今鄭勉是狀元，可是搶手得很。若下手晚了，人被搶走，我看妳怎麼辦。」

「哪有妳說的那樣快。」謝淺之不信，鄭勉雖是狀元，卻出身鄉野，不見得非常搶手。

「這妳就想錯了，京城貴女多的是，還有不少小官之女，有人喜歡攀附高門，自然也有些人不喜攀龍附鳳，為女兒選人家，自然選鄭勉這種，毫無背景，容易拿捏，將來閨女不受委屈。」

沈玉蓉和謝淺之說著，來到謝夫人的正院。

謝夫人站在廊簷下，似是特地在等謝淺之，見兩人走來，開口便問：「結果如何？」

謝淺之臉一紅，不知如何回答。

沈玉蓉上前幾步，挽住謝夫人的胳膊。「大姊答應，可以請鄭伯母上門提親了。這件事得上心，鄭勉是狀元，多少人盯著呢。稍不留神，他可能就變成別家的女婿，到時候有人後悔都來不及。」別有深意地看著謝淺之。

謝淺之又羞又惱，瞪著沈玉蓉，讓她少說兩句。

沈玉蓉想得沒錯，鄭勉被明宣帝以此方式欽點為狀元，是開朝來頭一回，可見他入了明宣帝的眼，將來前途不可限量。

有待嫁女兒的人家早派人打聽了，得知鄭勉沒有妻子，膝下一子，有萌生退意的，也有歡喜的。繼室又如何？鄭家人口簡單，寡母還是個鄉下老婆子，目不識丁，見識粗鄙，女兒嫁進門，定是掌家夫人。有這種心思的人，便上門探鄭家的口風。

鄭母沒想到兒子成了香餑餑，來了好些人問她兒子可有意中人，是否願意訂親，願同鄭家結為兒女親家。

鄭母知道鄭勉的心意，不敢應承，只說做不了兒子的主，要問問鄭勉，才打發那些人。

鄭勉回來後，不等鄭母開口，秋兒便說了方才發生的事，末了又道：「爹爹，我不想讓別的女人當我娘親，只想要謝家大姊姊。您也喜歡她對不對？千萬不能答應別人。」

鄭勉有些不敢置信，看向鄭母。「娘，這是真的嗎，您沒答應別人吧？」他只想娶謝淺之，別的女人再漂亮，也與他無關。

鄭母問道：「我知道你的心思，自然不會答應他們。你去了謝家，可有結果？」

鄭勉搖頭。「不知。」

鄭母又問誰找他，鄭勉便一五一十說了事情經過。

鄭母伸出手指，點著他的腦門，笑得滿臉皺紋。「傻小子，她在試探你呢。這事八九不離十了，你等著當新郎官吧。」

「她說不嫁我，我怎麼當新郎官？」鄭勉十分不解。

鄭母一臉神秘。「相信你娘準沒錯。」

第七十三章

翌日，沈玉蓉早起洗漱一番，吃過早飯，坐上馬車出門。

她有些日子沒進城了，家裡做菜的香料用完，怕下人買得不好，只好親自來。

謝夫人不放心，要謝瀾之跟著，沈玉蓉沒答應。謝瀾之功課重，她不想耽擱他。

來到城裡，沈玉蓉先去沈家，許久未見父親和弟弟，有些想念。

進了沈家，沈玉蓉被張氏身邊的人迎進屋，態度熱情，不知道的人還以為沈玉蓉是張氏親生的。

張氏拉住沈玉蓉的手，滿臉堆笑。

「昨日老爺還念叨呢，說妳有些日子沒來了。」

沈玉蓉道：「家裡有些忙，一時抽不開身。父親上朝還未回來？」

「現在他忙得很，得掌燈時分才能回來。」張氏說起這個，興奮不已。託了沈玉蓉的福，如今張氏也是二品大員的夫人，走到哪裡都有人恭維。回娘家時，腰桿子也比以前硬。

沈玉蓉附和著。「忙些好，人不覺空虛，有些日子不見弟弟妹妹，得了閒，讓他們去我那裡玩。我在山上種了些草莓，快熟了，剛摘下來的新鮮，才好吃呢。」

張氏自然高興。「一定讓他們去，他們都念叨二姊姊呢，都說妳會疼人，果真不錯。」

沈玉蓉又和張氏說了一會兒話，沈謙回來，得知沈玉蓉來了，忙過來找她。沈玉芷和沈誠也來了。

沈玉蓉見沈謙都好，道：「我有些日子沒進城，今兒有空，請你們吃飯，咱們去天下第一樓如何？」

沈謙自然高興，沈玉芷挽著沈玉蓉的胳膊，親暱地喊著好姊姊。沈誠也站在一旁，笑得見牙不見眼。

話音未了，身後傳來討厭的聲音。「二妹妹，妳可不能偏心，帶上弟妹，也要帶上我這個姊姊。」沈玉蓮說著，款款來至沈玉蓉跟前，笑得一臉溫和，不知道的人還以為她們姊妹情深呢。

沈玉蓉不喜她做作的樣子，瞥她一眼。「我以為妳蓮花吃多了，吃不下飯。」

沈謙、沈誠和沈玉芷聽了，都偷偷地笑。

沈玉蓮心裡氣惱，面上卻一點不顯，依然笑得純潔大方。「我們是姊妹，姊妹之間哪有隔夜的仇。以前就算是姊姊的錯，在這裡向妳賠不是。」便要屈膝行禮。

沈玉蓉連忙躲開，又驚又懼。「妳可別害我。妳是大姊姊，雖是庶出，卻也是長姊，我若受妳的禮，我成什麼了？不敬長姊的流言若傳出去，我的名聲可毀了。妳是真想認錯，還是故意壞我名聲？」

沈玉蓮正有此意，卻被沈玉蓉說出來，純淨笑容僵在臉上，見沈謙三人看著她，眸中盡是懷疑複雜的神色。

她知道再解釋也無用，遂岔開話。「妳誤會我了。不如這樣吧，這頓飯我請，咱們去天下第一樓吧。」

沈謙、沈誠和沈玉芷看向沈玉蓉，等著她拒絕，但她居然答應了。「好啊，難得大姊姊請客，我們卻之不恭。」知道沈玉蓮月銀不多，現在自己湊上來，就別怪她不客氣。

沈玉蓉附在梅香耳邊嘀咕幾句，率先出去，沈謙兄妹連忙跟上。

沈玉蓮露出勝利的微笑，今天定能見到齊鴻曜。

一行人來到天下第一樓，牛掌櫃將他們迎進二樓雅間。

沈玉蓉知道價錢，專挑貴的點，一口氣點了十道菜，末了將菜單交給沈玉蓮。「大姊姊是頭一遭請客，我點得有點多，大姊姊不會心疼吧？」

「怎麼會？」沈玉蓮忍著肉疼，皮笑肉不笑道。

沈玉蓉又把菜單遞給沈玉芷，也讓她點。沈玉芷很給面子，加了一隻燒鵝、一隻蹄膀。

「大姊姊難得請客，爹爹和娘親喜歡吃這裡的蹄膀和燒鵝。二姊姊點的菜，咱們吃，這兩樣打包回去給爹娘。」

沈玉蓉讚她孝順，沈玉芷笑嘻嘻地仰臉。「二姊姊出嫁了，我就多孝順一下爹娘。」

沈誠喜歡吃冰粥，看向沈玉蓉，沈玉蓉手一揮，讓小二先上五份冰粥。

小二端來飯菜，沈玉蓉招呼沈玉芷多吃些，還說哪個好吃，一般吃不到等話。

沈謙和沈誠都是鬼靈精，話不多說，拿起筷子開吃，還不住誇沈玉蓉點的菜美味。

沈玉蓮氣急，明明是她出錢，沈玉蓉只是點菜，為何幾個小鬼頭都誇她？

她見幾人吃得歡，心裡堵得慌，一口氣上不來下不去，越想越憋屈，只隨意吃了幾口，在心裡詛咒沈玉蓉幾人是餓死鬼投胎，就說自己吃飽了，放下筷子來到窗邊，朝街上看去。

本以為能遇見齊鴻曜，孰料連個人影都沒看見。

沈玉蓉瞥著沈玉蓮，勾唇輕笑。沈玉蓮的心思她明白，方才已偷偷吩咐梅香去長公主府找莊如悔，讓她告訴齊鴻曜，今天千萬別來天下第一樓。沈玉蓮注定竹籃打水一場空。

沈玉蓉也吃飽了，擦擦手，漱完口來到窗邊，小聲對沈玉蓮說：「大姊姊看什麼呢，這麼入神？妳要等的人，不會來。」

「妳怎麼知道？」沈玉蓮不信。

沈玉蓉笑了。「妳可看見梅香？她去找莊世子了。莊世子與五皇子的關係不錯，她也看不上妳這朵蓮花，會幫五皇子躲開妳。喜歡我送妳的禮物嗎，大姊姊？」

沈玉蓮的溫柔笑容被猙獰表情所替代。「妳故意的？」

「呀，被大姊姊發現了。對，我就是故意的，凡是大姊姊想做的，我都會想盡辦法阻止。誰叫大姊姊得罪了我，我這個人，什麼都喜歡吃，就不喜歡吃虧，還特別記仇。」沈玉蓉眉梢上揚，看小丑似的看著沈玉蓮。

沈玉蓮揚手要打沈玉蓉，沈玉蓉伸手抓住她的手臂，好笑道：「大姊姊，妳可是溫柔的蓮花，柔弱得需要人保護，哪能打人呢？」甩開她的手。

沈謙跑來，把沈玉蓉護在身後，怒斥沈玉蓮。「休想打我姊！回去我就告訴爹爹，妳又欺負我姊，看爹爹怎麼收拾妳。」

沈玉芷和沈誠也站出來作證，是沈玉蓮要打沈玉蓉的。沈玉蓮氣急，指著兩人，說他們是白眼狼，剛吃了她的，還沒消化呢，便翻臉不認人了。

沈誠理所當然道：「本來是二姊姊要請客，妳非要橫插一槓。天下第一樓有二姊姊的分，還用得著妳請？真是多此一舉。」

沈玉蓉見狀，喊來小二，打算付錢了。

片刻後，小二過來，看了看飯桌，正要說話，沈玉蓉便指向沈玉蓮。「看清楚了，是這位姑娘要付帳，打個九折吧。」

小二也機靈，立刻明白沈玉蓮與沈玉蓉不睦，笑嘻嘻道：「共四十兩銀子，打個九折，就是三十六兩，您是付銀子還是銀票？」

沈玉蓮驚詫。「怎麼那麼貴？」她只帶了三十兩銀子，想著吃一頓也盡夠了，沒想到還不夠，側臉看向沈玉蓉，她一定是故意的。

沈玉蓉眨眨眼，裝無辜道：「不能再便宜了，不然沒法對世子交代。」看看沈玉蓮的頭頂，墨髮上攢著一支珍珠碧玉步搖，珍珠瑩潤，玉質透亮，一看就知價值不菲，遂開口道：「既然沒錢，就用東西抵。我看妳髮髻上的步搖不錯，就留下它吧。」

沈玉蓮捂著步搖，堅決道：「不行。」這是她最喜歡的步搖，若非要見齊鴻曜，也捨不得戴出來。

柳姨娘是小戶出身，沒有多少嫁妝，繼母不喜她，對她百般苛刻，她無多餘銀錢購置首飾衣裙。

沈玉蓉上下打量著她，笑了。「妳的衣裙也值些錢，不如把衣服脫了，我勉為其難收下，回頭給那個乞丐，就當日行一善了，妳看如何？」

「妳故意侮辱我。」沈玉蓮道。

沈玉蓉點頭承認。「我說過會記仇，大姊姊記性不好，這麼快便忘了，需要我提醒妳？」

沈玉蓮知道，她與沈玉蓉之間的仇恨不可能化解，沈玉蓉也不會幫她，不想繼續自取其辱，取下步搖，扔在桌上。

「希望妳永遠順風順水，沒有求我的一天。」

沈玉蓉瞥步搖一眼，嗤笑道：「大姊姊放心，就算我乞討，也不會去妳家門前。」

「記住妳今日的話。」沈玉蓮冷哼一聲，抬腳離開。

沈玉蓉拿起步搖，遞給小二。「賞你了，拿去換些銀錢，置辦幾畝地，也盡夠了。」

小二接過步搖，謝了又謝，揣著步搖告退下去。

等小二走遠，沈玉芷有些心疼地說：「二姊姊，那支可是珍珠碧玉步搖，值上百兩的銀子呢。」

沈玉蓉見她心疼，笑了。「喜歡呀？」

沈玉芷點頭。「喜歡，女孩子哪有不愛首飾的。」

沈玉蓉攬著她的肩往外走。「既然喜歡就去買，我送給妳。」

沈玉芷先是高興，後又拒絕。「還是不要吧，母親若知道我要妳的東西，該說我了。」

張氏知道沈玉蓉的為人，當初幫沈玉蓉選了這樣一戶人家，覺得對不起她，特意囑咐兒女不可麻煩沈玉蓉。

沈玉蓉一面往外走、一面道：「妳是我親妹妹，還跟我客氣。如果覺得不好意思，明兒帶人來天下第一樓吃飯。我們有新菜，請大家品嚐，不用錢，記得多帶幾個人。」

沈玉芷一聽，來了興致。「是什麼菜？」

「到時候你們就知道了。」沈玉蓉先賣個關子。

沈誠追上沈玉蓉。「二姊姊，明日我能帶書院的同窗來嗎？他們很少來天下第一樓，我想讓他們見識一下。」

同窗們得知天下第一樓是他姊姊跟莊如悔開的，又有明宣帝親筆題字，羨慕了很久。可天下第一樓的飯菜不便宜，就算熟人打折，也有許多人不敢來。

沈玉蓉點頭，沈謙很高興，說回去就告訴他們。

第七十四章

沈玉蓉帶著沈玉芷等人買了首飾、布疋，又去書店買文房四寶，是送給沈謙和沈誠的。所有東西加起來有上千兩銀子。

沈玉芷嚇得瞠目結舌。「二姊姊，買太多了，回去娘和爹爹又要說我們。」

「放心吧，我送你們回去，這些都是我送的，夫人和爹爹不會說你們。你們忘記冰粥了嗎，最近我可是賺了不少，這點錢沒什麼。」沈玉蓉指揮著店家把東西搬到馬車上。

這時梅香跑過來，氣喘吁吁的，見到沈玉蓉，喘口氣道：「少夫人，您的腿可真快，我剛找到你們，別人就說您走了，害得我跑了許久才找到。」

沈玉蓉拍著她的背，幫她順氣。「事情都辦妥了？」

梅香點頭。「辦妥了，今兒五皇子本想去天下第一樓，知道大姑娘在，就去了橋緣茶樓。莊世子和六皇子也在，請您過去呢。」

沈玉蓉聽了，抱歉地看向弟妹們。不等她說話，沈謙便善解人意地開口道：「既然姊姊有事，先去忙吧，我們回去就好。若是母親怪罪，我會解釋的。」便帶著弟妹們上車離開。

「咱們也走吧。」沈玉蓉帶著梅香，去了橋緣茶樓。

主僕二人還未進門，便見沈玉蓮從茶樓裡出來，一面跑、一面哭，好似被人欺負了。

沈玉蓉立住腳，打趣沈玉蓮。「大姊姊還真是不死心。」

沈玉蓮聽見沈玉蓉的聲音，擦去臉上淚痕。「妳想做什麼？」往後躲了躲，好似怕她。

沈玉蓉譏諷。「躲什麼躲？方才還要揮手搧我耳光呢，現在卻怕了我。這裡沒妳心儀之人，別裝模作樣，我瞧著彆扭，也噁心。」

沈玉蓮氣得渾身發抖，並不辯駁，轉身朝後看去。

齊鴻曜出來了，目光越過沈玉蓮，望向沈玉蓉。「進來吧。」語氣淡然，卻極為熟稔。

沈玉蓮的淚一下滾落。「五皇子，我……」偷看沈玉蓉，好似真怕了她，不敢說話。

沈玉蓉翻白眼。「妳什麼妳，要說我欺負妳，讓不知道的人憐惜？以為別人都像妳一樣，腦子裡裝了屎？」說著，背著手走向橋緣茶樓。

沈玉蓮哭得更凶了。「我並未做什麼，妹妹何故罵我？難道只因我是庶出，但出身不是我能選的。」

沈玉蓉不理會她，逕自往裡面走。

沈玉蓮跟上沈玉蓉的腳步，梨花帶雨似的哭著。「妹妹，我到底如何惹妳生氣了，讓妳這般無禮。妳說出來，姊姊一定改。」

齊鴻曜見狀，揮開扇子擋人，冷然道：「沈大姑娘，這裡不歡迎妳，還請回去。」

「五皇子殿下，我、我……」沈玉蓮眸中的珠串更多了，不要錢似的往下掉。

齊鴻曜微微蹙眉。「來人，送沈家大姑娘回去，順便告訴沈大人，本皇子喜歡清靜，不喜人打擾。」

沈玉蓮還想追，被齊鴻曜身邊的小太監攔住。「沈家大姑娘，請吧，奴才送您回去，免得您說我家殿下欺負您。」一語道出她的心機。

沈玉蓮又氣又惱，恨不得把沈玉蓉撕碎了餵狗。

沈玉蓉上了二樓，見齊鴻曦和莊如悔都在，正專注聽書，未發覺她來了。

「真夠入迷的，都聽了多少回，怎麼還這般入迷？」沈玉蓉坐在莊如悔對面，自己倒了杯茶，呷了一口，推推入神的莊如悔。

莊如悔回神。「妳來了。正好，明日香滿樓開業，可想好了對策？」

沈玉蓉道：「想好了，明日妳等著看好戲吧，保證會給香滿樓添些熱鬧。」

齊鴻曦和莊如悔追問，等著沈玉蓉解釋，可沈玉蓉偏偏笑著賣了個關子，隻字未提，喝完茶，便帶著梅香回了莊子。

兩人剛回到莊子，沈謙的書童沐夏就來了。定是沈玉蓮又被罰，沈謙派他來說一聲。

果真如此，沈玉蓮被小太監送回沈家，沈父正好回來，當即問發生了何事？

小太監看在沈玉蓉的面子上，隱晦說了沈玉蓮糾纏五皇子的事，且不是一次兩次。五皇子心性好，又看在沈玉蓉和六皇子的面上，不予追究，還請沈父管好自己的女兒。

他還想說庶出就是庶出，再如何得寵也比不上嫡出。又想起自家殿下也是庶出，便將這話壓在心裡，閉口不言，向沈父告辭，尋五皇子去了。

沈父羞惱得想找個地縫鑽進去，等小太監走了，怒氣沖沖進門，問張氏沈玉蓮在哪裡？

張氏不明所以，見沈父震怒，猜測沈玉蓮惹了事，立刻命人去喚。

沈玉蓮見沈父找她，便知大事不好，壓下心中的忐忑，問是怎麼了？

沈父抬手給她一巴掌，將她打倒在地，吼道：「妳的膽子越發大了，可知那是誰，是五殿下，德妃娘娘的心尖肉，也敢妄想？簡直不知羞恥！」

沈玉蓮被打蒙了，聽見沈父句句指責，淚眼婆娑。「爹爹，我是庶出，又不得寵，若不為自己爭取，誰替我考慮？」

沈父聽了，更是大怒。「妳當我是死的，沒爹沒娘了？自古婚姻是父母之命，媒妁之言，妳把這些規矩都丟進狗肚子裡去了，還公然糾纏男子，沈家的顏面都被妳丟盡了！」

無論沈玉蓮如何辯解，沈父都不聽，要對沈玉蓮動家法，打二十鞭子。柳姨娘聞訊趕來，護住沈玉蓮，大多數的鞭子都落在柳姨娘身上。

沈謙得了消息，立刻讓沐夏去告訴沈玉蓉，也讓她高興高興，誰讓沈玉蓮要打他姊姊，還真以為他姊姊沒人護著呢。

沈玉蓉聽了沐夏的話，撇撇嘴，讓梅香給他一只荷包，又讓他回去。

沐夏走後，梅香歡喜道：「少夫人，大姑娘又挨罰了。老爺如此好脾氣，竟會打人。」沈玉蓉也詫異，在她的記憶中，父親脾氣很好，就算教訓人，也只是罵幾句，動用家法僅是跪祠堂，很少動手。這次打了沈玉蓮，可見是氣壞了。

沈玉蓮心比天高，居然敢妄想皇子妃的位置，還在大庭廣眾下糾纏齊鴻曜，被齊鴻曜的人送回去，落了沈家的顏面，父親動怒也是尋常。

是夜，有個人闖進沈玉蓮的院子，一身黑衣，黑布遮面，手持長劍，渾身散發冷意。

沈玉蓮是閨閣小姐，哪曾見過這樣的人，當即嚇得說不出話，指著他問：「你是……」

黑衣人悠然坐在不遠處，壓低嗓音道：「不用怕，我與妳無冤無仇，不會傷害妳。」

沈玉蓮這才略微回神。「那你進來做什麼？」

「聽聞妳與謝家大少夫人不睦，我家主子知道妳的目的，可以幫妳。」黑衣人眼底透著譏諷，若不仔細看，很難分辨。

沈玉蓮不是蠢人，反問道：「你主子要我做什麼？」她不信世上有天上掉餡餅的事，有得必有失，此人定是另有目的。

黑衣人嗤笑。「還不算蠢，我主子想讓妳辦件事。若成了，就讓妳進五皇子府。」

沈玉蓮心跳得厲害，進五皇子府的夙願，馬上便能實現了嗎？成為五皇子妃後，看沈玉蓉如何給她臉色瞧，定要好好折磨沈玉蓉，讓沈玉蓉明白得罪她的下場。

黑衣人見沈玉蓮呆愣不語，又問一遍。「怎麼，不願意？」拔出劍架在她脖頸上，長劍閃著幽深劍芒，冰冷刺骨，說出來的話，更讓她心驚肉跳。「妳沒得選，不答應就得死。」

沈玉蓮背脊冷汗涔涔，舌頭打結。「我幫就是。你們要我做什麼？」俗話說敵人的敵人就是朋友，既然沈玉蓉不願幫她，找別人也一樣。只要能達成目的，方法不重要。

黑衣人收起劍，冷冷一笑。「算妳識相。妳可知沈玉蓉懂一種秘術，會讓人說實話？」

沈玉蓮搖頭。「自從她嫁人後，變了許多，也很少回沈家，我並不知情。」

黑衣人盯著她的眼睛，沈玉蓮舉起手。「我可以發誓，我真的不知情。我們雖為姊妹，相處得卻不融洽，可說是有仇。只要能讓沈玉蓉不好過，我願意做任何事情。」

這話是真心，但聽在黑衣人耳中覺得是恭維，見她不似說謊，轉身跳窗戶離開。

沈玉蓮撫了撫胸口，好一會兒才起身關窗，躺回床上，思索著黑衣人到底是誰，與沈玉蓉到底有何仇怨？

不過，不管黑衣人是誰，只要與沈玉蓉有仇，她就樂見其成，還十分願意幫忙。

黑衣人出了沈家，在街上徘徊一會兒，見無人跟隨，潛入二皇子府。

齊鴻旻聽見動靜，喚人進來，黑衣人單膝跪地。「見過二皇子殿下。」

「起來吧，事情如何了？」齊鴻旻背著手，目光專注地看一幅畫。畫上是一位美人，神情淡然，有些眼熟，仔細看竟是沈玉蓉。

黑衣人道：「沈玉蓮不知沈玉蓉的事，她倆很可能有仇，可以利用這一點。」

齊鴻旻轉身，勾唇一笑。「你說的不錯，讓沈玉蓮對付沈玉蓉，等沈玉蓉知道是自己的姊姊出賣她，會是怎樣的表情，本皇子很是期待。下去吧，繼續盯著沈玉蓉，本皇子要她的秘術，若能得到她的人，自然最好。」

黑衣人應下，轉身出去。

沈玉蓉不知有人算計她，翌日起了個大早，洗漱後未吃早飯，便坐車去天下第一樓。今兒香滿樓重新開業，天下第一樓也要上新菜，如此重要的日子，她自然不會缺席。

牛掌櫃見沈玉蓉來了，挺著肚子，笑咪咪迎出來，把她請進去。

沈玉蓉問莊如悔可到了？牛掌櫃回答，不僅莊如悔，連齊鴻曦和齊鴻曜也到了，在樓上雅間等她呢。

「哦，看來是我來晚了。」沈玉蓉環視大廳，發現客人少了些，心下了然，上了樓。

莊如悔和齊鴻曜在下棋，齊鴻曦無聊，坐在一旁吃糕點，瞧見沈玉蓉來了，趕緊走向門口，興奮喊道：「表嫂，妳可來了，我們都等著妳呢。」

沈玉蓉來到窗邊，朝香滿樓看去，那邊剛剛開門，有不少客人進去，小二還在門口攬客，連天下第一樓的客人也被拉走不少。大張旗鼓，這是想和他們打擂臺呢。

莊如悔落下手中的棋子，側臉問沈玉蓉。「咱們何時開始？方才我可看見了，客人全跑到對面去了。就算重新開張，還是那個味道，能變成美味佳餚不成？今兒他們的冰粥只賣半價，能招攬一些客人，過幾日就消停了吧？」

「那可說不準。」沈玉蓉道：「做菜需要一定的天賦，有些人嚐過就能做出一樣的，香滿樓或許找到了能人異士。」意思再明白不過，香滿樓偷學他們的菜，價錢再比他們便宜些，客人自然跑去香滿樓。

齊鴻曦有些擔心。「表嫂，咱們該如何做，任由他們欺負到頭上嗎？我可不答應。」說完，起身要離開。

沈玉蓉拉住他。「你做什麼？」

齊鴻曦惱怒。「那是表嫂想出來的菜，他們敢做，我就砸了他們的招牌。」

沈玉蓉拉著他坐到椅子上。「打打殺殺，莽夫所為，咱們知書識禮，做不來魯莽之事。你且等著，待會兒要他們好看。」

齊鴻曦驚喜地問：「咱們要怎麼做？」

沈玉蓉側臉看向牛掌櫃。「東西都準備好了嗎？」

牛掌櫃高聲回答。「早準備好了，就等著東家吩咐呢！」

「上傢伙。」沈玉蓉喊道。

「好！」牛掌櫃答應一聲，招呼小二把傢伙擺出去。

第七十五章

沈玉蓉讓牛掌櫃準備的東西，是一輛帶棚子的小推車，上面放著各種調料，與黃瓜絲、蘿蔔絲和涼皮，還拉出一條橫幅，旁邊寫著：新菜品，歡迎品嚐。

小二站在一旁，滿臉堆笑，嘴裡吆喝著。「天下第一樓今日推出新菜品，清涼爽口，消暑解膩，都來嚐嚐，不用錢的，不吃白不吃，吃了還想吃。當今皇上對這道菜讚不絕口，走過路過，千萬不要錯過，不然您定會後悔～～」

這吆喝吸引了不少人，聽見不必花錢，都想嚐嚐，又聽到明宣帝也愛吃，更要試試。

廚師負責拌涼皮，動作非常索利，再將拌好的涼皮分成小份，客氣地遞給客人，還介紹這道菜的名字。

天氣漸漸轉熱，大家吃涼皮，感覺身上的燥熱去了不少，紛紛問是怎麼賣？

牛掌櫃指著店內。「裡面請，今天不賣涼皮，只讓大家試吃。想買的可以預訂，明兒開始賣，但份數不多，先到先得。」

一聽份數不多，許多人急了，紛紛擠進天下第一樓，然後拿著一張牌子出來，滿心歡喜地走了。

香滿樓的二樓，王太師見狀，氣得吹鬍子瞪眼，吩咐站在門口的掌櫃。

「去拿一份回來，我倒要看看他們做的是什麼。」

掌櫃彎腰告退，去到天下第一樓門口。

牛掌櫃認識此人，見他來了，滿面含笑。「喲，這不是香滿樓的掌櫃嗎？怎麼到我們這天下第一樓來了，可是來嚐嚐我們的新菜？來來來，隨便吃，但不能帶走。」最後一句話，意味深長。

掌櫃來這裡的目的，就是帶走一份新菜，好回去研究。可人家不肯，只能空手而回。

沈玉蓉見他走了，喊上齊鴻曦、齊鴻曜和莊如悔，提著食盒，準備去香滿樓。

莊如悔納悶，跟上她。「妳提著食盒去香滿樓做什麼？」

沈玉蓉回頭笑了笑。「搶生意呀！」順便再氣氣王老頭。她很記仇的，王太師一而再、再而三地找他們麻煩，若不反擊，也太憋屈了。

「搶生意？」齊鴻曦、齊鴻曜和莊如悔異口同聲問道。

他們以為沈玉蓉去炫耀，沒想到是搶生意，很是好奇，她要如何搶？

齊鴻曦很高興，上前幫沈玉蓉提食盒，快步朝香滿樓走，還不忘回頭催促沈玉蓉。「表嫂，妳快些。」

就算不能搶香滿樓的生意，也要噁心噁心王太師那老東西。

一行四人來到香滿樓門前，被小二攔住了。

齊鴻曦瞪著小二，怒罵道：「狗東西，你可看清楚了，連本皇子也敢攔，信不信本皇子砍下你的腦袋餵狗。」作勢要打小二。

小二不敢放人進去，今兒是香滿樓重新開張的日子，得罪沈玉蓉等人，頂多挨一頓板子；若是惹王太師生氣，弄不好會丟了小命。

齊鴻曜拉住齊鴻曦。「六弟消消氣，咱們是來吃飯，不是來打架的。」又對小二道：「請你們掌櫃出來，我有話要說。」

掌櫃早已聽見動靜，匆匆出來，不敢得罪幾位祖宗，拱手賠笑。「各位，不是我們不招待，實在是招待不起。」

「進門是客，有何招待不起？我看你們是想把客人拒之門外。」

莊如悔把玩著手中的鞭子。

「今天我就想吃香滿樓的飯，你們看著辦。」意思很明顯，若不讓她進去，便砸了香滿樓的招牌，管它是誰開的。

這時，王太師出來了，掌櫃十分為難，不知所措，抬眼看他，等待他示下。

齊鴻曜看著王太師。「太師好大的官威呀，還要攔著我們進店吃飯不成？」

王太師忙說不敢，把四人請進去，又讓小二上最好的菜。

沈玉蓉攔住小二。「不用了，我們帶了食材，想借貴寶地一用，順便請太師品嚐。方才掌櫃去天下第一樓，想帶回新菜品嚐，可惜我們有規矩，只准吃不准帶。但那是對別人，太師若想吃，我們自然恭敬送來，您說是吧？」將一碗涼皮擺出來。

王太師抽了抽嘴角，陰鷙地看著沈玉蓉。「能吃到天下第一樓的新菜，是老夫的榮幸。」隨意坐下，拿起筷子嚐了，果然清爽可口，若夏季食用，真能消暑解膩，天下第一樓沒有誇大其詞。

沈玉蓉見他吃了，半開玩笑道：「呀，太師就這樣吃了，不找人試試毒？若您有個三長兩短，可別找我們。眾目睽睽之下，我們不敢下毒呀。」

莊如悔和齊鴻曜抿嘴輕笑，齊鴻曦則直接笑出聲，一把奪了王太師手中的筷子扔掉，再拿一雙新的，大快朵頤起來。

「為了省麻煩，太師還是別吃。真出了事，我們說不清楚。」

齊鴻曦三兩口把碗中的涼皮吃乾淨，抹抹嘴。「真好吃，比冰粥還好吃。」

買冰粥的人聽了，循聲望過來，有人問齊鴻曦方才吃了什麼？

齊鴻曦嘿嘿一笑。「涼皮呀，清爽可口，吃了還想吃，就在第一樓門口，今天不要錢，請大家品嚐。」

廳中的客人聽了這話，心思活絡起來，有幾人未點菜，直接起身走了，嘴裡嚷嚷著。

「走走走，去天下第一樓嚐嚐他們的新菜，不要錢，放心吃。」

「不要錢？我也去！你們等等我，別吃完了，幫我留一些。」

「天下第一樓的人說了，先到先得，去晚就沒了，你快些。」

客人們陸陸續續出去，不過片刻，大廳中的人走了一半，另一半是點了菜不能走的，也有幾個客人讓李掌櫃留著，他去去就回。不用說，也去吃不要錢的涼皮去了。

王太師氣得目眥欲裂，想把沈玉蓉大卸八塊，再撕成碎片。都是這個女人，要不是她，王昶不會死，王家不用賠那麼多銀兩，香滿樓依然客來人往。

可惜，她是明宣帝要保的人，他一時動不得。

沈玉蓉見王太師怒了，覺得火不夠旺，繼續添柴。「太師，您眼睛都紅了，這是怎麼了，生病了嗎？病了就要看大夫，可不能諱疾忌醫。若是那樣，小病積成大病，大病積成絕症，到時藥石罔效，後悔也晚了。」

噗哧！齊鴻曜和莊如悔笑出聲。他們實在忍不住，王太師的臉都被氣成豬肝色了。

王太師正要發怒大吼，沈玉蓉又開口了。「切勿動怒，請太師謹記。別人生氣我不氣，氣出病來無人替。」

她話落，王太師眼睛爆紅，指著門口，暴怒道：「滾，給我滾！」

沈玉蓉好似聽不懂一般，依然好言相勸。「都說了莫要生氣，對了，我這裡有首莫生氣的歌謠，特別適合太師。」

也不等王太師說話，飛快將〈莫生氣〉唸了一遍。

王太師氣得踉蹌幾步，向後倒去，幸虧掌櫃和管事在後面扶著，才沒摔在地上，否則後果不堪設想。

香滿樓頓時一片混亂，沈玉蓉對莊如悔等人使眼色，提著食盒，悄然離去。

出了香滿樓，莊如悔和齊鴻曦捧腹大笑，齊鴻曜也跟著笑。

沈玉蓉並不覺得好笑，回頭看向香滿樓的招牌。這次，他們與王家正式撕破臉了。不過，兵來將擋，水來土掩，有什麼招儘管使出來，她不怕。

王太師被沈玉蓉氣得昏過去，這消息不脛而走，很快傳遍大街小巷，有的人甚至加油添醋，越傳越不像樣。傳到最後，竟成了沈玉蓉動手，不小心把王太師打昏了。

沈玉蓉回到謝家，對京城發生的事隻字未提。謝夫人問新菜品賣得如何？她只說不錯。直到明宣帝派劉公公宣沈玉蓉進宮，謝家人才知她幹了件大事，居然把王太師氣昏了。

齊鴻曦回到皇宮，說了香滿樓的事。

明宣帝聞言，不曾責怪沈玉蓉，還誇讚她有膽識。自從王元平當上太師後，沒人敢與之作對，連身為皇帝的他也要避讓三分，何況還是後生晚輩。

沈玉蓉氣昏王太師，對明宣帝來說，並非好事。若王家人追究，處理起來還有些棘手。不過，明宣帝還是高興，能看見王太師吃癟，便渾身舒暢。

這邊才感嘆一番，外邊太監來報，說王家來人了。

明宣帝不用想也知是為何事，出去見王家人，並命劉公公宣沈玉蓉進宮，囑咐他告訴謝家人一聲，此次沈玉蓉進宮不同上次，定會讓她毫髮無傷。

劉公公領命，備車去謝家莊子，心裡感慨，明宣帝這是要護著沈玉蓉，王家又要吃癟了。

謝夫人知明宣帝召見沈玉蓉，又驚又恐，忙塞了個荷包給劉公公，問明宣帝是喜是怒？

劉公公接了荷包，不動聲色地塞入懷中，笑咪咪道：「高興，高興著呢。您想啊，王太師是誰，這麼多年來，說一不二，連皇上都要讓他三分，能把他氣昏過去，那就不是一般人。這次皇上召見大少夫人，定不會責罰她，夫人莫怕，在家等著便是。」

謝夫人還是不放心，王家和王皇后能善罷甘休？

「王家自然不會善罷甘休，已經進宮向皇上討公道了。」劉公公回答。

謝夫人嚇得魂不附體。「那玉蓉此去宮中，不是有危險嗎？」

沈玉蓉也在一旁勸。「娘，您就放心吧。皇上是明君，定不會為難一個小女子。」

「大少夫人說的是，您就放心吧，不會有危險，來時皇上已經吩咐了，不會讓謝大少夫人少一根頭髮。」劉公公如實道。

謝夫人還是不放心，劉公公見她害怕，又道：「老奴來時，看到長公主的馬車，想來也是進宮去了。這下，您可以放心了吧？」

上次沈玉蓉從宮裡出來，被打得渾身是傷，謝夫人如何能放心？想了想道：「臣婦還是跟著去吧。」

劉公公見謝夫人執拗，只能隨她，等她換了衣衫，一起坐上馬車進宮。

第七十六章

此刻，宮裡像翻了天似的，王家兩個兒子跪在御書房外，要求懲治沈玉蓉，說她目無王法，謀害朝廷命官。

不久後，王皇后也來了，跟著跪下，也要求明宣帝處罰沈玉蓉，否則後患無窮。見明宣帝一直未點頭，嚶嚶哭起來，訴說王家多年功績，沒有功勞也有苦勞，不能讓老臣寒了心。

明宣帝穩坐在太師椅上，手裡捧著摺子，悠然自得地看著。

齊鴻曦和齊鴻曜站在不遠處竊竊私語，低語幾句後，齊鴻曜退了出去。

長公主和莊遲下棋，莊如悔把玩著手裡的鞭子，不知在想些什麼。

御書房內靜謐無聲，針落可聞，與外面的哭喊聲形成鮮明對比。

長公主落下一顆棋子，覺得無聊，抬眸看著對面的莊遲，依舊那張風華絕代的臉龐，尤其是認真的時候，怎麼看都看不夠，不由嘆氣。

「天下怎麼有這樣好看的人？」

莊遲瞧著長公主癡迷的樣子，勾唇一笑。「別鬧了，孩子們都在呢。」遞茶給她。「渴了吧？喝口茶潤潤嗓子，等會兒又是一番唇槍舌戰。」

長公主接過茶杯，抿了一口，笑問：「你說，那丫頭來了，要如何開脫？」

莊遲回答不知，看著長公主。「若妳想幫她開脫，我一定支持。」

「這事不急，先看她自己如何應對。」長公主道。

沈玉蓉敢氣昏王太師，定會留後手，她還真有些期待呢。

又等了一盞茶工夫，沈玉蓉到了，劉公公直接把她帶進御書房。

沈玉蓉見到明宣帝，行了跪拜之禮，又問宣她來所為何事？

明宣帝放下手裡的摺子，面無表情地說：「妳難道不知情？」

這下，沈玉蓉想裝糊塗也不成，王家人還在外面跪著呢，要求明宣帝懲治她。

她揚起臉，嘿嘿笑了兩聲。「知道一些。」

「那妳說說，為何對王太師下毒？這是謀殺朝廷命官，其罪當誅。」明宣帝問。

沈玉蓉聽了，猛地站起身，指著外面。「王家人說我謀害王太師，對他下毒？」呵呵兩聲，又問：「他們腦子有毛病吧，香滿樓那麼多人看著，當庭廣眾對太師下毒，是他們傻，還是我傻？再說，涼皮是天下第一樓新出的吃食，被他吃了不算，還倒打一耙？見過不要臉的，就沒見過這麼不要臉的。老的不要臉，小的也不要臉，真是應了那句話，上梁不正下梁歪。」

齊鴻曦聽了，幫腔道：「那涼皮最後被我吃了，我沒事。」意思很明顯，王家栽贓陷害。

長公主早已捂唇咯咯笑起來，莊遲還算矜持，老神在在地端坐著，面無表情，但若仔細看，會發現眼底有隱隱的笑意。

明宣帝忍住笑意，輕咳一聲，掩飾自己的尷尬。「那妳為何去香滿樓？」

沈玉蓉道：「大家都知道，冰粥是我先做出來，放在天下第一樓賣，但香滿樓偷學後，大張旗鼓半價售賣，豈不是砸天下第一樓的招牌？這還不算，今日我們不收錢請客人品嚐新菜，香滿樓的掌櫃想打包帶走，目的昭然若揭。我們好心帶新菜上門請他試吃，誰知王太師也在香滿樓，便吃了些。說我們毒害太師是誣陷，既不知王太師在香滿樓，為何要毒害他？」

明宣帝見她說得有理有據，不見一絲慌張，點頭笑了笑，宣王家人與她對質。

王皇后帶著王太師的兩個兒子進來，兩人見到沈玉蓉，指著她罵道：「毒婦，妳害我爹，王家絕饒不了妳！」

王皇后跪下，請明宣帝做主。

沈玉蓉上下打量王太師的兒子們。「請問王太師中了何種毒，又是如何中毒的？判案講求人證物證，這些你們可有？」

王家大兒子一時語塞，他們來得突然，得知父親昏過去後，問香滿樓掌櫃和小二幾句，說是父親吃了沈玉蓉的菜，才昏倒的。

王家二兒子聽了這話，讓哥哥照顧王太師，轉身換了朝服，來宮中請王皇后做主。

王家大兒子怕弟弟魯莽，也跟來了。事情真相如何，其實他們並不知道。

「就是妳！我父親是吃了妳送的東西才昏迷的。妳嫉妒香滿樓的生意，便施毒計殺害我父親。」王家二兒子憤恨道。

沈玉蓉聳聳肩，滿不在乎地說：「我沒做過就是沒做過，告狀要有證據。」對明宣帝行禮。「請皇上還我清白，順便治王家誣告之罪。」

「如今是公說公有理，婆說婆有理，事情究竟如何，還有待查證。來人，宣李院正，讓他去王家一趟，看看太師如何，並查清太師為何昏迷，是中毒，還是被氣昏的。」明宣帝背著手道。

劉公公應了聲，退下去辦。

明宣帝又對王家的兩個兒子說：「既然來了，就在這裡等著吧。」不讓王家人出去通風報信。

王家這邊，王太師是怒急攻心，一時血氣不暢，才昏過去。

府醫幫王太師施針，他便醒了，聽聞兩個兒子去了宮中，又急又氣，指著王夫人道：「糊塗！糊塗呀！」

他明明是被氣昏的，多少雙眼睛看著呢。再說，剩下的涼皮全被齊鴻曦那個傻子吃了，齊鴻曦無礙，單單他中毒，實在說不過去，太醫院來人一查便知。但兒子們已經進宮，說什麼都晚了，唯今之計只有圓謊。

王夫人也著急，辯解道：「兒子們是擔心你，看著你被抬回家，以為出了大事，把我嚇得魂不附體。要是你有個三長兩短，讓我怎麼活啊？」說著說著，嚶嚶哭起來。

王太師最不喜歡三長兩短這詞，猛地打斷王夫人的話。「行了，別說了，讓我好好想想對策，等會兒宮裡該來人了。兒子們說我中毒，若沒中毒，那就是誣告，皇上又偏心謝家那個悍婦，到時候……」

他不敢想，越想越心驚，得趕緊想出辦法才行，腦海中倏地靈光一閃，頓時有了主意，命人喚來府醫，開一副藥給他服用，要症狀看著凶險，且不傷身子的，先救兒子再說。

府醫很快來了，聽了王太師的話，嚇得腿一軟，匍匐跪倒在地。「太師，您饒了小人吧，小人真的不敢呀！」

事態緊急，王太師來不及多解釋，逼著府醫開了方子，立刻命人抓藥去煎。

他剛服下藥，李院正便來了，劉公公還親自陪著。

劉公公的藉口很簡單，明宣帝擔心王太師，命他來瞧瞧，實際上是看王太師是否中毒。

李院正替王太醫診脈，心下大驚。來的路上他問過劉公公，沈玉蓉應該不會說謊，那為何王太師中毒了？

王夫人擔憂王太師，問道：「李大人，我家老爺到底怎麼了，為何去了趟酒樓，回來就昏迷不醒？」

李院正捋著鬍鬚，沈吟片刻，瞥見桌上有一只玉碗，碗中似乎有藥，又看王夫人，見她神色緊張，一顆心全放在王太師身上，遂使了個眼色。

劉公公會意，不動聲色將碗收入袖籠中。

李院正道：「太師中毒了，下官開一劑解毒的藥，吃下去就無事了。」留下方子，跟著劉公公離開。

等上了馬車，劉公公把碗交給李院正，李院正聞了聞，點頭笑了。「真是聰明反被聰明誤啊。」

劉公公明白了，笑著道：「咱家會如實向皇上稟報。」

御書房裡，所有人都在等李院正。沈玉蓉無所事事，長公主便拉著她下棋。

沈玉蓉欣然答應。「殿下，我棋藝不好，您可莫要嫌棄。」

「不嫌棄，我看重妳的人，而不是妳的棋藝。」長公主手執黑子，讓沈玉蓉先下。

沈玉蓉也不客氣，落下白子。「做飯我在行，下棋我不行。看在我是晚輩的分上，長公主可要讓著我。」

結果，長公主棋藝非凡，比莊如悔要好，連續贏沈玉蓉三局。

沈玉蓉很沮喪。「長公主，您說話不算話，說好讓我的呢？」

莊遲笑道：「已經讓妳了，不然妳會輸得更慘。她能陪妳下三局，而且沒嫌棄，已給足了妳面子。」說著，端茶給長公主喝。

長公主自然而然地接了，沈玉蓉看著這一幕，實在覺得違和。按理說，大齊男尊女卑，應該是女人伺候男人，鮮少有男人服侍女人，還這麼自在的。

莊如悔湊過來。「妳看什麼呢？」

沈玉蓉小聲回答。「妳父母……」

「習慣就好。」莊如悔道：「將來我也要找個像我爹的，寵著我、愛著我、慣著我。」

沈玉蓉想說未必能遇見，劉公公便進來了，直接走到明宣帝身邊，在他耳畔低語幾句。

明宣帝點點頭，一直未開口，看著王家人半晌，才道：「王太師中毒了。」

沈玉蓉驚呼。「不可能，就算他中毒，也未必是我下的，說不定是他自己吃了毒藥，故意誣陷我。一把年紀了，壞事做盡，做出這事也不足為奇。」

明宣帝閉口不言，似乎在等王家人的答案。

王皇后道：「皇上，哥哥年紀大了，豈會對自己下毒，稍有不慎，可是要賠上性命。哥哥不傻，定不會做出這等蠢事。」

明宣帝笑了。「那碗涼皮，曦兒也吃了，為何曦兒無事，太師反而中毒了呢？」顯然不相信王太師，更不信任王家。

王皇后聲淚俱下，磕了個頭。「妾身知道皇上不滿王家，不滿太師，更不滿妾身當皇后，若皇上能秉公處理此事，妾身願意放棄皇后之位。」

明宣帝冷笑一聲。「妳威脅朕？」

「妾身不敢。」王皇后道。

「還有王家不敢做的事？」明宣帝冷冷地說。「既然覺得朕偏心，朕就公允一回，讓你們看看，論卑劣，誰能比得過王家。妳的皇后之位，還是自己坐吧，朕答應過太后，不會廢了妳的后位，朕說到做到。」

這是認定王家誣陷了，王皇后的心沈到谷底。她知明宣帝不喜歡她，可如此堂而皇之地說出來，真是打她的臉。

第七十七章

不等眾人開口，明宣帝喚來李院正，讓他說說王太師的病情。

李院正不敢有任何隱瞞，道：「臣奉命替王太師醫治，發現一件奇怪的事情。王太師肝火旺盛，好似是被氣昏過去。至於因何中毒，老臣也查出一些眉目。」

「你說說，你在王家看到了什麼？」明宣帝對劉公公道。

劉公公將那只玉碗拿出來，李院正指著碗說：「太師身上中的毒，和碗中的毒一樣。這只碗是從太師府拿出來的，太師剛用過。至於太師為何中毒，臣不敢妄言，得請太師解釋。」

王皇后聽了這話，癱坐在地。「不可能，哥哥不會做這種事。」

王太師的兩個兒子也極力辯駁，說王太師不會做這樣的事，定是有人暗害。

明宣帝又問劉公公。「這只碗是哪裡來的？」

劉公公實話實說，是從太師府拿的。李院正覺得這碗有問題，請他帶回來。

明宣帝深吸一口氣，看著王家人。「你們還要辯解嗎？這樣吧，李院正已經幫太師開了解毒的藥，一切等太師醒來再說。」

沈玉蓉很機靈，忙跪下磕頭，感謝道：「皇上公正無私，清正廉明。大齊有皇上這樣的明主，是大齊之福。」

明宣帝淡然一笑。「行了，起來吧。真相如何，還需查證。朕說了，不會偏幫任何人，妳少灌迷湯，朕不吃這套。」

他話落，齊鴻曦肚子傳來咕嚕聲。

明宣帝問什麼時辰了，劉公公回答，已經過了午時。

明宣帝讓人擺膳，命王家兩子也留下吃飯。王皇后想回去，被明宣帝攔住了。

明宣帝冷笑一聲。「都留下，誰也不許出去。」

王家人立刻明白明宣帝的意思，這是不准他們通風報信，顯然不信任王家。

王皇后暗恨，只得留下。

用過午膳，齊鴻曜帶了幾個人回來，有香滿樓的李掌櫃，也有幾個食客。

明宣帝問了幾個食客，幾人回答一致，王太師是被沈玉蓉氣昏的，並不是下毒。

王太師的兩個兒子等在偏殿，如坐針氈，急得滿頭是汗。王皇后也覺不妥當，想找人送信給王太師，可門口是侍衛，不准他們離開半步。

沈玉蓉幾人倒是自在，下棋的下棋，喝茶的喝茶，齊鴻曦還在御書房睡著了。

明宣帝也悠閒，一面批閱奏摺、一面和長公主說話，說的都是他們小時候的事。莊遲在旁邊聽著，偶爾跟著附和幾句。

明宣帝嘲笑長公主，對著莊遲那張臉十多年了，也不覺厭煩。

長公主理所當然道：「當然，還越看越喜歡。」

莊如悔聽見這話，捂住臉跑出去，道：「娘啊，您等會兒再說，先讓我去避一避。」在家是這性子，怎麼進了宮也未改改。她爹就是忠犬些、臉好看些，真沒看出還有哪裡好。

長公主若聽見這話，準會說，老娘就是喜歡那張臉，怎麼，有意見？

莊如悔嘴上從來不敢有意見，只能默默離開。

到了掌燈時分，太監來報，說王太師醒了，被人抬著匆匆趕來。

明宣帝讓王太師進來，不給他開口的機會，便問他為何昏倒，為何中毒？

王太師琢磨著明宣帝的話，顯然明宣帝認為昏倒不是中毒所致。

他悄悄望向王皇后，王皇后沈默不言。又看兩個兒子，兩個兒子偷偷瞄明宣帝一眼，不知該如何開口。

沈玉蓉見王太師看向王皇后三人，不給他們串供的機會，開口道：「太師，皇上問您話呢，可要想清楚了再回答，否則就是欺君之罪。」

王太師惱恨地看著她，思忖片刻，回答道：「臣不知因何中毒，至於為何昏倒，臣也不知。聽拙荊說，李院正為老臣診治了，應該很清楚。」把球踢給李院正。

李院正抬眸看明宣帝，不知該如何接話。

明宣帝哦了聲，對李院正道：「你來說說，你在太師府看到了什麼？」

李院正說了玉碗的事，王太師聞言，內心驚懼，暗怪王夫人辦事不力，把重要的證據留下來。也怪他太著急，沒把事情說清楚。

沈玉蓉轉頭看王太師。「大意了，收尾不夠乾淨。」

王太師狠狠瞪沈玉蓉一眼，連忙跪下。「老臣實在不知。」

明宣帝拿起茶杯，砸向王太師。

「不知，朕看你清楚得很。你所中之毒，和碗中的毒一樣，難道是別人跑到你家，對你下毒後留下證據？還是你覺得，朕蠢得無可救藥？

「香滿樓的掌櫃、夥計，還有食客全看見了，說你是被氣昏，王家卻反咬一口，說有人下毒。如今人證物證俱在，你們還想抵賴，是欺負謝家無人，還是覺得朕軟弱無能，可以隨意欺騙？」

王太師父子和王皇后聽了，忙跪在地上，高呼不敢。

明宣帝笑了，擺擺手。「事情都清楚了。王家誣陷謝家，賠謝家大少夫人五萬兩銀子。這事就過去吧，朕不想追究。」

沈玉蓉聽見這話，心裡樂開了花，對明宣帝誇了又誇，隨後告退出去。

她走到殿外，對莊如悔道：「咱們又賺了。」

莊如悔不以為意。「是妳賺了。皇帝舅舅說，銀子是給妳的。好好種地，別讓他失望。」

沈玉蓉甜甜一笑。「這是自然。」

齊鴻曜也對沈玉蓉道了句恭喜，這局與王家的對弈，沈玉蓉又贏了，不僅如此，還讓明宣帝找到處置王家的機會。若他沒猜錯，王皇后的位置能保住，王太師的官位就難說了。

王皇后也領著王家兩個兒子出來，經過沈玉蓉身邊，眸中盡是殺意。「好，妳很好。」

沈玉蓉淡然一笑。「謝謝皇后娘娘誇獎，我這個人就喜歡銀子，有了銀子，一切好說。你們若是有錢，可以多送點，誰怕錢多啊。」

王皇后冷哼一聲，帶著王家兩個兒子離去。

沈玉蓉一行人也離開了皇宮，沈玉蓉要回謝家，齊鴻曦道：「表嫂，天色已晚，我送妳回去吧。」

「娘應該還在宮門口等我，我們一起回去。若是不能出城，就去天下第一樓歇一晚。」沈玉蓉道。

齊鴻曦不想讓沈玉蓉去酒樓，道：「姨母也來了，就去我的墨軒殿，我也想姨母了。」

沈玉蓉覺得不妥。「皇后恨死我了，待在宮裡不安全，我們還是回去吧。」

齊鴻曦也瞧見了王皇后的眼神，沒再勉強，送沈玉蓉出宮。

長公主瞥向齊鴻曦。「行了，有我呢，我帶她出宮。累了一天，你也回去歇著吧。真是個傻子，都不知道累嗎？」

明明是關心的話，長公主出口卻有些傷人。

齊鴻曦害怕長公主，往後退了退。

莊如悔看不下去了，埋怨道：「娘，您忘記答應我的了？」

長公主甩袖離去，莊遲跟上，小聲哄著。「臻兒，今天晚了，不回去吃了吧。咱們去第一樓如何？我想吃那裡的飯菜了。」

「依你。」長公主並非要為難齊鴻曦，而是做給宮裡人看的。

莊如悔安慰齊鴻曦幾句，拉著沈玉蓉出了宮。

宮門口，謝夫人還在馬車上等著，若非不時有人送信說沈玉蓉安好，她早等不下去了。

沈玉蓉出了宮，找到謝夫人，安慰她。「娘，一切都解決了，王家賠了咱們銀子，咱們回去吧。」

謝夫人看看天色。「這時回去，城門也關了。我已經讓人送信，今兒咱們不回去，去侯府住。」她有些東西要給沈玉蓉。

再說，侯府還有他們的院子，裡面有幾個灑掃婆子，被褥什麼的也會定期晾曬，什麼都是現成的，比外面安全些。

武安侯府是五進帶東西跨院的宅子，武安侯臨終前，把東苑分給衍之，正院給謝老夫人，西苑給二房。待謝老夫人百年後，正院歸謝夫人所有。

沈玉蓉不想去侯府，也不想見謝家老夫人，那是個難纏的角色。她不怕自己受委屈，就怕謝夫人受委屈。

謝夫人拉著她上車。「無礙，咱們有院子，若住在天下第一樓，怕落人口實。不就是一晚嗎，無礙的。再說，這個時辰老夫人早睡下了，想為難我也是明日早上的事。明早咱們就離開，請個安而已，不礙事。」

沈玉蓉不好反駁，只能應下，跟著謝夫人了。

到了侯府，沈玉蓉下車，上前敲門，敲了好一會兒，一個小廝才出來開門，見沈玉蓉有些陌生，穿戴不俗，氣質高雅，便問：「您找誰？」態度十分客氣。

謝夫人掀開簾子下來。「是我。今早有事進宮，天色已晚，出城不便，回來歇一晚。」

小廝是府中的老人，認識謝夫人，當即開門迎她們進去，還找燈籠替謝夫人打著。

「夫人，天黑路不好走，奴才送您吧。」

「不必了，你去歇著吧，我認得路。」謝夫人道。

沈玉蓉接過小廝手中的燈籠。「去吧，有我呢。」

小廝應是，點頭離開。沈玉蓉笑著說：「我還以為進府不易呢。」

「這小廝是老夫人的人，幸虧今兒是他當值，若是換成二房的人，咱們進門還真不容易。」謝夫人解釋道。

兩人回到東苑，丫鬟跟婆子都睡下了，聽見謝夫人喊開門，出來應門見是謝夫人，歡喜得跟什麼似的，又見站在她身邊的沈玉蓉是張生面孔，卻不像丫鬟，猜是謝衍之的妻子。

「這位是大少夫人？」

謝夫人說是，丫鬟跟婆子笑著把人迎進去，準備水，伺候謝夫人和沈玉蓉歇下。

第七十八章

西苑內，謝二夫人院中，一個婆子拍門進來，直接找謝二夫人。

謝二夫人剛睡下，聽見婆子要見她，便知有事，命她進來。

這婆子是她的陪嫁，最是忠心，說謝夫人回府，在東苑住下。

「當真？」謝二夫人有些不敢置信。「大房怎麼突然回來了，還是這個時候？」

婆子道：「只有侯夫人和謝衍之的媳婦，幾個小的並未回府。」她睡不著，去前院看看兒子，偶然見到謝夫人和沈玉蓉，才來西苑稟報一聲，順便領些賞錢。

謝二夫人很興奮，擺擺手。「先不管這些，幾個小的不回來正好，看這次誰能護著墨氏。明天就瞧好戲吧。」墨氏是侯爺夫人又如何，在婆母面前不得臉，還不是被磋磨。

婆子忍不住提醒。「那世子夫人不好惹呀！」

謝老夫人去第一樓那日，她也跟著去了，親眼見沈玉蓉將謝老夫人哄住。謝二夫人想為難侯爺夫人，有世子夫人在，怕是不好辦。

謝二夫人垂眸思量，道：「無礙，不就是小丫頭。上次在外面，婆母顧忌謝家臉面，這次不一樣。」她相信婆母也不喜歡沈玉蓉，定會找麻煩，沈玉蓉自顧不暇，還怎麼幫墨氏。

沈玉蓉與謝夫人同睡一張床，因為換了地方，很難入眠，到了後半夜才漸漸睡去。謝夫人擔憂了一日，精神一直繃著，洗漱後，躺在床上便睡著了。

翌日一早，沈玉蓉被謝夫人喊醒，還有些迷糊，半睜著眼道：「娘，什麼時辰了？」

「已經過卯時，老夫人快起床了。雖分家多年，不必日日去請安，但今日來了，少不得去一趟。」謝夫人拿衣裙給沈玉蓉。「這是我在閨閣時的衣裳，沒穿過，妳湊合著穿吧。」

沈玉蓉揉著眼睛起來，見衣裙是鵝黃色的，微微皺眉。「這顏色太豔了些，我穿不合適吧。」她皮膚白皙，鵝黃色正好相稱，可沈玉蓉從未穿過鵝黃色。

謝夫人已經穿戴妥當，拉起她，拿著衣服在她身上比劃著，又喊丫鬟送水進來。

丫鬟見狀，詫異的同時，對沈玉蓉更看重幾分。看來謝夫人很喜歡這個媳婦，不然怎麼會幫她更衣，只有幾位小姐才有這樣的待遇。

謝夫人替沈玉蓉穿好衣裙，滿意點頭。「很好，挺合適，庫房裡還有不少料子，是上好的蜀錦和絲綢，等會兒走時都搬上。天氣熱了，正好替妳做幾件衣裳。」

沈玉蓉道謝，洗漱完被謝夫人按在妝臺前。「今兒我幫妳梳一個好看的髮髻。」

平日沈玉蓉覺得麻煩，總是梳最簡單的髮式。這次在侯府，謝夫人不想讓人因為裝扮而看輕她。

沈玉蓉如同往常要謝夫人梳簡單的，謝夫人點點她腦門。「我幫妳梳頭都不嫌麻煩，妳倒是嫌。就梳凌雲髻，攢上頭飾，戴上瓔珞、耳飾、鐲子，才顯雍容華貴。」

她早已準備好首飾，拿出一只雕花檀木盒打開，裡面全是赤金步搖、珠釵、金簪、翡翠鐲子、瓔珞、手串，一應俱全，明晃晃的，差點閃瞎人的眼。

沈玉蓉忍不住驚嘆。「娘，這些是？」還以為謝家窮得叮噹響，吃了上頓沒下頓呢。這些首飾，無論質地跟花樣都是上乘，隨便拿一件出去，都值不少銀子。

謝夫人幫她戴上赤金瓔珞，笑著道：「這些都是我閨閣時戴的。我有六個孩子，分成六份，這是妳的那一份。」

謝夫人未說，沈玉蓉的那份裡有她嫂子的嫁妝，藏在侯府的暗格中，一直沒有找到合適的時機給沈玉蓉，這次終於有機會了。

沈玉蓉真以為是謝夫人給她的，連忙說了幾聲謝謝。

謝夫人摸摸她的頭髮，從銅鏡裡看著沈玉蓉，笑著道：「傻孩子，只是幾樣首飾，也值得妳謝了？真想謝我，就替我們謝家生個孩子，不拘男孩女孩，我都喜歡。」

沈玉蓉紅了臉，腦海中又閃過謝衍之的容顏，鬍子遮住半張臉，親她的時候還扎人，她才不幫他生孩子呢。

謝夫人見她臉頰緋紅，便知她喜歡謝衍之，不再打趣，帶著她去正院向謝老夫人請安。

為了給謝夫人難看，謝二夫人已經先到了一會兒，可謝老夫人還未起來。

謝夫人來得不算遲，還是被謝二夫人諷刺一番。「喲，這不是大嫂嗎，莊子住不下了，要回來嗎？」

「這是我家，我願意回來就回來。提醒二弟妹，別忘了這是哪裡。」謝夫人是長嫂，自有長嫂的架子。論理，是二房該搬出去，武安侯大度，讓二房留下，就該記得自己的身分。

謝二夫人語塞，自知理虧，說不過謝夫人，把矛頭指向沈玉蓉。見沈玉蓉裝扮高貴大器，頭上戴的、脖子掛的，她都不曾見過，嫉妒得眼珠子都快掉出來了，忍不住諷刺幾句。

「金光閃閃，不知道的，還以為沈家是暴發戶呢。」

沈玉蓉假裝聽不懂，抬起手腕，露出碧玉手鐲，笑著道：「我只當二嬸在誇我，喜歡我的首飾，卻買不起，羨慕嫉妒了。」

「真是厚顏無恥。」謝二夫人冷哼。

她可不希望大房回來，大房不回來，侯爺的位置還有可能落到二房，否則二房永遠出不了頭。這些年，她攀關係、走後門，不知送了多少禮，為的就是武安侯的爵位。只要謝衍之一日未繼承侯府，他們二房就有機會。

沈玉蓉向謝二夫人行禮，道：「臉皮自然比不上二嬸，這侯府一分為三，東苑是我們的，我娘想回來就回來，您呀，還是操心操心自個兒吧。昨天我和娘進宮了，遇見王太師，他又被皇上訓斥，還得賠給我五萬兩。您說，他能保住太師的位置嗎？」

謝家二房與太師府走得很近，多次攀附王家，如今大樹要倒了，謝二夫人不急才怪。

果然，謝二夫人急了。「妳說的可是真的？」

沈玉蓉見她不信，笑著點頭。「千真萬確，不信您找二叔去打聽打聽。」謝二夫人就是根攪屎棍，不把她弄走，辦事麻煩。

謝二夫人心急如焚，留下一個丫鬟跟謝老夫人說一聲，帶著人走了。

這時，屋內傳來謝老夫人的聲音，讓謝夫人和沈玉蓉進去。

謝夫人深吸一口氣，猶豫片刻。

沈玉蓉知謝夫人怕謝老夫人，挽著她的胳膊，湊到她耳旁小聲道：「娘，我在呢，不會讓人欺負您。」

謝夫人點點頭，帶著沈玉蓉進去。

兩人進去，先向謝老夫人行禮。

謝老夫人不喜謝夫人，面色不豫，沒讓她們起身，躺在榻上哎喲一聲，準備發難了。

謝老夫人身邊的嬤嬤道：「這些日子，老夫人心情不暢，肩膀和腿都疼，晚上也未睡好，頭也不舒坦。」話裡話外，想讓謝夫人和沈玉蓉幫忙揉揉。

「呀，祖母病了嗎？趕緊去請太醫。對了，我認識太醫院的李院正，昨兒他還幫太師診脈呢。王太師昏迷不醒，王家人非說我下毒害他，到宮裡告御狀，皇上派李院正去太師府看看王太師，後來您猜怎麼著？」沈玉蓉一驚一乍地說著。

她知道謝老夫人是裝的，自然不會幫她揉肩捶腿，那麼多丫鬟跟婆子，讓她們去揉，有意為難她們，門兒都沒有。

謝老夫人還真被嚇了一跳，指著沈玉蓉道：「妳對王太師下毒?!當初我就說不能娶妳，妳剛嫁進來就闖禍，這是禍害我們謝家一門呀。」

她也聽說沈玉蓉和王家的恩怨，可沈玉蓉太大膽，竟敢下毒害王太師，真是嫌命長了。王家有太后和皇后撐腰，他們謝家惹不起。

沈玉蓉站在一旁，看向謝老夫人，表情滿是幽怨。「祖母，您想到哪兒去了，太師是何人，我怎麼敢下毒，誤會一場，都查清楚了，您把心放回肚子裡吧，孫媳做事有分寸，絕不會連累謝家。對了，您的胳膊跟腿不舒服是吧，我這就去請李院正，也不知他可有空。」

謝夫人在一旁幫腔。「還是莫要叨擾李院正，李院正忙，畢竟王太師故意服毒誣陷妳，李院正還要作證，這會兒怕是沒空。」

她倆有一句、搭一句地說著，謝老夫人聽得雲裡霧裡，便問到底發生了何事。

沈玉蓉說出昨日的經過，末了又道：「祖母，案子還剩些尾巴未處理，皇上還等著呢，我們耽擱不得，這就進宮去了。」

謝老夫人哪還敢攔，擺手讓她們離開。

出了謝老夫人的院子，沈玉蓉噗哧一聲笑出來，挽著謝夫人的胳膊，親暱道：「娘，祖母就是隻紙老虎，您何必怕她。硬的不行來軟的，軟的不行，用心眼。」

謝夫人點點沈玉蓉的額頭。「妳呀！」

等沈玉蓉和謝夫人離開，謝老夫人問身邊的嬤嬤。「妳說，王家是不是要倒了？」聽沈玉蓉說的，明宣帝明裡暗裡偏袒大房，若二房再與王家走得近，怕要禍及全家。

謝老夫人越想越覺不妥，連忙命人去喚謝二爺回來。

謝家二房如何，沈玉蓉不知，她與謝夫人在街上逛了一圈，買些布疋首飾及吃食。又去長公主府找莊如悔，在她耳旁低聲幾句，便回了謝家莊子。

坐上馬車，謝夫人問沈玉蓉。「妳找莊世子可有事？」

沈玉蓉笑了笑。「王家吃了大虧，怕是不會輕易給我錢，所以請世子幫個小忙。」

謝夫人見她有主意，便不多問了。

謝家莊子裡，謝淺之領著弟弟妹妹等在正廳，見沈玉蓉和謝夫人遲遲不歸，急得來回踱步，時不時看向門口。這都一天一夜了，還未回來，不會出什麼事吧？

謝瀾之等不了了，轉身出去。「不行，我不等了，我要進宮去瞧瞧。」

話落，梅香從外面進來，滿臉堆笑，喊著。「回來了，大少夫人和夫人都回來了。」

聽了這話，幾個孩子飛奔著出去，到門口迎接沈玉蓉和謝夫人。見兩人無礙，謝淺之喜極而泣，一把抱住謝夫人。「娘，妳們總算回來了，我們都嚇死了。」

謝沁之和謝敏之摟著沈玉蓉，感謝神佛一番。

沈玉蓉拍著她們的頭。「我無事，那是因為我機靈，跟神明沒有關係。」

眾人聽了這話，都笑了。一行人進了謝家莊子，還未喝口茶，婆子來報，說沈玉蓉家裡來人，要見她。

沈玉蓉便問是誰來了，婆子道：「除了大姑娘外，都來了。」

「行了，我知道了，妳下去吧。」沈玉蓉說完，迎出門口，在二門處遇見沈家人。

沈家人見沈玉蓉無恙，便問昨日的事。

沈玉蓉一一說了，寬慰沈家人，還道王太師偷雞不成蝕把米，得賠她五萬兩呢。

沈父嘆息。「王太師此人睚眥必報，從宮裡回去就病了。王家人都不好惹，想來不會放過妳，妳做事小心些，莫讓他們抓住把柄。」

沈玉蓉點頭應了，又安慰沈父幾句，帶人去了棲霞苑。

張氏跟在沈玉蓉和沈父後面，道：「王家太不要臉了，搶妳的生意不算，還想訛妳。」

沈玉蓉笑起來。「您說對了，結果反而要賠我五萬兩。哎，其實我也不想要銀子，是皇上覺得謝家窮，才如此安排。名義上是我的，其實是給謝家的。」

沈玉芷笑嘻嘻道：「好多銀子，若是讓大姊姊知道了，定嫉妒得發狂。」打算回去就到沈玉蓮跟前炫耀去。

沈玉蓉看出她的打算，對她眨眼。這個妹妹太懂她的心思，她就是這樣想的。

第七十九章

沈家人好不容易來一趟，沈玉蓉本想進廚房一展廚藝，可張氏拉住她，說讓下人去做便是，他們難得能聚聚，多說一會兒話。

廚娘得了沈玉蓉的真傳，知道沈玉蓉娘家來人，拿出十二分本事，做了一桌席面，共二十道菜，讓沈家幾人驚呆了。

沈父高興，想喝幾杯，謝瀾之和謝清之作陪，一個勁兒勸酒。酒足飯飽後，沈父喝多了，平日不言不語，藉著酒勁說了不少話，話裡話外感激謝家。

沈謙更高興，姊姊在謝家過得好，他便知足了，陪在沈父身邊，描補沈父的話。

送走謝家人後，王家來人送銀子，整整十箱，放在門口喊了一聲。「五萬兩銀子放在門口了，你們自己搬進去吧。」說完就走了。

王家人用意險惡，銀子送到門口了，卻想要謝家人自己抬進去，再大聲宣揚。十箱銀子明晃晃進了謝家，有心之人豈不惦記。謝家都是婦孺，想要保住這些銀子，怕是不能。

沈玉蓉並不惱，銀子都到了門口，她沒有不要的道理。

謝家人見狀，有些擔心，紛紛看向沈玉蓉，想知道她怎麼辦。

沈玉蓉淡然一笑，對著遠處喊了聲。「出來吧。」

話落，樹林中出現一隊人，這隊人的隊長，謝瀾之認識，上次曾幫忙守山。

沒錯，沈玉蓉猜到王家用心險惡，定會找麻煩，便請莊如悔派一隊人來幫忙。

隊長帶著幾十人過來，對沈玉蓉行禮，問有何指示。

沈玉蓉指指地上的箱子。「煩勞各位大哥把這些銀子抬進城，暫放長公主府，世子若有空閒，就幫我換成銀票，之後再上門去取。」又從懷裡掏出一張銀票，塞進隊長手中。「辛苦兄弟們了，這錢請各位兄弟拿去補貼家用。改日我在天下第一樓作東，請大家吃酒。」

隊長接下道謝，把東西抬上馬車離開。他們一行人最喜歡幫沈玉蓉辦事，態度好，給銀子大方，關鍵是將他們當人看。

沈玉蓉望著遠去的一行人，勾唇笑了。「等會兒還有人來。」

幾個孩子對沈玉蓉佩服得五體投地，已到崇拜的地步。嫂子說啥就是啥，從不反駁。說等會兒來人，一定會來人，又問是誰過來。

沈玉蓉笑了笑。「曦兒呀，來送消息給咱們。你們想，王太師誣陷我，皇上昨日留下他，定不會輕易饒恕。今兒要為難咱們，也未達成目的，豈不氣得昏過去。」

謝瀾之和謝清之笑了。「嫂子說得對。」

沈玉蓉的確沒猜錯，傍晚時分，齊鴻曦到了，說要住下。

沈玉蓉看向小三子。「皇上可答應？」

小三子笑著回答。「自然是答應的，要不不會讓殿下現在過來。殿下有好消息要告訴大少夫人，迫不及待，非要今兒來。」

沈玉蓉準備去廚房做飯，一面走、一面問：「可是王家的消息？」

小三子道：「大少夫人真是神了，正是王家的消息。」

齊鴻曦打斷小三子，跟在沈玉蓉身後說：「昨兒王太師回去就病了，今早辭了太師一職。我出宮時，聽聞王家請太醫了，據說王太師昏過去，卻不知因為何事。」

謝瀾之和謝清之聞言，捧腹大笑。「果真如此，嫂子，妳可真神了。」怪不得王太師氣昏過去，要是他們，也會氣得不輕。

沈玉蓉進了廚房，說：「這是好事。你們去鄭家一趟，把鄭先生請來吃飯，以後他可能是咱們大姊夫了。」

齊鴻曦聽了這話愣住了，半晌才反應過來。「鄭勉要成為咱大姊夫？這話怎說？」

鄭勉要娶誰，難道是謝淺之？這個混蛋，果真目的不單純，居然敢妄想謝淺之！

想明白這些後，他回答一句。「我去請，許久不見秋兒，我想他了。」

「殿下，等等奴才。」小三子覺得不對勁，轉身跟上。

沈玉蓉也覺得哪裡怪怪的，齊鴻曦話中似暗含殺意，囑咐謝瀾之和謝清之跟上去看看。

謝瀾之和謝清之連忙去追。齊鴻曦跑得很快，一轉眼便出了謝家莊子，朝鄭家去了。

秋兒正幫鄭勉做飯，鄭母眼睛好了，想幫忙。鄭勉不讓她動手，若不行，就買人伺候。鄭母一生勤儉，捨不得花錢，非要自己做。鄭勉不肯讓母親受累，在家時都是他做飯。

秋兒洗了摘好的菜，叨念道：「不知沈姊姊回來了沒有？」

鄭勉說：「回來了，方才在田間看見她，滿臉喜色，應該沒吃虧，還讓別人吃大虧。」

秋兒眉梢帶笑，誇讚道：「沈姊姊就是厲害，做飯厲害、種田厲害、養魚厲害，連對付壞人也厲害。」停頓一下，看向鄭勉。「不過，我還是喜歡謝大姊姊。爹，您何時娶謝大姊姊，謝大姊姊也會做好吃的。」

不等鄭勉答話，齊鴻曦推門進來，怒氣沖沖地走到鄭勉跟前，指著他道：「姓鄭的，你要娶我表姊？」

鄭勉知道齊鴻曦心智不全，又見他面色不豫，不敢胡亂回答，岔開話道：「六公子怎麼來了，可吃了晚飯？若是沒吃，便在寒舍將就一頓。」

齊鴻曦抬腳，直接踹在鄭勉肚子上，把人踹得老遠，跌倒在地，隨即撲上去，拳頭如雨點般落在鄭勉身上。「好個登徒子，竟敢妄想我表姊。就算你是狀元又如何？都娶妻生子了，還敢腆著臉娶我表姊，你混帳！」

一切發生得太快，祖孫始料未及。鄭勉捂住頭，極力解釋。「六公子，我想您誤會了。」

秋兒和鄭母反應過來，連忙上前拉住齊鴻曦。鄭母讓他不要打了，有話好好說；秋兒一面哭、一面解釋道：「曦兒哥哥，求你別打我爹爹。他身子剛好，你會把他打壞的。」

齊鴻曦才不聽這兩人的，繼續揍鄭勉，手下的力道更重了。

謝瀾之、謝清之和小三子跑進鄭家，見齊鴻曦按著鄭勉打，忙上前要他住手。

齊鴻曦是執拗脾氣，認定鄭勉是登徒子，絕不會放過他，就算被謝家兄弟拉著，也踢鄭勉好幾腳，嘴裡罵著。「混蛋，癩蛤蟆想吃天鵝肉，妄想我大表姊，和郭品攸一樣無恥！」

謝瀾之和謝清之拉住齊鴻曦，小三子和鄭母把鄭勉扶起來。

鄭勉覺得渾身疼痛難忍，俊美的臉龐擰在一起，吐了口血水，忍著痛道：「我心儀謝家大姑娘，想娶她為妻，情真意切，不敢有半分虛言，還望六公子成全。」

「放屁，你連孩子都有了，要我大表姊當續弦，休想！」齊鴻曦咆哮著，想掙脫謝瀾之和謝清之，打算再揍鄭勉一頓。

鄭勉臨危不懼，挺直背脊。「六公子誤會了。我家情況我早已和謝夫人說過，秋兒是我大哥的兒子，我不曾訂親，更未曾娶妻。我大哥只秋兒這個獨苗，將來不會記在我名下。我答應謝夫人，若此生無子，亦不會納妾收房，就將秋兒撫養成人，繼承鄭家香火。」

齊鴻曦詫異。「你說的可是真的？」

無妻無子，又是狀元，發誓不納妾、不收通房，貌似也不錯。有他看著，若鄭勉敢耍花樣，他就弄死鄭勉，讓大表姊再嫁。

「絕無虛言。若違背，願天打雷劈。」鄭勉點頭道，牽動了傷口，疼得齜牙咧嘴。

秋兒早知自己身世，說：「我很喜歡謝大姊姊，絕不會讓爹欺負她，曦兒哥哥放心。」

齊鴻曦冷哼一聲。「叫什麼哥哥，叫舅舅。」這變臉之快，無人能比。

鄭勉聞言，眸中一亮，齊鴻曦這是答應了，頓覺身上的傷不疼了，轉身要回屋做飯，讓齊鴻曦留下來吃。

齊鴻曦掃視鄭家小院，滿臉嫌棄。「連個丫鬟婆子都沒有，大表姊嫁進來，伺候你們一家嗎？」他知道鄭家有錢，不是買不起丫鬟，不然也不會如此說。

鄭母當即道：「明兒就去買，不會委屈了謝家大姑娘。」呵呵地笑起來，還問謝淺之喜歡什麼，她都準備好。

齊鴻曦這才勉強滿意，對小三子使眼色，領頭走出謝家，謝瀾之和謝清之抬腳跟上。

小三子拿出一錠金子，塞進秋兒手中。「我家主子腦子不清醒，你們別介懷。這算是賠禮，買糖吃吧，順便再替你父親抓點藥。」

秋兒握著金錠，看向鄭勉，不知所措。

鄭勉道：「你就收下吧。」他清楚齊鴻曦的脾性，不容拒絕，不收說不定又要鬧事。

鄭母見齊鴻曦走遠，連忙檢查鄭勉的傷勢，心疼念叨道：「早知謝家不好惹，咱們就不娶了。」她後悔呀，怕婚後生事端，吃虧的是她兒子，動不動被打一頓，到時候找誰說理？

齊鴻曦不知鄭母有這種心思。回到謝家，便問沈玉蓉。「表嫂，飯可做好了？曦兒餓了。」一隻字不提鄭家的事。

沈玉蓉見謝瀾之欲言又止，問道：「你們做什麼去了？」

謝瀾之看齊鴻曦，一言不發。謝清之也不開口。

肯定有事。沈玉蓉挑眉，問齊鴻曦。「曦兒說說，剛才你跑出門做什麼去了？」

齊鴻曦愣怔片刻，嘴巴半張不張，口齒不清道：「沒做什麼，就是打了一個人。」

沈玉蓉立刻想到是誰。「鄭勉？」方才齊鴻曦聽到鄭勉的名字就跑出門，定是去找他。

齊鴻曦低著頭，彷彿做錯事的孩子，腳下踩著一顆小石子，踢來踢去，一言不語。

沈玉蓉問了幾次，不見他答話，便問謝瀾之。「鄭勉如何了？」

謝瀾之瞥齊鴻曦一眼，一字一頓道：「鼻青臉腫。」

「下手不算狠。」沈玉蓉走到齊鴻曦身邊，拍拍他的肩膀，安慰道：「打就打了，要娶咱們謝家的姑娘，不付出血的代價怎麼行？」

齊鴻曦聽了這話，揚起臉，眉眼彎彎，勾唇一笑道：「表嫂說的是。」

謝淺之過來，正巧聽見這話，心下納悶。「你們在說什麼？」

齊鴻曦藏到沈玉蓉身後，探出頭。「沒說什麼。」

沈玉蓉笑了。「鄭先生挨打了。」

謝淺之嚇一跳。「為何，誰打的？」問完，後知後覺地看著齊鴻曦。「你打的？」

齊鴻曦不敢承認，搖搖頭。「不是，是他自己摔的。」

謝淺之不信，卻不忍責備齊鴻曦，柔聲安慰他。「打就打了，無事，我去看看他。」轉身走了。

齊鴻曦望著她遠去的背影，忐忑道：「大表姊生氣了嗎？」

沈玉蓉搖頭。「應該沒有，下次不可莽撞了。你為何不願鄭先生娶大姊？」

「我以為他娶過親，不想讓大表姊當續弦。」齊鴻曦如實回答。

「真是個傻孩子。不問清楚就貿然出手，後悔了吧。」沈玉蓉道。

齊鴻曦抿唇不認錯，小三子打圓場。「我家殿下是關心大姑娘，少夫人原諒殿下吧。」

沈玉蓉進廚房，抓起刀切熟牛肉，道：「我可不認為他做錯了。男人呀，就像一輛破車，得定期修理，若不修理，心容易飄。」

謝清之和謝瀾之聽了愕然，異口同聲地問：「大嫂，如果大哥不老實，妳會修理他嗎？」

齊鴻曦和小三子也看向沈玉蓉。

沈玉蓉打量幾人，個個目光殷切，就等著她回答呢。

「你們想讓我修理，還是不想讓我修理？」

「得修理。」謝瀾之、謝清之和齊鴻曦鏗鏘有力地回答。心中只有一個信念，大嫂說的是——不聽話，就得被收拾。

第八十章

過了一盞茶工夫，飯菜做好了，吃飯時還不見謝淺之，沈玉蓉有些納悶，便問謝夫人。

「娘，大姊去哪兒了？」

謝夫人低頭喝湯。「去鄭家了。」

齊鴻曦聽了這話，低下頭，默默扒著飯。這都是他的錯。

沈玉蓉幫他夾了一根雞腿。「不是說了嗎？男人就應該收拾，省得以後不老實。吃菜吃肉，都是你愛吃的。」

齊鴻曦這才仰起臉，笑著道謝。

沈玉蓉知謝淺之去了鄭家，為免出事，讓梅枝去看看。她得罪了王家，王家人卑鄙，若是出損招就麻煩了。

謝淺之確實去了鄭家，還帶上做給秋兒的鞋子和糕點。

秋兒瞧見謝淺之，很是高興，拉著她進屋，一字未提齊鴻曦打人的事。

鄭勉在屋裡，聽見謝淺之來了，忙從床上起身，穿戴好出門，但一邊眼眶又紅又腫，唇角也瘀青一片，怎麼看都沒了往日的玉樹臨風、俊朗飄逸，多了幾分滑稽。

謝淺之笑出聲，故意問：「你這是怎麼了？」

「不小心摔了一跤，無礙。」鄭勉指了一張椅子，讓謝淺之坐下。

謝淺之未坐，把東西從籃子裡拿出來，交給秋兒。「這是做給你的衣服鞋子，且試試看。若衣服不合身，我再幫你改改。」

秋兒又驚又喜，接過鞋子摟入懷中，嘴裡嚷著。「不用試，肯定合。」

鄭母端茶進來，熱情招呼謝淺之，還問她吃飯沒有?若沒吃，便幫她做點兒去。

謝淺之不想麻煩鄭母，說吃了，又拿出傷藥塞進鄭母手中。「這是傷藥，效果不錯，您給他擦擦。曦兒不是故意的，他太擔心我，你們莫要怪他。我……我還有事，先走了。」說完這些，轉身出去。

鄭母握著傷藥，推了推鄭勉。「還不快去送送，難道被打殘了，還是腦子殘了？」這麼好的機會，豈能錯過，真是個傻小子。

鄭勉這才反應過來，一瘸一拐追出去，對謝淺之道：「我送送妳。」

謝淺之忙說不用，翠蕓在門口等著，她們可以一起回去。

鄭勉非要送，說她們是女子，夜裡黑燈瞎火的，萬一遇見歹人就麻煩了。

謝淺之見鄭勉堅持，也就由著他了。

翠蕓跟在兩人身後，見鄭勉關心謝淺之，小聲道：「姑爺對姑娘真好。」

謝淺之回頭瞪她一眼。「他何時成為姑爺了？」

翠蕓嘻嘻笑著。「早晚的事。除了咱們家的人和六公子，姑爺是我見過最好的人。」

鄭勉對謝淺之好，學問好，人長得也不錯。幸虧沈玉蓉幫著謝淺之和離，不然她還在郭家受罪呢。

鄭勉不敢看謝淺之，低下頭，紅著臉道：「我可以去提親嗎？」若是可以，他想明天就提親，快些把她娶回家。

謝淺之啐他一口。「誰說要嫁給你了。」轉身欲跑。

鄭勉拉住她的胳膊。「大姑娘，我是認真的，請妳嫁給我。我不納妾、不找通房，就算咱們沒有孩子也沒關係，我會守著妳，平平淡淡過一輩子。我這一生會對妳好，不看別的女子一眼，嫁給我可好？」

謝淺之愣住了，翠蕓讓謝淺之答應，正當謝淺之準備說話時，從暗處冒出兩個人，流裡流氣，說著污言穢語，要謝淺之跟他們走。

鄭勉當即把謝淺之拉到身後護著，道：「我攔住他們，妳和翠蕓快跑。」

謝淺之心跳飛快，腳下未動，聲音有些發抖。「你一個書生，他們人多，你不怕嗎？」

「怕，但是再害怕，也要保護妳。」鄭勉嚴肅道。

兩個劫匪嗤笑一聲。「一個小白臉也敢攔我們的路，簡直找死。先把你綁起來，再當著你的面，要了這小娘子……」

一言未盡，他們脖頸處閃過銀光，兩人倒地一動不動，顯然是死了。

翠蕓嚇得尖叫，鄭勉看向來人，小聲驚呼。「梅枝姑娘？」

來人正是梅枝，得了沈玉蓉的命令來找謝淺之，沒想到謝淺之真有危險。

梅枝收起劍，道：「大姑娘，大少夫人讓我來尋您。夜裡不安全，咱們盡快回去吧。」

謝淺之不放心鄭勉。「咱們先送鄭先生回家。」

鄭勉拒絕，他一個男人，不能讓姑娘保護。謝淺之非常堅持，還說他要是死了，她就嫁給別人。

鄭勉聽了這話，驚喜交加，也不推辭了，看著謝淺之傻笑。

謝淺之瞪著他。「傻乎乎的，哪有狀元郎的樣子。」

「我是別人的狀元郎，在妳面前我永遠傻，只要妳高興就好。」鄭勉臉紅心跳，艱難說出這些話。

謝淺之羞得臉頰緋紅，要他閉嘴。鄭勉立刻照辦，不再說一個字。

翠蕓和梅枝跟在後面，望著前面登對的兩人笑了。

翠蕓憋不住話，對梅枝道：「梅枝姊姊，妳看我家姑娘和鄭先生多般配。」

梅枝看謝淺之和鄭勉一眼，嗯了聲，算是回答。

翠蕓又說起謝淺之在郭家的事，如今得了一良婿，真是上天眷顧。

梅枝的回答依然是嗯。

將鄭勉送回鄭家後，回謝家去的路上，謝淺之叮囑梅枝，不可將這事說出去，免得家人擔憂。

梅枝想了想，道：「只告訴大少夫人。」這事可能是王家人做的，應該讓主子知道。

謝淺之點頭。

到家後，梅枝便把這事告訴沈玉蓉。沈玉蓉又驚懼，有些後怕，幸虧她讓梅枝過去，不然後果不堪設想。

「那兩個劫匪死了？」

她從未想過殺人，有些害怕，心裡也隱隱不舒服。不是因為梅枝殺人，而是覺得人命太不值錢。

梅枝點頭。「死了。」停頓一下又道：「將大姑娘送回來後，我又回去一趟，把屍體扔到深山裡。這兩人身上有血腥味，應該沾染過不少人命，死不足惜。」她是暗衛，對這事很敏銳，不會弄錯。

沈玉蓉深呼吸一口氣，緩了緩精神。「無礙，他們死有餘辜，妳做得很對。」那種人不死，會死更多好人。

因為這事，沈玉蓉興致不高，晚上早早便睡了，卻夢見兩個大漢向她索命。那兩人面目猙獰，看不清長相，卻一直跟著她，讓她驚醒，醒來才發現天還未亮。

梅枝聽見動靜，走進內室問：「夫人，您沒事吧，可是作噩夢了？」

沈玉蓉搖搖頭，掀開帳幔下床，來到桌邊倒杯茶，一口灌下去，瞬間清醒許多。「沒事，只是一個噩夢而已。」

鬼不可怕，可怕的是人，她早就明白了這個道理。

沈玉蓉睡不著，拉著梅枝說話，梅枝有問必答，只會嗯，或說夫人講得有理，我聽夫人的話等。

沈玉蓉覺得無趣，讓梅枝去睡，自己去了書房，準備寫一章《紅樓夢》，明日送去天下第一樓給莊如悔。

寫完一章，已過了卯時，沈玉蓉索性去廚房做早飯。

廚娘見沈玉蓉起得早，有些詫異。沈玉蓉解釋道：「睡不著，便起來了。」

齊鴻曦和謝瀾之兄弟也醒了，早起練了一會兒劍，聞見飯香，齊鴻曦扔下劍朝廚房跑來，嘴裡還喊著。「一定是表嫂下廚，我去看看。」

他來到廚房，見沈玉蓉果真在，樂得手舞足蹈。「表嫂最好，知道我在，早起做飯了。」又湊過去看看做了什麼，見是他愛吃的雞蛋餅、湯包、皮蛋瘦肉粥，又讚嘆一番。

謝家人吃完早飯，有婆子來報，說侯府來人了。

沈玉蓉和謝夫人對視一眼，他們來做什麼？沈玉蓉讓謝夫人在這裡等著，她去迎接。

「有誰過來？」沈玉蓉一面朝外走、一面問。

婆子道：「老夫人和二夫人都來了。」

沈玉蓉唇角微揚。「倒是齊全，定沒好事。」

剛出正院，沈玉蓉便瞧見謝老夫人和謝二夫人，被一群人簇擁著，朝這邊走來。

謝二夫人一面走、一面嫌棄。「這莊子還算不錯，就是小了些，不如侯府寬敞。」

沈玉蓉走上前，先向謝老夫人行禮，又接了謝二夫人的話，輕笑道：「二嬸說的是，我們莊子小，容不下您這尊大佛，還請您自便。」

謝二夫人語塞，想起今日來的目的，面帶微笑，揮了揮帕子，柔聲道：「姪媳婦說的是什麼話，上門是客，哪有把人往外趕的道理。」扶著謝老夫人的胳膊往屋裡走。

「不是我趕二嬸，實在是二嬸嫌棄我們這兒。」沈玉蓉道。

謝二夫人想說話，卻被謝老夫人打斷了，皺眉環視周圍，不見謝夫人在，冷聲問：「婆婆上門，做兒媳的也不出來迎接，有這樣當媳婦的嗎？」

沈玉蓉依舊淡然以對。「還請祖母見諒，昨夜母親偶感風寒，不宜見客，何況還是您這樣尊貴的人。若是把病氣傳給您，豈不是罪過。」

謝老夫人聽見尊貴二字，心裡舒坦不少，跟著沈玉蓉去正廳，直接坐在主座上。

畢竟一把年紀了，沈玉蓉也不和她計較，命人奉茶，又問謝老夫人此行的目的。

謝老夫人看謝二夫人一眼，謝二夫人會意，笑著開口。「聽聞妳與莊世子關係匪淺？」

沈玉蓉挑眉。「二嬸聽誰說的，我要撕爛他的嘴。我是謝家婦，莊世子是外男，怎麼能與我關係匪淺？我們只是合作生意，別的就沒了。」

謝二夫人發現自己說錯話了，連忙賠罪。「妳看我，真不會說話，姪媳婦莫要見怪。」

沈玉蓉道：「怎麼會，您是長輩，玉蓉豈敢見怪。」心裡暗自猜測謝二夫人的目的，莫非是看王家敗落，想另攀高枝？但高枝不好攀，不如聯姻來得實在。這是看上莊如悔了，想與長公主府結親？

那日，謝二夫人聽了沈玉蓉的話，回到院中，越想越覺得沈玉蓉說得有道理，立刻讓人找謝二爺回來。

謝二爺上朝去了，他是鴻臚寺少卿，從五品的官，許多年了，不曾往上走。

謝二夫人原想透過王家人，讓謝二爺升官，孰料王家居然出事，不得不考慮其他路子。

謝二爺回來後，聽了妻子的話，越想越心驚，明宣帝這是有意打壓王家，再走王家這邊的路子，怕是不行，得另謀出路。兩人一合計，就想起了沈玉蓉。

沈玉蓉與莊如悔走得近，莊如悔是長公主的獨子，無妻無妾，連通房丫鬟也不曾有。他們家正好有適合的女兒，若是能與長公主府結親，謝二爺定會往上走。

當晚，謝二夫人找了謝老夫人，說明其中的利害關係。謝老夫人心疼小兒子，也覺得小兒媳和小兒子的主意很好，遂有了今日這一幕。

第八十一章

謝二夫人見沈玉蓉裝傻，有些暗恨，直接道：「家裡的姑娘到了說親的年紀，我們相看好人家，想讓妳探探口風。」

沈玉蓉確定，謝二夫人是看上莊如悔，想讓莊如悔當她女婿呢，不過注定要失望了。

「二嬸想探口風，我說實話，莊世子有心儀之人，要令您失望了。」沈玉蓉展顏一笑。

謝二夫人不信，說沈玉蓉不願意幫忙。

沈玉蓉笑了道：「您若不信，我可以請她來，您親自問問她。莊世子的脾性，您有所耳聞吧，若出現任何意外，可不要怪我沒提醒二嬸。」

莊如悔的名聲，在京城無人不知，無人不曉，謝二夫人不敢得罪她，尷尬地笑了笑。

「既如此，我也不提這事了。」又問謝淺之在哪裡，祖母來了，為何不出來見禮？

沈玉蓉道：「大姊是和離之人，怕祖母和二嬸覺得晦氣，不敢出來見您們。沁之、敏之、瀾之和清之陪著六皇子上山，還未回來，我已經派人去找，相信很快就回來了。」

謝老夫人聽聞齊鴻曦也在，道：「他們都忙，不用讓他們回來了。今日我來，也想替淺之說門親事。」

沈玉蓉端起茶，遞給謝老夫人。「恐怕要讓祖母失望了，大姊的婚事已經訂下，是今年的狀元郎。」

謝二夫人一聽是狀元郎，以為是孫贊，反駁道：「怎麼能是他們家，孫贊品行不端，害人不成反害己，不成不成。」

沈玉蓉笑了笑。「誰說是孫贊，咱們這位狀元郎是鄭勉，文章好，人品端，被皇上破例欽點為狀元。也就前幾天的事，祖母和二嬸怕是未曾聽聞。」

謝老夫人和謝二夫人聞言，悄悄交換眼神。謝老夫人又問鄭勉的家世，家裡還有什麼人，可下了婚書？

沈玉蓉一一回答，謝老夫人聽聞還未下婚書，面上一喜，道：「家境貧寒了些，換一個吧！我這裡有個人選，是我娘家姪孫，去歲妻子去了，留下一個女兒。淺之是和離之人，也不算委屈了她。」讓謝淺之嫁給娘家姪孫，一次綁住謝家大房與她娘家的關係。

沈玉蓉眸光一冷，面上依然帶笑。「怕讓祖母失望了，這婚事是皇上指的，雖未下聖旨，孫媳也不敢違背，畢竟抗旨可是滅九族的大罪。我們大房死就死了，不覺冤枉，就怕祖母、二叔、二嬸及其他弟弟妹妹覺得冤枉。」

謝老夫人一聽滅九族，嚇得哆嗦，又質問沈玉蓉可是真的。

沈玉蓉道：「我豈敢騙祖母。再說，事關皇上，借給我一百個膽子，我也不敢胡說。」

謝老夫人和謝二夫人失望而歸，臨走時面色不悅，看誰都不順眼，念叨著大房不孝，有事也不與她商量，根本不把她放在眼中。

沈玉蓉看不下去了，湊到謝老夫人耳邊，小聲嘀咕幾句。

謝老夫人當即沈了臉，扶著婆子離開。

等謝老夫人離開，謝夫人出來，問沈玉蓉。「方才妳和老夫人說了什麼，我看她的臉色都變了。」

沈玉蓉道：「沒什麼，就是把斷親書的內容背給她聽，相信她再也不會找我們的麻煩。」斷親書一旦公諸於世，謝家會更沒臉。

謝二夫人見謝老夫人膽怯，也想知道沈玉蓉與她說了什麼話，便問謝老夫人，卻被怒斥，要她閉嘴，遂不敢再開口了。

王元平心不甘情不願的辭去太師之位，兩個兒子送銀子給沈玉蓉，又被擺了一道，氣得昏迷一日，醒來後便去了二皇子府。

齊鴻旻聽到王元平失去太師一職，揣測明宣帝的心思，明晃晃打壓王家，到底是何意？只是不喜王家這麼簡單，還是不願讓他繼承王位？

此時，幕僚告訴齊鴻旻，王太后被趕走前一天，明宣帝揚言，讓王家不要妄想那個位置。

齊鴻旻震驚，拉著他問：「你說的可是真的？誰告訴你的，可有證據，父皇真這麼說？」

這是明擺著告訴他別去想皇位嗎？不，這不是真的，父皇雖不喜王家，但他的的確確是皇家血脈。

不對，他身上流著王家的血，父皇厭惡王家，必不會讓他登基為帝。

齊鴻旻想不明白，父皇為何要這樣對他？這不公平！仰天大吼一聲，命人送酒進來，持著酒壺咕咚咕咚的喝，越喝酒越清醒，越清醒越氣憤，越氣憤越不甘。

他努力多年，算計身邊所有人，這一切竟是個笑話嗎？待新帝登基，等待他的是什麼？不，他不能坐以待斃，那個位置只能是他的。

這時，王元平進來，見齊鴻旻坐在地上，喝得酩酊大醉，走過去一把奪了他的酒壺。「你這是做什麼？不就是被禁足，等解禁了，想做什麼不可以。」

齊鴻旻冷笑一聲，踉蹌起身，抓住他的胳膊搖了搖。「舅舅，您告訴我，祖母出宮前一日，父皇可有說過不准她妄想那個位置？」

王元平不知該如何回答，只能沈默。落在齊鴻旻眼中便是默認。

齊鴻旻鬆開他，癱倒在地，神情悲涼。「那個位置與我無緣了，父皇恨皇祖母、恨母后，也恨舅舅，所以才不喜歡我。為什麼我要生在皇家，滿腹算計，到頭來卻是竹籃打水一場空嗎，甚至連性命都不保，何其悲哀啊！」

他說著，奪過王元平手中的酒，又猛灌了幾口，嚥下後道：「可是，我不甘心。我是嫡子，那個位置本就是我的，是我的！」

王元平命人進來，拿走齊鴻旻的酒杯，扶著他進內室休息。

齊鴻旻抓住他的手。「舅舅，我沒醉，我清醒得很。柳澧不聽話，殺了便是，換人當東北軍的將領，要個聽話的。」

王元平扶著他往屋裡走。「我讓人查清楚了，東北軍中有個叫沈言的，武功兵法都很好，沒有任何背景身世，可堪大用。」

他想從朝堂中派人過去，明宣帝不允許；明宣帝想派人過去，他們也會千方百計阻撓。不如在軍中培養自己的人，穩妥些。

齊鴻旻小聲道：「舅舅看著辦吧，必要時，可以跟遼軍合作。只要能坐上那個位置，本皇子會不惜一切代價。」

王元平答應一聲，辭了出來，他要的就是這句話。

明宣帝已徹底厭棄王家，不允許王家再起。王家若想恢復往日繁盛，必須另謀他路。

王元平站在齊鴻旻寢室外，回頭看巍峨的皇子府一眼。當皇子不如當皇帝，自己做主。

一個月前，他便命人斷了柳澧的糧草，可柳澧並未妥協，反而來了一封信，說當年的證據他存了一份。若是王家做得太過分，他便把這些證據交給明宣帝。

當然，這些證據可以永不現世，端看王家如何選擇。

這是威脅他，王元平身居高位多年，最討厭受別人威脅，因此柳澧不能留了。

他回去後，喚來四個客卿相公，問了他們的意見。單先生、林先生和梅先生都提議除了柳澧，霍先生還是建議再次拉攏，因為找人代替柳澧不容易。

王元平擺手打斷他。「無須多說，我心意已決，柳澧必須死。」柳澧手裡有對他不利的證據，一旦公諸於世，王家將萬劫不復。

霍先生沈思片刻，問：「您準備派誰去山海關？若無人可用，屬下願跑一趟。」

此去山海關，任務艱鉅，稍有不慎會有性命之憂，單先生、林先生和梅先生也都推薦霍先生前往。

王元平想起他方才為柳澧說話，又見他主動去山海關，心下懷疑，其他客卿相公又不願前往，遂點頭答應，讓身邊的暗衛跟著霍先生。名義上是保護，實則監視，若霍先生向柳澧通風報信，就地解決。

暗衛名叫王石，跟在王元平身邊十幾年，心狠手辣，王家許多事都是他做的，王元平對他很放心。

王太師給霍先生下了三個命令，一是找到謝衍之殺了他；二是設法除去柳澧；三是查查沈言，看他是否與孫贊說的一樣，若可拉攏，他又同意歸順王家，東北軍的帥印就是他的。

明面上是三個命令，實則是兩個，除去柳澧的任務交給王石，殺謝衍之和勸說沈言歸順的差事交給霍先生。

於是，霍先生與王石喬裝改扮去了邊關。

山海關那邊，謝衍之啃著一個窩窩頭，端著一碗清水，怎麼看，怎麼難以下嚥，但他還是梗著脖子吞下去。

「伙食越來越差了。」

林贇嗤笑一聲。「誰說不是呢，你和少將軍不是去京城催糧草，為何還讓我們吃這些東西？只吃這些，怎麼打仗？」

謝衍之拍拍他的肩膀。「將軍有將軍的難處，這種話莫要說了。朝廷不給糧草，將軍也無計可施，不如咱們自己想想辦法。」

「咱們能有什麼辦法可想？」自從消除誤會，林贇便下決心跟著謝衍之。還有孫贇，實在是體弱，不知謝衍之是如何看上他的。

孫贇也在這裡，看向謝衍之，目光有些躲閃，最後嘆息一聲。

「應該是王家做了手腳，戶部的沈大人剛正不阿，既答應給糧草，定然是給了。可你們想想，就算糧草下來，要經過那麼多地方，這些地方有王家的人，隨便放置幾個月，餓肚子的是誰，最後投降的又是誰？」

謝衍之也明白，王家這是要逼迫柳澧投誠。可惜，柳澧生性多疑，又是武將，倔強得很，王家越是逼迫他，只會適得其反。

昨日收到飛鴿傳書，王家準備動手，來人已在路上。若不出意外，柳澧會被王家除掉。

想到這裡，軍帳外有人來報，說大將軍有請，讓謝衍之過去一趟。

謝衍之猜測是糧草的事，起身去了。

第八十二章

謝衍之走到柳澧的軍帳前，通報後進來，拱手問：「將軍喚我何事？」

柳澧坐在主座上，面前擺著幾個窩窩頭和一碗青菜，清湯寡水，不見一點葷腥。

謝衍之見狀，驚疑道：「將軍，這……」

「王家做了手腳，斷了咱們的糧草。從今日開始，咱們只能節衣縮食，希望能多撐些日子。糧草是重中之重，須盡快解決，找你來，想問問可有良策，若你能解決糧草問題，本將軍必有重謝。」柳澧說得情真意切。

東北軍跟著他十來年，保家衛國，誓守邊關，沒有功勞也有苦勞，他不想委屈了這些鐵骨錚錚的漢子。

謝衍之猶豫半晌，抬眸問：「將軍需要我怎麼做？屬下定當竭盡全力。」

柳澧起身來至謝衍之身邊，拍了拍他的肩膀，爽朗一笑。「好，就等你這句話。據我所知，你認識一品閣的東家，能否向他借些糧食？等糧草下來，我如數歸還。」

他已經寫信回京城，糧草問題很快便能解決。

謝衍之支支吾吾。「將軍，其實我與一品閣的東家不是很熟，借糧草之事，怕有些為難。」

他沒想到柳灃竟打這樣的主意，說會如數歸還。要是一時半刻還不了，若柳灃死了，就成了無頭帳。楊淮那人雖不小器，但絕不會幫仇人。

謝衍之見柳灃面色不豫，拱手道：「屬下盡力一試。」成與不成，都不是他能做主的。想起一事，道：「將軍，百里之外有幾個賊窩，咱們不如收了他們，多少能弄些糧食。」

柳灃搖頭。「收了吃什麼，喝西北風嗎？」他與王家的戰爭才剛剛開始，王家的手段不只斷糧草這麼簡單，定還有後招。

謝衍之見他不感興趣，拱手告退，去了一品閣。

楊淮剛接到飛鴿傳書，說霍先生和王石來了，正巧看見謝衍之，笑著道：「你來得正好，我正想找你呢。」把字條遞給謝衍之。「你怎麼看？」

謝衍之展開字條，認真看了，思忖半晌道：「依計行事。」順手燒了字條。「對了，柳灃讓我向你借些糧食，日後如數歸還。」

楊淮笑了。「王家的手段真夠卑劣，說斷糧草就斷糧草，東北軍那麼多人怎麼活？」

「你先借糧食，如此一來，王家更會不遺餘力除掉柳灃，這樣咱們能撿一個大便宜。」

謝衍之道：「若我沒猜錯，孫贊已經向王家透露我的消息。誰來接手東北軍，王家和明宣帝意見不一致，一時很難抉擇，王家定會從軍營找人，而我沒背景、有實力，是最好的人選。」

這些天，孫贊看他的目光有些躲閃，顯然作賊心虛了。

楊淮雙臂環胸。「你想要多少糧食？」

謝衍之想了想道：「先給一萬石。分批給，一次一千石。」不能讓柳澧覺得太容易。

楊淮答應，謝衍之便出了一品閣，上馬準備回軍營，卻見花娘與一個中年男人交談，鬼鬼祟祟，形跡可疑。

謝衍之折回一品閣，告訴楊淮，讓他派人監視，總覺得花娘很可疑，不知是誰的人。

一會兒後，謝衍之回到軍營，在帳外遇見孫贊。

孫贊看向他時，眸中盡是歉意，欲言又止。

謝衍之知他有話說，拉著他去了演武場。「這幾日你看我的眼神不對，可是有事？」

孫贊低頭，抿唇不知該如何說，遂不言不語，彷彿做錯事的孩子。

謝衍之攬住他的肩膀。「男子漢大丈夫，有話直說，扭扭捏捏像個娘兒們。」

孫贊思索片刻，道：「有人向我打探你的消息，我把你的事告訴了他們。」又解釋道：「你別誤會，他們並無歹意，只想拉攏你，會許你高官厚祿。我覺得這是好事，便說了。」

謝衍之推開孫贊，怒火中燒。「我拿你當自己兄弟，你為何這樣對我，對你又有什麼好處？算我瞎了眼，看上你這樣的人。」說完轉身欲走。

孫贊拉住他的衣袖。「沈大哥，你原諒我吧，我想報仇。我空有一身學問，來到這裡卻一文不值，終於明白什麼叫百無一用是書生。

「你救了我的命，我感激不盡，卻還是利用了你。我知道自己卑鄙，但真的沒辦法，在這裡只有你對我好，你好了，我才能過得更好，才能有機會回京，才能報仇，護住妹妹。」

謝衍之見他說得情真意切，道：「跟我來。」扔下這句話，邁著步子朝演武場外圍走去，孫贊連忙跟上。

到了外圍，謝衍之一把抓住孫贊的衣領。「是王家的人找你吧？不要替我做決定！柳將軍對我有恩，我不會為了上位背叛將軍，更不會為王家賣命。忘了告訴你，王家幼子王昶，辱我妻子，殺我全家，與我有不共戴天之仇，你說我會為王家賣命嗎？」

他說完這些，鬆開孫贊，推開他轉身離去。

孫贊愣在原地。

不遠處，柳震直直盯著謝衍之的背影，見謝衍之走遠，便去了柳澧的軍帳，將方才發生的一切說了。

柳澧欣慰道：「我果真未看錯人。」

這時，謝衍之在外求見，柳澧讓他進來。

謝衍之瞧見柳震，有些驚訝。「少將軍也在？」

「找將軍稟報一些事情。」柳震說完便出去了。

柳澧來至謝衍之跟前，拍拍他的肩膀，甚是欣慰。「我果真沒看錯你。借糧如何了？」

謝衍之假裝不解，直接道：「楊東家答應給糧食，不過數量不多，只有一千石，應該夠我們撐一陣子。將軍放心，屬下再想辦法讓楊東家送糧食過來。」

柳澧更加欣慰。「我先封你為昭武校尉，再向皇上請旨，封你為忠武將軍。好好幹，本將軍絕不會虧待你。」

謝衍之謝了一番，拱手告退。

柳澧望著門口發呆。王家想要收攏他的人，休想！

謝衍之回去後，欲尋孫贊，得知孫贊搬回軍戶的住處，又來茅草房這邊找人。

孫贊自覺對不起謝衍之，沒臉待在軍營，回來後被熟人冷嘲熱諷幾句，並未放在心上，回屋準備做飯。

可他找遍所有地方，一粒米也沒有，這才想起，當初離開時已將存糧帶走，許久未歸，就算有漏，也被老鼠吃了。

他躺在硬床板上閉目養神，聽見謝衍之的聲音，還以為自己餓得頭昏眼花，出現幻覺。

謝衍之又喊了一遍，孫贊才敢確定，猛地從床上起來，瘋跑出去，見真是謝衍之，笑著道：「沈大哥，你不怪我了？」

謝衍之抓著他的胳膊。「自然不怪。你歪打正著，我也算因禍得福，柳將軍封我為昭武校尉，還說會為我請封忠武將軍，那可是正四品的官。不靠王家，我也能升官！」

孫贊為謝衍之高興，非讓他請客。謝衍之便叫上牛耳、瘦猴和林賁，去一品閣吃酒。

一品閣這邊，楊淮得知花娘有問題，立刻派人去查。

三日後，打聽的人將結果呈給楊淮。楊淮打開看了，拍著大腿道：「真是天助我也。」

誰能想到，一個小小的歌姬，竟是遼軍的密探，還跟在柳震身邊。光這一條，就足以治罪柳家，通敵叛國，當誅九族。

此時，霍先生和王石已到了邊關，住進一品閣的天字一號房，正計劃如何拉攏沈言，又如何找到謝衍之，並除掉他。

霍先生坐在椅子上喝茶。「我覺得，咱們的首要任務是除掉柳澧，再拉攏沈言，同時尋找謝衍之，等事情解決，再除掉謝衍之。根據主子提供的消息，謝衍之最後一次出現的地方，正是石門鎮。」

王石抱著劍，冷眼看著霍先生。「你來這裡，目的何在？」

霍先生端起茶，品了一口。「自然是為出人頭地。主子所謀是大事，區區幕僚，我還不放在眼中，等著事成之後封侯拜相。利益伴隨著風險，若不試一試，又怎知不成呢？」

「是嗎？」王石不信。「希望你說的是對的，若敢耍花樣，我可不會手下留情。」

等王石出去，霍先生也走出來，去一樓要了桌好酒菜，自斟自酌起來。

一個時辰後，王石回來，見霍先生在吃酒，冷瞥他一眼，上樓去了。

當晚，柳震失蹤。謝衍之得知消息時，是翌日一早的事了。

柳灃心急如焚，柳震不會無緣無故失蹤，且一晚沒有消息，派出去的人也沒有動靜，便要謝衍之帶人去找。

謝衍之帶人封了石門鎮和出關要道，順便去了一品閣，問楊淮可有見過柳震，他總覺得柳震失蹤與花娘有關係。

果然，昨夜花娘給柳震下藥，迷昏後裝進棺材，又改裝一番。楊淮親自看過了，就算柳灃來認，也認不出那人是他兒子柳震。

花娘連夜出了石門鎮，打算直奔遼軍。是王家人開城門放她走，不然哪能輕易得手。

但螳螂捕蟬，黃雀在後，楊淮的人一直在後面跟著呢。

「你打算如何做？」楊淮問謝衍之。

「找人啊。王家出手了？」謝衍之壓低聲音問。

楊淮點頭。「王家的人就住在這裡，昨日去找了花娘，夜裡花娘便動手劫走柳震，想逼柳灃親自上戰場。」

「咱們的機會終於來了。」謝衍之湊到楊淮耳旁，小聲嘀咕。「你把柳震關起來，切記要保密，不能讓任何人看見。」又低聲說了幾句。

楊淮聽了，點頭稱讚。「好，就這麼做。你這小子是蓮藕化成的吧，心眼這麼多。」這些妙計與他不謀而合，他只是想考驗謝衍之，看他是否有本事接管墨家鐵騎及東北軍。

這小子果然沒讓他失望，想到此處，楊淮又道：「對了，京城傳來消息，你那小媳婦和王元平對上了，氣得他昏過去，還讓王家賠了五萬兩銀子。」

謝衍之一聽，雙眸放出亮光，伸手對楊淮道：「把信給我。」有些日子沒收到信了，原來是被楊淮藏起來了。

楊淮搖頭說沒有，謝衍之冷笑一聲。「那我現在回京，接下來的事，你自己看著辦。」

「懂不懂尊老愛幼，臭小子，果真是娶了媳婦忘了師父。」楊淮進屋，出來時手裡捏著一封信，遞給謝衍之。「二皇子和王家並未死心，一直盯著你媳婦呢。」

謝衍之拆開信看，勾唇輕笑。「孫贊的狀元被奪，皇上又欽點了狀元。這狀元就是孫贊要謀害的人鄭勉，真是太巧了。」

「鄭勉怎麼了？」楊淮不解。

「鄭勉要成為我大姊夫了，準備走六禮呢，我娘已經答應了。玉蓉說鄭勉人不錯，鄭家人口簡單，不會折磨我大姊，還說不納妾、不找通房。」謝衍之以為還有一張，發現沒了，有些傻眼。「就這些？」也沒說想不想他。

「倒是個好去處。」楊淮坐下道。

謝衍之有些失望，想起齊鴻旻覬覦沈玉蓉，道：「你何時安排『謝衍之』身死？」

如此一來，他便能以沈言的身分和沈玉蓉在一起，寫信讓她來，避開齊鴻旻那不要臉的小人。

「解決柳灃的事再說。」楊淮道。

謝衍之起身朝外走，不忘囑咐楊淮。「依計行事。」

也不等楊淮答應，他便出去了，帶著人繼續去尋柳震。

第八十三章

一連尋了七日，也不見柳震的蹤影。

其實，柳震早已被楊淮的人救出來，關在一品閣內院的密室裡。那密室在楊淮屋裡，又有機關，除非是楊淮本人，否則沒人能找到柳震。且柳震被下了軟筋散，渾身虛軟無力，想逃跑都難。

花娘與楊淮的人纏鬥一番，落敗逃回遼軍大營，又派人去打聽柳震的消息，聽聞柳澧還未找到柳震，便想出一個計策，找人假扮柳震，引柳澧上鉤。反正他們的目的是柳澧，有沒有柳震都無所謂。

花娘本以為她的身分暴露了，可石門鎮沒有抓她的消息，說明她的計劃未被人識破，柳震只是恰巧被人救走。

原本的計謀仍可一試，她說服遼軍將領，一切依計行事。

一個月後，兩軍對峙，此時謝衍之已成為忠武將軍了。

遼國將領耶律初將一個人帶到陣前，揚言那是柳震，但蓬頭垢面，又離得遠，看不出容顏。不過看身形和衣服，是柳震沒錯。

柳澧愛子心切，又被耶律初言語相逼，早已失了理智，想衝上前救人。

謝衍之攔住他。「將軍，您莫要上當，先不說那是不是少將軍，就算是少將軍，您也不可衝動。這樣不但救不了少將軍，還有可能把您搭進去。」

柳澧目眥欲裂，仇恨的眸光瞪向耶律初。「敢折磨我兒，納命來！」一聲令下，率先衝上去，要與耶律初拚命。

大戰一觸即發，耶律初早有準備，讓人把「柳震」帶走，與柳澧鬥了幾個回合，竟有落敗之勢，又過了幾招，假裝不敵敗走。

柳澧救子心切，來不及多想，騎馬追上。

謝衍之帶人退敵，與敵人打得如火如荼，見柳澧去追耶律初，打退敵人後，悄然追去。

五里外的山坳中，耶律初停下，調轉馬頭，嗤笑望著柳澧。「柳澧小兒，今日便是你喪命之時。」

他話落，兩邊出來幾十人，個個拿著弓箭，直指柳澧，蓄勢待發。

柳澧這才知道上當，坐在馬上，淡然以對。「你早已設計好了？」

耶律初笑著摸摸鬍子。「是啊，還多虧了你們的人，不然我的人不好出城。」

柳澧立刻想到了王家，自嘲一笑。「沒想到我也有今日，真是報應。」這一幕與當年設計墨連城是多麼相似。

「我死可以，請你放了我兒子。」這是他身為父親唯一的請求。

耶律初道：「我不知你兒子在哪裡，出城後沒多久，他便被人劫走了。信不信由你，我沒必要騙一個將死之人。」

柳澧相信這話，耶律初抬手，讓人放箭。

這時，一支箭飛來，力道之大，直接穿過耶律初的左肩胛骨，人也被射下馬。

柳澧以為是援兵，轉身卻挨了一箭，箭上有麻藥，跌下馬後動彈不得。

謝衍之蒙著面，騎馬飛奔過來，揮刀砍了耶律初的頭顱，彎腰撿起，打馬離開，留下一句話。「接下來的事情交給你了。」

一言未了，馬兒馳騁離去，很快便不見了蹤影。

楊淮戴著面具，騎馬來到柳澧身邊，居高臨下看著柳澧，聲音冷然道：「柳將軍，許久不見，不知你可還記得我？」

「墨……墨侍衛？」柳澧瞪大雙眼，不敢置信，好半晌才指著謝衍之離開的方向問：「方才那位是……」

「如你所想，他是墨家血脈。」楊淮不再多說，揮手讓人綁起柳澧帶回去。

再說謝衍之這邊，他帶回耶律初的人頭返回戰場，高聲宣佈。「遼國主帥已死，遼國戰敗了！」

大齊軍隊聽聞這話，齊齊歡呼。「主帥已亡，遼軍大敗！」

遼軍聽了這話，潰敗而逃，被謝衍之帶人殺得片甲不留，兩萬人幾乎全軍覆沒。

大齊大獲全勝，滿載而歸，只可惜主將柳灃不見了蹤影。

柳灃身邊的副將都派人去尋了，卻一無所獲，有人得知謝衍之去追柳灃，便來質問謝衍之，既然能砍了耶律初的腦袋，為何沒把柳灃帶回來？

謝衍之說，他是追上去了，但沒見到柳灃，只遇到耶律初，纏鬥一番，才將其斬殺，帶回頭顱。他未見到柳灃的屍首，證明柳灃還活著，應該派人繼續找。

墨三得知柳灃失蹤，謝衍之又帶回耶律初的人頭，便覺裡面大有文章，找了個機會問謝衍之。

謝衍之回答一樣的話。並非他不信任墨三，而是知道的人太多，容易暴露，等一切塵埃落定，他會解釋的。

藉著尋找柳灃的機會，謝衍之蒙面去了一品閣，進後院密室，見了柳灃。

柳灃中了毒，渾身癱軟，依靠在牆上，見謝衍之來了，便問謝衍之是誰。

謝衍之不答，質問柳灃當年為何背叛墨連城。

柳灃一聽事關墨連城，笑了。「果然，都是報應呀。」

「我放柳家一條生路。」謝衍之冷眼看著柳灃。

「放柳家生路？」柳灃不信。他與王家合謀害死墨連城，不信眼前人會放過柳家。

「怎麼，你不信我？」謝衍之問：「你現在還有討價還價的機會嗎，你可知柳震為何失蹤，耶律初為何能設計殺你？」

不等柳灃說話，謝衍之又道：「只因一個人，不是別人，正是花娘，她是遼軍的密探，柳震窩藏遼軍密探，與通敵叛國有何區別？若我把這消息告訴王家，柳家會是什麼結局，我想王元平很樂意看見。」

柳灃聞言，臉上滿是憤恨。這次的事，就是王家的手筆。

「你過來，我告訴你證據在哪裡。」

謝衍之站著未動，直直盯著柳灃，唇角微微上揚，露出一抹諷刺的笑，過了好一會兒，才聽話地湊近幾步。

「你說吧。」

謝衍之說話時，眼睛一直盯著柳灃的手，見他手微動，上前擒住，一把匕首赫然出現在眼前。

「雕蟲小技，也敢出來獻醜？」謝衍之奪了他的匕首，冷笑一聲。「已經給你機會，既然不珍惜，別怪我翻臉無情。」握著匕首朝他胸口捅去。「沒有你，我一樣能扳倒王家。」

柳灃撐著最後一口氣，奄奄一息道：「我說……希望……你放我兒一命。」隨後掏出一枚玉珮，並說出證據的藏匿之處。原來他把東西放進了錢莊，用玉珮才能取出來。

玉珮上都是血跡，謝衍之用柳灃的衣服擦了擦，揣入懷中離去。

到了院中，謝衍之把玉珮交給楊淮。「拿著這個去錢莊，掌櫃會把東西交給你。最好暫時不要取出，王家倒了，還有二皇子，斬草不除根，春風吹又生。」

二皇子倒了，王家才沒有崛起的希望。

楊淮明白這道理，收起玉珮。「東北軍群龍無首，你打算如何做？」

「等呀，朝中你不是都安排妥當了？」謝衍之朝外走去。「我能不能坐上那個位置，全看你的了。」

「你真打算滅他全族？」楊淮問。這個他是誰，不言而喻。

謝衍之回頭。「放心吧，皇上是明君，性情溫和。柳家鎮守邊關多年，曾立下汗馬功勞，柳灃誣陷墨家，我要他一命，柳家與墨家的恩怨已了。你把證據送到王家面前，王家定會落井下石，他們要扳倒的人，皇上定會保下。柳灃之罪不及全族，希望柳家能珍惜機會。」

「柳震呢？」楊淮問。

謝衍之停頓一下，想起柳震那污穢的臉龐。「放了吧。」

就算他放過柳震，王家未必肯放。王家怕柳震洩漏秘密，會殺人滅口。

他已遵守諾言放了柳震，柳震以後是生是死，與他無關。

一品閣二樓，霍先生敲響王石的房門。王石開門，卻不讓他進屋。

「何事？」

霍先生展顏一笑。「有人死了，你確定要在這裡說嗎？」

王石請霍先生進去，迫不及待地問：「誰死了，你說清楚？」

難道是柳澧死了，他的副將們快把石門鎮翻個底朝天，依然不見柳澧的影子，莫非姓霍的知道不成？

霍先生坐下，倒了杯茶，手指蘸茶在桌上寫下兩個字：柳澧。

王石不信。「你是如何知道的？」

霍先生故作神秘。「該知道的，我會告訴你；不該知道的，我一個字都不會說。貓有貓道，鼠有鼠道，我自有自己的辦法，我已確認柳澧死了，也算大功一件吧？希望你能修書一封去京城，告訴主子，事成之後我要封侯拜相。」

「就憑你？」不是王石看不起霍先生，而是霍先生是個文弱書生，手無縛雞之力。

霍先生知道王石瞧不起他，坦然一笑。「我已想到讓沈言歸順的方法，再借沈言之手找謝衍之並除掉，主子交付的任務就完成了。」

王石不信，但他無法讓沈言歸順，只能聽從霍先生的安排。

他給王元平寫了信，說出柳澧已死、柳震失蹤的消息，及霍先生拉攏沈言的事，並言明霍先生的野心。

京城裡，王元平接到信，十分滿意。

他不怕人有野心，只要有慾望，就會被他驅使，回信讓王石聽從霍先生的指示，只要除掉謝衍之，拉攏沈言，必要時可以付出一些代價。

柳澧父子失蹤的消息，很快傳到了京城。

王家不確定柳震是生是死，怕柳震還活著，他們做的事情會敗露，那就是通敵叛國，誅九族的大罪。

王元平不允許柳震活著，又得知柳震的小妾是遼軍探子，便拿這事做文章，直接寫了奏摺上奏，說柳家有通敵叛國之嫌，花娘就是最好的人證。

——未完，待續，請看文創風995《二嫁的燦爛人生》3（完）

2021年8月出版

劍邪求愛

文創風985【洞房不寧之二】

在這世上，殷澤只拿兩個人沒轍，
一個是劍仙段慕白，另一個就是肖妃，
她會對其他人笑，唯獨在他面前不苟言笑，
萬人崇拜他，只有她，看到他都像恨不得把他大卸八塊，
他不知道自己到底哪裡惹了她，但她不說沒關係，
反正他的法子很多，有的是機會讓她說……

殷肖CP，強勢來襲！／莫顏

肖妃出自皇家兵器庫，由頂級匠師所打造，專門給貴女使用，
因此當她修成人形時，自是兵器譜前十名中唯一的美人，
但她不在乎美人的稱號，她想要的是「最強」，
可無論她如何努力，第一名永遠是那個姓殷的！
她想要的天下至寶，被殷澤搶先一步奪去；
她需要累月經年才能練就的武功絕學，殷澤三天就會了；
她認真經營的人脈，殷澤只需勾勾手指就把人勾走了；
她的手下們，對殷澤比對她這個女主人還要敬畏服從，
她拚盡全力施展武功，他只用一招就制伏她，還將她踩在腳下！
男人崇拜他，女人愛慕他，有他在的地方，她只能靠邊站。
他真是太太太討厭了！
她不屑跟他說話，對他視若無睹，直到有一天……
「我要妳。」
當冷冽狂傲又俊逸非凡的他，直截了當地向她求愛時，
她沒有心花怒放，也沒有臉紅害羞，只有心下陰惻惻的冷笑——
原來你也有求我的一天，看本宮怎麼整死你……

軟萌小軟糖，餘生給你多點甜／途圖

2021年9月出版

登唐入室

她向來柔柔弱弱、不與人爭，
因此，他沒想到她竟會為了他與人吵架，
她說，他在的一天，她便安心當將軍夫人；
倘若他為國捐軀了，她為他守寡便是！
她這麼理所當然的一番話，他聽著聽著，竟有些心醉了……

文創風 986 1

一穿過來就是大婚之日，她的小心臟實在承受不住這般大的驚嚇呀！
她唐阮阮，個性就跟軟糖一樣，軟軟的、甜甜的，誰都能捏一下，
重點是她唯一拿得出手的長項就只有做零食，除此之外啥都不會，
這般沒才能的她竟是天選之人？這中間是不是有什麼誤會啊？天大的那種！
莫名其妙讓她穿越過來，要她救夫婿一家、救大閔朝，是否太為難她？
偏偏她這人又不愛與人爭，上天叫她嫁，她也只能嫁了，連回個嘴都不敢，
幸好這被賜婚的新郎官似也有滿腹委屈，撂下話就甩頭走人，真是可喜可賀啊！
待她緩過勁來，再好好想想該怎麼當這個救夫救國的將軍夫人吧……

文創風 987 2

說起已故的公公鎮國公，那是當今聖上的伴讀兼好友，忠君愛國的好漢，
但好人不長命說的就是這種人，據說三年前在跟北齊議和時，他因貪功送了命，
而且當初死在無人谷的還有夫君的大哥，就連二哥都身受重傷，斷了右臂！
秦家父子四人瞬間折了兩個半，死的不僅被潑髒水，活的還伴君如伴虎，
從此夫君秦修遠便一肩挑起鎮國公府的重擔，殺得北齊軍聞風喪膽，掙下軍功，
按照原本的設定，新婚之夜唐阮阮的原身一命嗚呼，接著他會被奪兵權、誣謀反，
皇帝下令秦府滿門抄斬後，北齊趁機舉兵進犯，大閔從此生靈塗炭、民不聊生，
還好，她來了。既然她是天選之人，那麼她會好好守護這忠勇世家、好好寵愛他！

文創風 988 3

雖然她只會做些零食、小點，但她既來之則安之，每天待在小廚房裡煮東煮西，
還別說，她唐阮阮經手的東西，沒有一樣不令人垂涎三尺、讚不絕口的，
如今不單牢牢抓住夫君的胃，就連上至婆婆、下至奴僕都愛極了她，
但也並非所有秦家人都喜歡她，喪夫後有憂鬱症傾向的大嫂就沒給過她好臉色，
原來朝廷文武官向來不合，以左相為首的文臣看不慣武將做派，時常口誅筆伐；
而武將們又覺得帝都繁華全賴他們浴血奮戰，文臣們只懂得耍嘴皮子，
於是她這個內閣首輔之女就被指婚給了鎮國將軍秦修遠，用來調解文武之爭，
糟的是，原身差點成了左相的兒媳，而秦家懷疑公公和大哥冤死是左相搞的鬼，
所以她這個跟左相有那麼點關係的文臣之女，便一直無法得到大嫂的喜愛，
都說家和萬事興，希望有朝一日她的美味吃食能夠順利修補妯娌間的關係啊……

文創風 989 4 完

他當初不滿皇帝賜婚，所以不肯與她圓房、故意給她難堪，
後來他習慣了每日回來都要看一眼她在不在小廚房裡，心裡盼著有無新吃食嚐，
再後來，他看到她用心對待他身邊的人、用心對待他，他怎能不心悅她？
聽見他的表白，知道他如今一心護著她、想對她好，唐阮阮心裡是滿滿的歡喜，
秦修遠以前吃了太多苦了，所以她希望餘生能讓他多嚐點甜，
而參加朝廷一年一度舉辦的美食令，便是她要送給他的第一道甜，
因為過往奪冠的彩頭都是些奇珍異寶，可今年皇上放話說會允諾一件事，
她曉得他心裡一直想替公公和大哥洗刷冤屈，因此，這回的彩頭她勢在必得！

二嫁的燦爛人生 2

國家圖書館出版品預行編目資料

二嫁的燦爛人生 / 李橙橙著. --
初版. -- 臺北市 : 狗屋出版社有限公司, 2021.09
冊 ; 公分. --（文創風 ; 993-995）
ISBN 978-986-509-251-1（第2冊 : 平裝）. --

857.7　　110013132

著作者	李橙橙
編輯	安愉
校對	吳帛奕
發行所	狗屋出版社有限公司
地址	台北市104中山區龍江路71巷15號1樓
電話	02-2776-5889～0
發行字號	局版台業字845號
法律顧問	蕭雄淋律師
總經銷	知遠文化事業有限公司
電話	02-2664-8800
初版	2021年9月
國際書碼	ISBN-13　978-986-509-251-1

本著作物由北京晉江原創網絡科技有限公司授權出版

定價260元
狗屋劃撥帳號：19001626
網址：love.doghouse.com.tw　E-mail：love@doghouse.com.tw